내 학창시절 추억과 만나는 시간

내 학창시절 추억과 만나는 시간

1판 1쇄 발행 2016년 4월 25일

엮은이 **이우순, 김혜경**
펴낸이 **이재성**
기획편집 **김민희**
디자인 **noey**
마케팅 **이상준**

펴낸곳 **북아이콘**
등 록 **제313-2012-88호**
주 소 **150-038 서울시 영등포구 영신로 220 KnK디지털타워 1102호**
전 화 **(02)309-9597(편집)**
팩 스 **(02)6008-6165**
메 일 **bookicon99@naver.com**

ISBN 978-89-98160-24-1 03800

내 학창시절
추억과
만나는 시간

북아이콘

일러두기

- 1960년대부터 2010년대까지의 초중고 교과서에서 뽑은 감동적이고 주옥같은 소설, 시, 수필을 싣고 있습니다.
- 맞춤법과 띄어쓰기는 현행 표기법에 따르는 것을 원칙으로 하였으나, 작가가 선택한 비표준어는 최대한 원문대로 살려 실었습니다.
- 작품 이해에 필요한 낱말은 아래쪽에 풀이를 달아 놓았습니다.
- 수록한 작품 대부분 저작물 이용 허락을 받았습니다만, 일부 작품은 저작권자를 찾지 못해 이용 허락을 받지 못했음을 양해드립니다. 연락 주시면 빠른 시일 내에 저작권 허락을 받도록 하겠습니다.

머리말

내 마음을 흔든 추억의 문학

세대 간에 공유할 수 있는 콘텐츠로 성장기 기억을 담고 있는 문학이 최고이다.

'토토가', '응답하라 1988', '마이 리틀 텔레비전' 등 TV에서 시작한 복고 트렌드가 큰 인기를 얻고 있다. 예능 프로그램을 넘어 영화, 패션, 식음료, 화장품, 광고 등 사회 전반으로 확장되고 있다. 이른바 '복고'가 새로운 소비 트렌드로 자리 잡고 있는 것이다.

시대가 변하고 소비 주체가 바뀜에 따라 복고의 성격도 변하고 있다. 경제적으로 어려운 시기일 때면 나타나는 '복고 성향'이 소비 집단의 확대로 그 형태도 방식도 다양하게 변화하고 있는 것이다. 최근 경제적·시간적 여유를 중시하며 강력한 소비 집단으로 떠오른 40대에서 50대까지의 '7080세대'와 활발한 경제활동의 주축이며 신소비세력으로 자리매김하고 있는 90년대 학창 시절을 보낸 '응답하라 세대'에 맞춰 이들의 추억과 감성을 자극하는 다양한 형태의 복고 문화가 전개되고 있다.

최근의 복고 바람은 드라마와 음반 등을 통해 시작됐지만, 예전의 복고 열풍과는 다른 점이 있다. 바로 '세대 공유'이다. 7080 문화를 누비던 부모 세대의 추억을 구경하는 것이 아닌 부모와 자녀가 함께 문화를 공유하는 것이다. 이는 스마트폰 보급률이 높아지고 사용자의 연령대가 확대되면서 가속화됐다. 특히 우리나라는 단기간에 빠른 성장과 변화를 거쳐 왔기 때문에 기존 세대와 지금 세대 모두에게 두루 관심을 끌고, 동시에 추억을 되새기게 할 수 있는 것이 거의 없었다. 그런 측면에서 본다면,

학창 시절 교과서에서 읽은 감동적인 소설과 수필, 주옥같은 시들은 부모와 자녀 세대가 공통적으로 겪은 경험이라 할 수 있어 기억을 공유할 수 있는 것으로써 세대 간 소통의 단절을 겪는 우리 시대의 가정에 이들을 연결해 주는 작은 계기가 될 수도 있을 것이다.

예전 교과서에 실린 추억 속의 이야기, 감동 명작이 고스란히 담겨있다.
교과서 속 명작이 추억을 소환해 향수를 달래고 위로와 희망을 줄 것이다.

이러한 복고 열풍이 현실의 고달픔에서 비롯된 것일 수 있지만, 사람은 기본적으로 과거를 회상하거나 발자취를 되돌아보는 것에 의미를 크게 둔다. 또한 자신의 어린 시절의 추억에 향수를 갖는다. 특히 성인들 중에는 학창 시절 교과서에서 접한 문학 작품에 대한 좋은 기억을 갖고 있는 사람이 의외로 많다. 부모 세대라고 할 수 있는 40대 이상의 초중고 시절에는 읽을 책이 변변치 않아 교과서 이외의 소설이나 시를 접할 기회가 많지 않기도 해서, 많은 사람들에게 문학이란 교과서에 나오는 소설과 시가 전부인 시절도 있었던 것이다. 그들은 너대니얼 호손의 '큰 바위 얼굴', 알퐁스 도데의 '별-프로방스 지방 어떤 목동의 이야기', 오 헨리의 '마지막 잎새', 폴 빌라드의 '위그든 씨의 사탕가게(이해의 선물)', 현진건의 '운수 좋은 날', 전영택의 '화수분', 박완서의 '그 여자네 집' 같은 소설의 감동과 여운을 간직하고 있다. 한때는 문학소년, 문학소녀가 되어 윤동주의 '서시', '별 헤는 밤', 프로스트의 '가지 않은 길', 릴케의 '가을

날' 등에 젖어들기도 하였으며, 피천득의 '인연', 민태원의 '청춘예찬', 이양하의 '페이터의 산문' 같은 수필을 통해 아름다움을 느끼고, 세상을 이해하였다.

지금의 20, 30대도 학교 공부로 바쁜 중에도 교과서 속의 재미나고 감동적인 이야기들을 읽으면서 성장기를 보냈다. 그런데 어느 순간부터인가 이 공통의 이야기들이, 매체와 정보의 홍수 속에서 예전과 같은 비중으로 다가가지 못하고 있는 것이 사실이다. 교과서 속의 문학은 공부해야 할 과제이며, 스마트폰 속의 조각난 지식들과 영상들이 이 이야기들의 자리를 차지해버렸다. 그리고 삶의 여정에 바쁜 현대인들은 쉽사리 감동을 느끼지 못하고 살아가고 있다.

이 책은 1960년대부터 2010년대에 걸쳐 성장기를 보낸 사람 모두 자신의 학창 시절 교과서에서 접한 문학 작품을 다시 읽고 당시의 감동과 재미를 추억해 볼 수 있도록 이 시기의 초중고 교과서에서 뽑은 감동적이고 주옥같은 소설, 시, 수필을 싣고 있다. 많은 사람들에게 학창 시절 교과서 속의 이야기들은 '추억'이라는 이름으로 다가설 것이 분명하다. 그 시절 교과서 속의 문학 작품을 읽다가 자신도 모르게 마음이 찡~해졌던 기억이 한편에 있을 것이다. 이 작품들을 접하며 그 시절을 떠올릴 수도 있을 것이며, 과거의 기억을 더듬으며 '아! 맞아~, 이런 내용이었지!' 하고 감탄할 수도 있을 것이다. 또 성인이 되어 다시 보면, 그때와는 다른 느낌과 여운이 남을 것이다.

삶에 지쳐있는 이들의 향수를 달래고 심리적 위안을 줄 것이며, 복고 감성에 목마른 사람들에게 학창 시절의 추억을 소환해줄 것이다.

내 학창 시절의 추억과 만나는 시간, 10대의 기억이 물밀 듯 찾아온다.
학창 시절 문학 작품의 감동을 기억하고 있는 사람들에게 주는 선물이다.

인간은 이야기를 통해서 성장하고, 이야기를 통해서 꿈꾸고, 마침내 이야기를 현실로 바꾸는 존재이다. 이 책은 20대부터 60대까지 서로 다른 세대가 학창 시절에 읽은 문학 작품들이 조금씩은 다를지라도 같이 읽고 공감할 수 있는 공통적인 작품들을 중심으로 구성하였다. 현재를 살아가는 우리들에게 과거를 돌아보고 추억에 빠지는 시간을 제공할 것이며, 동시에 감동과 위로를 선사할 것이다.

이 책 속에 담겨 있는 소설과 시와 수필을 따라가다 보면 우리가 잠시 잊고 살았던 10대의 기억이 감당할 수 없을 만큼 밀려올 것이며, 삶의 소중한 가치들을 만나게 될 것이다. 그리고 이 책 어디쯤에서 '과거의 나', '잃어버린 나'를 만나게 된다면 더할 수 없이 좋은 일일 것이다. 삶을 긍정하게 해주고, 사람을 이해하게 해주는 글들이 우리에게 위로와 희망을 줄 것이다.

이우순, 김혜경 드림

|1부| 내 학창 시절의 소설

| 2부 | 내 학창 시절의 시

:

"모자라나요?"
소녀는 작은 목소리로 물었다.
"돈이 좀 남는걸."
나는 목이 메는 것을 참으며 간신히 말했다.

1부

내 학창시절의 소설

큰 바위 얼굴

| 나다니엘 호손

어느 날 오후 해질 무렵, 어머니와 어린 아들이 자기네 오두막집 문 앞에 앉아 큰 바위 얼굴에 대하여 이야기하고 있었다. 그 큰 바위 얼굴은 그곳에서 몇 마일이나 멀리 떨어져 있었지만, 눈만 뜨면, 햇빛에 비쳐 그 모양이 선명하게 드러나 보였던 것이다.

대체 그 큰 바위 얼굴은 무엇일까?

높은 산에 둘러싸인 분지가 하나 있었는데 그곳은 넓은 골짜기로, 많은 사람이 순박하게 살고 있었다. 그곳에는 가파른 산허리의 빽빽한 수풀에 둘러싸인 곳에 통나무집을 짓고 사는 사람들도 있고, 또 골짜기로 내려가는 비탈이나 평지의 기름진 땅에서 농사를 지으며 안락하게 사는 사람들도 있었으며, 또 한 곳에는 오밀조밀 모여서 마을을 이루고 사는 사람들도 있었다. 그곳에서는 높은 산악 지대로부터 내리지르는 격류를 이용하여 방직 공장의 기계를 돌리고 있었다.

아무튼 이 골짜기에는 많은 주민이 살고 있었고, 살림살이도 가지가지였으나, 그들에게는 한 가지 공통점이 있었다. 그것은 모두가 그 큰 바위 얼굴에 대한 일종의 경외심과 친밀감을 가지고 있다는 것이었다. 그 중에는 그 위대한 자연 현상에 대하여 유달리 감격하는 사람들도 적지 않았다.

그렇게 모든 사람들이 우러러보는 큰 바위 얼굴은 자연이 빚어 놓은 장엄한 작품으로, 깎아지른 듯한 절벽 위에 몇 개의 바위로 이루어져 있었다. 그리고 그 바위들은 서로 조화를 이뤄, 적당한 거리에서 바라보면 확실히 사람의 얼굴과 같았다. 마치 굉장한 거인이나 타이탄이 절벽 위에 자기 자신의 얼굴을 조각해 놓은 것같이 보이는 것이었다.

넓은 아치형의 이마는 높이가 30여 미터나 되고 기름한 콧날에 넓은 입술, 만약에 우람한 그 입술이 말을 한다면, 천둥소리처럼 골짜기의 이 끝에서 저 끝에까지 울릴 것만 같았다. 아주 가까이 다가서면 그 거대한 얼굴의 형체는 사라지고, 커다란 바위들이 질서 없이 포개져 놓인 것으로만 보일 것이다. 그러나 뒤로 물러서면서 보면 그 신기한 형상이 점점 알아볼 수 있도록 드러나고, 멀어질수록 더욱더 사람의 얼굴과 비슷해지면서, 그 본래의 거룩한 모습을 볼 수 있게 된다. 그리고 모습이 희미해질 만큼 멀어지면, 큰 바위 얼굴은 구름과 안개에 싸여 정말 살아 있는 것같이 느껴지는 것이었다.

이곳 아이들이 그 큰 바위 얼굴을 쳐다보며 자라난다는 것은 커다란 행운이었다. 왜냐하면 그 얼굴은 생김새가 숭고하고 웅장하면서도 표정이 다정스러워, 마치 그 애정 속에 온 인류를 포옹하고도 남을 것만 같았기 때문이었다. 따라서 그저 그것을 보는 것만으로도 큰 교육이 되었다. 이 골짜기의 토지가 기름진 것은 구름을 찬란하게 꾸미고, 정다운 모습을 햇빛 속에 펼치면서, 언제나 자비스러운 얼굴로 이 골짜기를 내려다보고 있는 큰 바위 얼굴 덕분이라고 믿는 사람들도 많았다.

이 큰 바위 얼굴을 바라보며 어머니와 어린 소년은 오두막집 문 앞에 앉아서 이야기를 하고 있었다. 그 아이의 이름은 어니스트였다.

"어머니!"

아이가 말하였다. 그때 그 타이탄과 같은 큰 바위 얼굴이 그에게 미소를 보내는 것만 같았다.

"저 큰 바위 얼굴이 말을 할 수 있다면 좋겠어요. 저렇게 친절한 표정을 보면 목소리도 매우 듣기 좋겠지요? 만약에 내가 저런 얼굴을 가진 사람을 만난다면, 나는 정말 그를 너무너무 좋아할 거예요."

어니스트의 말에 어머니가 말했다.

"만약에 옛날 사람들의 예언이 실현된다면, 우리는 언젠가 저것과 똑같은 얼굴을 가진 사람을 볼 수 있을 것이다."

어니스트는 어머니에게 물었다.

"어떤 예언인데요, 어머니? 어서 이야기 좀 해 주세요."

어머니는 어니스트보다 더 어렸을 때, 자기 어머니에게서 들은 이야기를 어니스트에게 하기 시작하였다.

그것은 과거에 벌어졌던 일에 대한 것이 아니고, 앞으로 일어날 일에 대한 이야기였다. 그러나 그것은 매우 오래 전부터 전해 내려오는 이야기로, 옛날에 이 골짜기에 살고 있던 아메리칸 인디언들 역시 그들의 조상으로부터 그 이야기를 전해 들었다고 한다.

그 조상들의 말에 의하면, 그 이야기는 처음에, 산골짜기를 흐르는 시내와 나무 끝을 스치는 바람이 속삭여 주었다는 것이다. 그 이야기의 요지는, 장차 어느 때고 이 근처에 한 아이가 태어날 것인데, 그 아이는 고아한 인물이 될 운명을 타고날 것이며, 그 아이는 어른이 되어감에 따라 얼굴이 점점 큰 바위 얼굴을 닮아 간다는 것이다. 아직도 많은 노인들과 어린이들이 열렬한 희망과 변하지 않는 신념으로 이 예언이 실현되기를 기다리고 있었다. 그러나 아무리 기다려도 큰 바위 얼굴을 닮은 사람을 만나지 못한 많은 사람들은 이 예언이 그저 허황된 이야기라고 단정짓기도 했다.

아무튼, 예언이 말하는 위대한 인물은 아직 나타나지 않았다.

"어머니! 어머니!" 어니스트는 손뼉을 치며 외쳤다.

"그런 사람을 만나면 얼마나 좋을까요?"

그의 어머니는 애정이 많고 생각이 깊은 여인으로, 자기 아들의 커다란 희망을 깨뜨리지 않는 것이 현명한 일이라고 생각했다. 그래서 아들에게,

"너는 아마 그런 사람을 만날 것이다." 라고만 말하였다.

그 후, 어니스트는 어머니께 들은 이야기를 언제나 잊지 않고 지냈다. 그리고 큰

바위 얼굴을 쳐다볼 때마다, 마음속에 어머니께서 들려주신 이야기를 떠올렸다.

어니스트는 어린 시절을 지내는 동안 어머니 말씀에 순종하였고, 어머니께서 하시는 모든 일을 그의 조그마한 손으로, 그리고 사랑의 마음으로 도와 드렸다. 이렇게 행복한, 그러나 가끔 생각에 잠기곤 하는 이 어린아이는 점점 온순하고 겸손한 소년이 되어 갔다. 밭에서 일하기 때문에 햇볕에 검게 그을었지만, 그의 얼굴에는 유명한 학교에서 교육을 받은 소년들보다 더 총명한 빛이 어려 있었다.

어니스트에게는 선생님이 없었다. 다만 선생님이 있다면, 그것은 바로 저 큰 바위 얼굴뿐이었다. 어니스트는 하루의 일이 끝나면 몇 시간이고 그 바위를 쳐다보곤 했다. 그러면 그 큰 바위 얼굴이 자신을 알아보고 격려하는 친절한 미소를 보내 주는 것 같은 생각이 들었다. 물론 그 큰 바위 얼굴이 어니스트에게만 더 친절하게 비칠 리는 없지만, 그렇다고 어린 어니스트의 생각이 틀렸다고만 할 수는 없었다. 사실, 믿음이 깊고 순진하고 맑은 그의 마음은 다른 사람들이 보지 못하는 것을 볼 수 있었으며, 모든 사람이 다 누리는 큰 바위 얼굴의 사랑이라도 자기만 받고 있는 줄로 생각했던 것이다.

그 무렵, 이 마을 일대에 큰 바위 얼굴처럼 생긴 위인이 나타났다는 소문이 돌기 시작했다. 그의 이름은 그의 처세술에서, 혹은 그가 성공한 데서 온 별명인지 모르나 개더골드(Gathergold)라고 했다. 여러 해 전 한 젊은이가 이 골짜기를 떠나, 먼 항구로 가서 돈을 벌어 가게를 내었다. 빈틈없고 활발한데다가, 세상 사람들이 '재수'라고 부르는 행운까지 타고난 그는 대단한 거상(巨商)이 되었던 것이다. 그는 자신의 재산을 계산하기도 어려울 만큼 큰 부자가 되어, 고향을 떠올렸다. 그리고 고향에서 여생을 마치겠다고 결심하게 되었다. 그는 자신 같은 백만장자가 살기에 적합한 큰 집을 짓게 하려고, 숙련된 목수를 고향으로 보냈다. 지금까지 그의 아버지가 살고 있던 초라한 농가에 마치 요술을 부려놓은 듯한 거대한 건물이 들어선 것을 본 사람들은, 그 예언이 거짓 없는 사실일 거라고 점점 더 믿게 되었다.

어니스트는 예언의 인물이 드디어 그가 태어난 고향에 나타났다는 생각으로 마음이 몹시 설레었다. 그의 어린 마음은, 많은 재산을 가진 개더골드가 곧 자선의 천사가 되어, 큰 바위 얼굴의 미소와 같이 너그럽고 자비롭게 사람들의 생활을 돌보아 줄 것이라고 생각했다.

그는 늘 하듯이 큰 바위 얼굴이 자기에게 답례를 하며, 친절하게 자기를 보아 주리라고 상상하면서 그것을 쳐다보고 있었다. 그때 구불구불한 길을 따라 급하게 달려오는 마차 바퀴 소리가 들렸다.

"야! 오신다."

개더골드가 도착하는 광경을 보려고 모인 사람들이 외쳤다.

"위대한 개더골드 씨가 오셨다!"

네 마리의 말이 끄는 마차가 길모퉁이를 속력을 내어 달려왔다. 마차 창밖으로 조그마한 늙은이가 얼굴을 내밀었다. 그의 얼굴은 마이더스왕이 빚어 만든 것 같은 누런빛이었다. 이마는 좁고, 작고 매서운 눈가에는 수많은 잔주름이 있으며, 얇은 입술은 꼭 다물려 더 얇게 보였다.

"큰 바위 얼굴과 똑같다!"

사람들이 외쳤다.

"예언은 참말이다. 마침내 위인이 우리에게 오셨다!"

어니스트는 어리둥절하였다. 사람들이 그를 보고 예언의 얼굴과 똑같다고 믿는 것을 도무지 이해할 수 없었던 것이다. 길가에는 마침 먼 곳으로부터 흘러들어온 늙은 거지 하나와 어린 거지들이 있었다. 이 불쌍한 거지는 마차가 지나갈 때에 손을 내밀고 슬픈 목소리로 구걸을 하였다. 그러자 누런 손이, 엄청난 재물을 긁어모은 바로 그 손이 마차 밖으로 나오더니, 동전 몇 닢을 땅에 떨어뜨렸다. 그것으로 볼 때, 이 위인을 개더골드라고 부르게 된 것도 그럴듯하지만 스캐터코퍼• (Scattercopper)라 불러도 좋을 것 같았다. 그럼에도 불구하고 사람들은 예전과 다름없는 굳은 신념을 가지고 큰 바위 얼굴과 똑같다고 소리쳤다.

• 스캐터코퍼: 동전을 뿌리는 사람이란 뜻으로, 개더골드(Gathergold), 즉 황금을 주워 모으는 사람에 견주어 한 말.

그러나 어니스트는 낙심하면서, 주름살이 많고 영악하고 탐욕이 가득 찬 그 얼굴에서 고개를 돌려 버렸다. 그리고 산허리를 바라보았다. 거기에는 맑고 빛나는 큰 바위 얼굴이 주위의 안개에 싸여 막 지려는 햇빛을 받고 있었다. 그 모습은 그의 마음을 한없이 즐겁게 하였다. 그 다정한 입술이 그에게 말하는 것 같았다.

"그 사람은 온다. 걱정하지 말아라. 그 사람은 꼭 온다!"

세월은 흘러갔다.

어니스트도 이제는 소년 티를 벗고 청년이 되었다. 그가 주위 사람들의 관심을 끄는 일은 별로 없었다. 그의 일상에는 유달리 두드러진 점이 없었기 때문이다. 그가 남과 다른 점이 있다면, 아직도 하루 일을 마치고 혼자 떨어져서 그 큰 바위 얼굴을 바라보며 명상을 하는 것이었다. 그것은 다른 사람들이 볼 때 참으로 한심한 짓이었다. 그러나 어니스트는 부지런하고 친절하며 사람이 좋고 자기 일을 게을리하는 법이 없었으므로, 아무도 그를 비난하지는 않았다.

사람들은 그 큰 바위 얼굴이 그의 유일한 선생님이라는 것과, 큰 바위 얼굴에 나타난 고상한 감정이 이 젊은이의 가슴을 다른 사람보다 더 넓고 깊은 인정미가 넘치게 만든다는 사실을 몰랐다.

사람들은 그 큰 바위 얼굴이 책에서 배우는 것보다 더 많은 지혜를 주며, 또 그것을 바라봄으로써 다른 사람의 나쁜 행동을 보고 경계하여, 현재의 생활보다 더 나은 생활이 앞으로 이루어지리라는 것을 몰랐다. 어니스트도 들판 가운데에서, 또는 화롯가에서, 그리고 그가 혼자 깊이 생각하는 어느 곳에서든 자연스럽게 떠오르는 생각과 감정이, 사람들과의 만남에서 생겨나는 것보다 더 품격이 높은 것임을 알지 못했다.

그의 어머니께서 처음으로 예언을 일러 주시던 때와 다름없이 순박한 그는, 골짜기를 내려다보고 있는 그 얼굴을 바라보며, 아직도 그것과 똑같이 생긴 얼굴이 좀처럼 나타나지 않는 것을 이상하게 여겼다.

그동안 개더골드는 세상을 떠나고 말았다. 그의 육체이자 영혼이었던 재산들은 개더골드가 살아 있었을 때 이미 사라져 버렸고, 누런 살갗으로 덮인 산 해골이나 마찬가지인 육체만이 남아 있었다. 그의 재산이 사라지자 사람들은 이 가난한 상인의 천박한 얼굴과 산 위에 있는 장엄한 얼굴이 서로 닮지 않았다는 사실을 인정하게 되었다. 사람들은 개더골드가 살아 있을 때에도 벌써 그를 존경하지 않았고, 죽은 후에는 까맣게 잊어버리고 말았다.

개더골드가 죽은 뒤에도 예언의 인물은 나타나지 않았다.

그런데 이 골짜기 태생으로 여러 해 전에 군에 들어가 수없는 전투를 겪고 난 끝에, 저명한 장군이 된 사람이 있었다. 본명은 무엇인지 잘 모르나, 병영이나 전쟁터에서는 올드 블러드 앤드 선더(Old Blood and Thunder)라는 별명으로 알려져 있었다.

이 백전의 용사도 이제는 나이가 들어 몸이 허약해지고, 소란한 군대 생활이 싫증이 나서, 고향에 돌아가 쉬고 싶다는 자신의 희망을 피력하였다. 그 소문을 들은 골짜기의 흥분은 이루 말할 수 없었다. 그리고 많은 사람들이, 올드 블러드 앤드 선더 장군이 어떻게 생겼는지를 보기 위해, 전에는 몇 년 동안 한 번도 거들떠보지 않던 큰 바위 얼굴을 쳐다보며 시간을 보냈다.

잔치가 열리던 날, 어니스트도 골짜기 사람들과 함께 숲 속의 향연이 마련되어 있는 곳으로 갔다. 어니스트는 발꿈치를 치켜들어 이 저명한 사람을 먼빛으로라도 보려 하였다. 그러나 많은 사람들이 축사와 연설, 장군의 입에서 흘러나올 인사말을 한 마디도 빠뜨리지 않고 들으려는 듯이 식탁 주위에 몰려들었고, 그를 따라온 군대는 호위병의 임무를 다하느라 총검으로 사람들을 밀어 냈다.

그 바람에 성품이 겸손한 어니스트는 뒤로 밀려 그의 얼굴을 제대로 볼 수 없었다. 그는 스스로를 위로하려고 큰 바위 얼굴이 있는 쪽을 다시 바라보았다. 그는 전과 다름없이 성실해 보이고, 오랫동안 마음속으로 그리워하던 친구를 대하듯 다정히 그를 마주 보고 미소를 띠는 것이었다.

이때 전쟁 영웅의 용모와 멀리 산허리 위에 있는 얼굴을 비교해 보는 여러 사람들의 말이 들렸다.

"판에 박은 듯 똑같은 얼굴이다!"

한 사람이 기뻐 날뛰면서 말하였다.

"영락없이 같구나! 바로 그 얼굴이야!"

또 다른 사람이 맞장구를 쳤다.

"닮다마다! 저건 올드 블러드 앤드 선더가 바로 커다란 거울 속에 비쳐 있는 것 같아."

하고 셋째 사람이 외쳤다.

"아무렴, 그렇고말고! 장군이야말로 고금을 통하여 가장 위대한 인물이거든."

그러고는 이 세 사람이 함께 높이 소리쳤다. 그것이 군중에게 전파되어 수많은 사람의 입으로부터 큰 고함 소리를 일으키고, 그 고함 소리는 수 마일을 울려 퍼져 나가서, 큰 바위 얼굴이 천둥 같은 숨결로 고함지른 것이 아닌가 하고 의심할 정도였다.

"장군이다! 장군이다!"

마침내 사람들의 고함 소리가 들려왔다.

"쉬, 조용히 해! 장군이 연설을 하신다."

식사가 끝나고 박수갈채 속에 그의 건강을 위한 축배가 올려진 후 장군은 감사의 뜻을 표하기 위하여 자리에서 일어섰다. 어니스트는 그를 보았다. 그의 머리 위에는 월계수를 얽은 푸른 나뭇가지가 아치를 이루고, 깃발은 그의 이마에 그늘을 지어 주듯 축 늘어져 있었다. 그리고 또 숲이 트인 곳으로 큰 바위 얼굴도 볼 수 있었다.

그렇다면 장군과 큰 바위 얼굴 사이에는 사람들이 말하는 것처럼 닮은 점이 정말로 있었던 것일까? 어니스트는 그것을 찾아낼 수가 없었다. 그는 수없는 전투와 갖은 고난에 찌든 얼굴을 유심히 바라보았다. 그 얼굴에는 정력이 넘쳐 흐르고, 굳고 단단한 의지가 나타나 있었다. 그러나 선량한 지혜와 넓고 깊은 자비심은 찾아볼 수 없었다. 큰 바위 얼굴은 준엄한 표정을 하고 있다 하더라도, 그 이면에는 분명히 더 온화한 빛이 있어서 그 표정을 녹여내고 있었다.

"저 사람은 예언의 인물이 아니다."

어니스트는 군중 사이를 빠져 나오면서 한숨을 내쉬었다.

"아직도 더 기다려야 한다는 말인가?"

안개 사이로 큰 바위 얼굴의 장엄한 모습이 보였다. 그 얼굴은 온화하면서도 위엄이 서려 있었다. 큰 바위 얼굴이 어니스트에게 속삭이듯 말하는 것 같았다.

"걱정 말아라, 어니스트. 그 인물은 나타날 거다."

또다시 여러 해가 평온한 가운데 흘러갔다.

어니스트는 아직도 그가 태어난 골짜기에 살고 있었고, 이제는 이미 중년의 남자가 되었다. 그리고 미미하지만 조금씩 사람들 사이에 알려지게 되었다. 그는 지금도 예전과 같이 생계를 위해 일을 하는 여전히 순박한 마음을 지닌 사람이었다.

그러나 그는 여러 가지 많은 일을 생각하기도 하고 느끼기도 하였고, 생애 가장 좋은 시절의 대부분을 인류를 위해 훌륭한 일을 해 보겠다는 신성한 생각으로 살아 왔었다.

어느덧 그는 자기도 모르는 사이에 전도사가 되어 있었다. 그의 맑고 순박한 사상은 소리 없이 그의 덕행으로 나타나기도 하였으나, 그것은 또 그의 설교 중에서도 흘러 나왔다. 그는 듣는 사람들이 깊은 감명을 받고 새로운 생활을 해나갈 수 있는 진리를 전했다. 청중은, 바로 이웃 사람이요 친근한 벗인 어니스트가 범상한 사람이 아니라고는 생각조차 해 본 일이 없었을 것이다. 더욱이 어니스트 자신은 꿈에도 그런 생각을 하지 않았다. 그러나 개울의 속삭임과도 같이 한결같은 힘으로, 그의 입에서는 아직까지 그 어느 누구도 말해 보지 못한 생각들이 술술 흘러나오는 것이었다. 세월이 흘러 마음이 냉정해지자, 사람들은 올드 블러드 앤드 선더 장군의 험상궂은 얼굴이 산 위에 있는 자비로운 얼굴과 비슷한 점이 없다는 것을 알게 되었다.

그런데 이번에는 또다시 큰 바위 얼굴과 똑같은 얼굴의 어느 저명한 정치가의 소문이 파다하게 퍼져나갔다. 신문에는 그것을 확인하는 많은 기사가 실렸다. 그는 개더골드 씨나 올드 블러드 앤드 선더 씨와 마찬가지로 이 골짜기에서 태어났으나, 일찍이 고향을 떠나 법률과 정치에 종사해 왔다. 부자의 재산과 군인의 칼 대신 그는 오직 한 개의 혀를 가졌을 뿐이었으나, 그것은 앞의 두 가지를 합친 것보다 더 강력한 것이었다.

그의 언변은 놀라울 정도로 유창하여 그가 무엇을 말하든 청중은 그의 말을 믿지 않을 수 없게 되어, 그른 것도 옳게 보고 정당한 것도 그르게 되었다. 자신의 맘이 내키기만 하면, 그는 오로지 숨결만으로 휘황한 안개를 일으켜 대자연의 햇빛을 무색하게 할 수도 있었던 것이다.

그 연설은 때로 천둥과도 같이 울리기도 하고, 때로는 한없이 감미로운 음악 소리와도 같이 속삭이기도 하였다. 그것은 격전의 질풍이었고 평화의 노래였다. 사실은 그럴 리 없겠지만, 그는 그 혓속에 심장을 지니고 있는 듯하였다.

그는 실로 놀라운 사람이었다. 그의 혀로 상상할 수 있는 한의 모든 성공을 거두었다. 그의 혀가 말하는 소리가 각 주의 정부와 대통령의 집무실에까지 울려 퍼져, 온 세계에 그의 명성을 떨치게 되었다. 그리고 마침내 그의 웅변은 국민으로 하여금 그를 대통령으로 선출하도록 설복시키고야 말았다.

이보다 앞서 그의 이름이 세상에 알려지기 시작하자, 그의 숭배자들은 그와 큰 바위 얼굴과의 사이에 비슷한 모습을 찾아내었다. 덕분에 그는 올드 스토니 피즈•(Old Stony Phiz)라는 이름으로 전국에 알려지게 되었다. 친구들이 그를 대통령으로 추대하려고 전력을 다하고 있을 때, 그는 자기 고향인 이 골짜기를 방문하려고 출발하였다.

기마행렬은 주 경계선에서 그를 맞으려고 출발하였다. 모든 사람들이 일을 쉬고 길가에 모여 그가 지나가는 것을 보려고 하였다. 그 사람들 속에는 어니스트도 있었다. 기마행렬은 말굽 소리 요란하게 달려왔다. 먼지가 뽀얗게 일어 어니스트는 그 사람의 얼굴을 볼 수가 없었다. 그리고 악대가 연주하는 음악의 우렁찬 메아리가 골짜기에 퍼져, 골짜기 구석마다 저명한 손님을 환영하는 소리가 가득 찼다. 그러나 가장 웅대한 광경은 멀리 솟은 절벽이 그 음악을 되울리는 것이었다.

• 올드 스토니 피즈: 큰 바위 얼굴과 같은 얼굴의 늙은이란 뜻.

사람들은 모자를 벗어 위로 던지며 소리를 쳤다. 그 열기가 마음에서 마음으로 전해졌고, 어니스트의 가슴도 불붙었다. 그도 모자를 위로 던지며 큰 소리로,

"위인 만세! 올드 스토니 피즈 만세!"

하고 외쳤다. 그러나 아직도 그 사람을 보지는 못하였다.

"왔다!"

어니스트 가까이 서 있던 사람들이 소리쳤다.

"저기 좀 보라고, 올드 스토니 피즈를 봐. 그리고 저 산 위의 얼굴과 비교해 봐. 마치 쌍둥이 같지 않아?"

화려한 행렬 한가운데 네 마리의 흰 말이 끄는 뚜껑 없는 사륜마차가 왔다. 그 마차 안에는 모자를 벗어든 유명한 정치가 올드 스토니 피즈가 앉아 있었다.

"어때? 대단하지!"

어니스트의 옆에 있는 사람이 그에게 말했다.

큰 바위 얼굴은 이제야 제 짝을 만났다.

마차에서 고개를 끄덕거리며 미소를 띠고 있는 얼굴을 처음으로 보았을 때, 어니스트는 산 위에 있는 얼굴과 흡사하다고 생각하였다. 훤하게 벗어진 큰 이마와 얼굴 모습이 참으로 대담하고 힘차게 보여, 마치 큰 바위 얼굴과 경쟁하려고 만들어진 것 같았다.

그러나 그 산 중턱의 얼굴을 빛나게 하며 그 육중한 화강석 물체를 정신적인 것으로 보이게 하는 장엄함이나 위풍당당함, 신과 같은 사랑의 위대한 표정은 찾아볼 길이 없었다. 이 정치가에게는 원래부터 그런 것이 없었거나, 그렇지 않으면 본래는 있었지만 사라져 버린 것 같았다. 정치가의 눈시울에는 우울한 빛이 깃들어 있었다.

그러나 어니스트의 옆에 있는 사람은 팔꿈치로 그를 쿡쿡 지르면서 대답을 재촉하였다.

"어때? 어떤가 말이야! 이 사람이야말로 저 산 중턱의 얼굴과 똑같지 않아?"

"아니, 조금도 닮지 않았소."

어니스트는 무뚝뚝하게 말했다.

"그렇다면, 저 큰 바위 얼굴에게 미안한데."

이렇게 대답하고, 옆 사람은 올드 스토니 피즈를 위하여 다시 환호성을 올렸다.

그러나 어니스트는 아주 실망하여 우울하게 그곳을 떠났다. 예언을 실현시킬 수 있는 사람이지만 그렇게 할 뜻이 없는 것같이 보였기 때문에 그는 슬펐다.

세월은 덧없이 흘러갔다.

이제 어니스트의 머리에도 서리가 내렸다. 이마에는 점잖은 주름살이 잡히고, 양쪽 뺨에는 고랑이 생겼다. 그는 정말 늙은이가 되었다. 그러나 헛되이 나이만 먹은 것은 아니었다. 머리 위 백발보다 풍부한 지혜가 머릿속에 깃들어 있고, 이마와 뺨의 주름살에는 인생의 길에서 시련을 통해 얻은 슬기가 간직되어 있었다. 어니스트는 이름 없는 존재는 아니었다. 수많은 사람이 좇는 명예가 찾지도 않고 원하지도 않는 그를 찾아오고야 말았고, 그의 이름은 그가 살고 있는 산골을 넘어 세상에 널리 알려지게 되었다.

대학 교수들 그리고 도시 사람들까지 어니스트와 이야기를 하기 위해 찾아왔다. 이 순박한 농부가 다른 사람들보다 현명한 지혜를 가졌다는 소문이 바다 건너 멀리까지 퍼졌다. 어니스트의 생각은 책에서 얻어진 것은 아니었지만 더 슬기로웠고, 친구가 들려주듯 친근하면서도 조용한 위엄을 갖고 있었다. 누가 찾아와도 그는 친절하게 손님을 맞이했고, 마음을 터놓고 자유롭게 이야기했다. 그리고 골짜기를 지나다가 큰 바위 얼굴을 올려다보며 누군가를 닮았다는 생각을 하면서도 그가 누군지는 확실하게 생각하지 못했다.

이렇게 어니스트가 늙어가고 있을 무렵, 인자하신 하느님의 섭리로 새로운 시인 한 사람이 세상에 나타나게 되었다. 그도 역시 이 골짜기에서 태어난 사람이었다. 하지만 고향을 떠나 일생의 대부분을 도시의 잡음 속에서 아름다운 음률을 쏟아 놓고 있었다.

그는 큰 바위 얼굴의 웅장한 입으로 읊어도 부끄럽지 않을 장엄한 송가로 그 바위를 찬미한 적도 있었다. 말하자면, 이 천재는 훌륭한 재능을 몸에 지니고 하늘로부터 이 세상에 내려온 것이라고도 할 수 있었다.

그가 산을 읊으면 사람들은 한층 더 장엄함이 그 산허리에 또는 그 산꼭대기에 나타나는 것을 보았다. 그가 아름다운 호수를 노래하면 하늘은 미소를 던져, 그 호수 위를 영원히 비추려 하였다. 망망대해를 노래하면 깊고 넓고 무시무시한 가슴이 그의 정서에 감격하여 뛰노는 것 같았다. 이 시인의 행복한 눈으로 세상을 축복하면, 온 세상은 과거와는 다른 더 훌륭한 모습을 가지게 되었다.

조물주는 자기가 창조한 세계의 마지막 완성을 위해 최상의 솜씨를 발휘해 그를 내려보냈던 것이었다. 그 시인이 와서 해석을 하고 조물주의 창조를 시로 완성시킬 때까지는 천지 창조는 완성된 것 같지 않았다.

이 시인의 노래는 마침내 어니스트의 손에까지 들어가게 되었다. 그는 늘 하루의 노동이 끝난 뒤에, 자기 집 문 앞에 놓인 긴 의자에 앉아서 그 시들을 읽었다. 그 자리는 오랫동안 그가 큰 바위 얼굴을 바라보며 사색에 잠기는 곳이었다. 그리고 지금 자기의 영혼에 강력한 충격을 주는 그 시들을 읽고서, 그는 눈을 들어 인자하게 자기를 보고 있는 그 얼굴을 쳐다보았다.

"오, 장엄한 친구여!"

그는 큰 바위 얼굴을 보고 중얼거렸다.

"이 사람이야말로 그대를 닮을 자격이 있는 사람이 아닙니까?"

그 얼굴은 미소하는 것 같았으나 아무 대답이 없었다.

한편, 이 시인은 그가 그렇게도 멀리 떨어져 있었지만, 어니스트의 소문을 들었을 뿐 아니라, 그의 인격을 흠모하는 나머지 어니스트를 몹시도 만나고 싶어 하였다. 그래서 어느 여름 아침에 기차를 타고 어니스트의 집에서 그리 멀지 않은 곳에서 내렸다. 전에 개더골드의 저택이었던 호텔이 바로 옆에 있었지만, 그는 손가방을 든 채 어니스트의 집을 찾아가서 거기서 일박을 청할 생각을 하였다.

그는 문 앞에 가까이 가서 점잖은 노인이 책을 한 손에 들고 읽다가 그 책갈피에 손가락을 끼운 채 큰 바위 얼굴을 쳐다보고 또 책을 들여다보고 하는 것을 보았다.

"안녕하십니까? 지나가는 나그네인데 하룻밤 묵을 수 있겠습니까?"

시인은 말을 건넸다.

"네, 그렇게 하십시오."

어니스트는 웃으면서,

"저 큰 바위 얼굴이 저렇게 다정한 얼굴로 손님을 맞이하는 것을 본 일이 없습니다." 하고 말하였다.

시인은 어니스트 옆에 앉아서 서로 이야기를 주고받기 시작했다. 시인은 전에도 재치 있고 지혜로운 사람들과 이야기해 본 일이 있었으나, 어니스트와 같이 자유로운 사상과 감정이 우러나오고, 위대한 진리를 소박하면서도 알기 쉽게 말하는 사람을 본 적이 없었다.

시인의 이야기에 귀를 기울이고 있던 어니스트에게는 큰 바위 얼굴도 함께 몸을 앞으로 내밀고 귀를 기울이는 것만 같았다. 그는 열심히 시인의 빛나는 눈을 들여다보았다.

"손님께서는 비범한 재주를 가지셨으니, 대체 뉘십니까?"

어니스트가 묻자, 시인은 어니스트가 읽고 있던 책을 가리키며,

"당신께서는 이 책을 읽으셨지요? 그러면, 저를 아실 것입니다. 제가 바로 이 책을 지은 사람입니다." 하고 대답하였다.

어니스트는 다시 한 번 전보다 더 열심히 그 시인의 모습을 살폈다. 그리고 큰 바위 얼굴을 바라보고는 이상하다는 표정으로 다시 한 번 손님을 쳐다보았다. 그러나 그의 얼굴에는 실망의 빛이 떠올랐다. 어니스트는 머리를 내흔들며 한숨을 내쉬었다.

"왜 슬퍼하십니까?"

시인이 물어 보았다.

"저는 일생 동안, 예언이 실현되기를 기다리고 있었습니다. 제가 이 시를 읽을 적에, 이 시를 쓴 분이야말로 그 예언을 실현시켜 줄 분이 아닐까 하고 생각했습니다."

어니스트가 대답하였다.

시인은 얼굴에 약간 미소를 띠면서 말하기를,

"주인께서는 저에게서 저 큰 바위 얼굴과 흡사한 점을 찾기를 원하셨다는 말씀

이군요. 그런데 지금 보니 개더골드나, 올드 블러드 앤드 선더나, 올드 스토니 피즈와 마찬가지로 저에 대해서도 역시 실망하셨다는 말씀이지요? 그렇습니다. 저는 그 정도밖에 안됩니다. 저 역시 앞서 나타난 사람들과 같이 당신에게 또 하나의 실망을 더해 드렸을 뿐입니다. 정말로 부끄럽고 슬픈 이야기입니다마는 저는 저기 있는 인자하고 장엄하게 생긴 얼굴에 비할 가치가 없는 인간입니다."

"왜 그렇습니까? 여기 담긴 생각이 신성하지 않단 말씀입니까?"

시인은 어니스트가 들고 있는 시집을 가리키며 말하였다.

"그 시에는 신의 뜻을 전하는 바가 있습니다. 하늘 나라 노래의 먼 메아리 정도는 들릴 것입니다. 친애하는 어니스트 씨여! 그러나 나의 생활은 나의 사상과 일치하지 못하였습니다. 나 역시 큰 꿈을 가졌었습니다. 그러나 그것들은 다만 꿈이었을 뿐, 나는 빈약하고 천박한 현실 속에서 살기를 택했고, 그렇게 살아 왔습니다. 솔직하게 말씀을 드리면, 나의 작품들이 자연 속에, 또는 인생 속에 그 존재를 더 확실히 나타냈다고 하는 장엄함이나 아름다움, 지고지순한 가치에 대하여 나 자신이 신념을 가지지 못하는 일도 있었습니다. 그러니 순수한 선(善)과 진리를 찾으려는 당신의 눈이 어떻게 나에게서 저 큰 바위 얼굴을 찾을 수가 있겠습니까?"

시인의 목소리는 슬픔에 젖어 들었고, 눈에는 눈물이 어렸다. 어니스트의 눈에도 눈물이 어렸다.

해가 질 무렵에, 오래 전부터 해 오던 대로 어니스트는 야외에서 동네 사람들에게 이야기를 하기로 되어 있었다. 그와 시인은 서로 팔짱을 끼고 그곳으로 걸어갔다. 그곳은 나지막한 산에 둘러싸인 야트막한 곳이었다. 뒤에는 회색 절벽이 솟아 있고, 많은 담쟁이덩굴이 무성하여 울퉁불퉁한 벼랑을 마치 비단 휘장처럼 덮고 있었다. 공터에는 다른 곳보다 약간 높게 푸른 나뭇잎으로 둘러싸인 곳이 있으니, 그곳은 한 사람이 들어가서 자기의 진심으로부터 우러나오는 몸짓으로 이야기할 수 있을 정도의 공간이었다.

어니스트는 이 자연이 만들어준 연단에 올라가서 따뜻하고 다정한 미소를 지으며 사람들을 둘러보았다. 그들은 설 사람은 서고, 앉을 사람은 앉고, 기댈 사람은 기대고 하여, 저마다 편한 자세를 취하고 있었다. 서산에 기울어져 가는 해가 그들을 비춰 주었다. 숲 너머로는 예나 이제나 다름없이 유쾌하고 장엄하면서도 인자한 모습의 큰 바위 얼굴이 보였다.

어니스트는 자기의 마음속 생각들을 청중들에게 이야기하기 시작하였다. 그의 말은 자신의 사상과 일치되어 있었으므로 힘이 있었고, 자신의 사상은 자기의 일상생활과 조화되어 있었으므로 현실성과 깊이가 있었다. 이 설교자가 하는 말은 단순한 음성이 아니요, 생명의 가르침이었다. 그 속에는 착한 행위와 신성한 사랑으로 이루어진 그의 일생이 녹아 있었다. 마치 윤택하고 순결한 진주가 그의 귀중한 생명수 속에 녹아 들어간 것 같았다.

그의 이야기에 귀를 기울이고 있던 시인은 어니스트의 품격이 자기가 쓴 어느 시보다 더 아름답고 고상하다고 느꼈다. 그는 물기 어린 눈으로 그 존엄한 사람을 우러러보았다. 그리고 그 온화하고 다정하고 사려 깊은 얼굴에 백발이 흩어져 있는 모습이야말로 예언자와 성자다운 모습이라고 혼자서 생각하였다.

저 멀리 서쪽으로 넘어가는 태양의 황금빛 속에 큰 바위 얼굴이 뚜렷하게 드러났다. 그 주위를 둘러싼 흰 구름이 어니스트의 이마를 덮고 있는 백발과도 같았다. 그 광대하고 자비로운 모습은 온 세상을 감싸 안은 듯하였다.

그 순간, 어니스트의 얼굴은 그가 말하려던 생각에 일치되어 자비심이 섞인 장엄한 표정을 지었다. 시인은 참을 수 없는 충동으로 팔을 높이 들고 외쳤다.

"보시오! 보시오! 어니스트 씨야말로 큰 바위 얼굴과 똑같습니다!"

모든 사람들이 어니스트를 쳐다보았다. 그리고 그 지혜로운 시인의 말이 사실인 것을 알았다. 마침내 예언이 실현되었다.

그러나 할 말을 다 마친 어니스트는 시인과 함께 천천히 집으로 돌아가면서, 아직도 자기보다 더 현명하고 착한 사람이 큰 바위 얼굴 같은 모습으로 나타나기를 마음속으로 기원하는 것이었다.

이해의 선물 | 폴 빌라드 · 유영 옮김

내가 위그든 씨의 사탕가게에 처음으로 발을 들여놓은 것은 아마 네 살쯤 되었을 때의 일이었던 것 같다. 하지만, 그 많은 싸구려 사탕들이 풍기던 향기로운 냄새는 반세기가 지난 지금까지도 아직 내 머릿속에 생생히 되살아난다.

가게 문에 달린 조그만 방울이 울릴 때마다 위그든 씨는 언제나 조용히 나타나서, 진열대 뒤에 와 섰다. 그는 꽤 나이가 많았기 때문에, 머리는 구름처럼 희고 고운 백발로 덮여 있었다.

나는, 그처럼 마음을 사로잡는 맛있는 물건들이 한꺼번에 펼쳐진 것을 본 적이 없었다. 그중에서 한 가지를 고른다는 것은 꽤나 어려운 일이었다. 먼저 어느 한 가지를 머릿속으로 충분히 맛보지 않고는 다음 것을 고를 수가 없었다. 그러고 나서 마침내 내가 고른 사탕이 하얀 종이 봉지에 담길 때에는 언제나 잠시 괴로운 아쉬움이 뒤따랐다. 다른 것이 더 맛있지 않을까? 더 오래 먹을 수 있지 않을까?

위그든 씨는 골라 놓은 사탕을 봉지에 넣은 다음, 잠시 기다리는 버릇이 있었다. 한마디도 말은 없었다. 그러나 하얀 눈썹을 추켜올리고 서 있는 그 자세에서 다른 사탕과 바꿔 살 수 있는 마지막 기회가 있다는 것을 누구나 알 수 있었다. 계산대 위에 사탕값을 올려놓은 다음에야 비로소 사탕 봉지는 비틀려 돌이킬 수 없이 봉해지고, 잠깐 동안 주저하던 시간은 끝이 나는 것이었다.

우리 집은 전찻길에서 두 구간이나 떨어져 있었는데, 차를 타러 나갈 때에나 차에서 내려 집으로 돌아올 때에는 언제나 그 가게 앞을 지나게 되어 있었다. 어느 날, 어머니는 무슨 볼일이 있어 시내까지 나를 데리고 나가셨다가, 전차에서 내려 집으로 돌아오는 길에, 위그든 씨의 가게에 들르신 일이 있었다.

"뭐, 좀 맛있는 게 있나 보자."

어머니는 기다란 유리 진열장 앞으로 나를 데리고 가셨다. 그때, 커튼 뒤에서 노인이 나타났다. 어머니가 노인과 잠깐 이야기를 나누고 계시는 동안, 나는 눈앞에 진열된 사탕들만 정신없이 바라보고 있었다. 마침내, 어머니는 내게 줄 사탕을 몇 가지 고른 다음, 값을 치르셨다.

어머니는 매주 한두 번씩은 시내를 나가셨는데, 그 시절에는 아이 보는 사람이 없었기 때문에 나는 늘 어머니를 따라다녔다. 어머니는 나를 위하여 그 사탕가게에 들르시는 것이 규칙처럼 되어 버렸고, 처음 들르셨던 날 이후부터는 먹고 싶은 것을 언제나 내가 고르게 하셨다.

그 무렵, 나는 돈이라는 것에 대해서 전혀 아는 것이 없었다. 그저 어머니가 다른 사람에게 무엇인가를 건네주면, 그 사람은 또 으레 무슨 꾸러미나 봉지를 내주는 것을 보고는 '아하, 물건을 팔고 사는 건 저렇게 하는 것이구나.' 하는 생각이 마음속에 자리잡았다.

그러던 어느 날, 나는 한 가지 결단을 내리기에 이르렀다. 위그든 씨 가게까지 두 구간이나 되는 먼 거리를 나 혼자 한번 가 보기로 한 것이다. 상당히 애를 쓴 끝에 간신히 그 가게를 찾아 커다란 문을 열었을 때 귀에 들려오던 그 방울 소리를 지금도 나는 뚜렷이 기억한다. 나는 두근거리는 가슴을 안고 천천히 진열대 앞으로 걸어갔다.

이쪽엔 박하 향기가 나는 납작한 박하사탕이 있었다. 그리고 쟁반에는 조그만 초콜릿 알사탕, 그 뒤에 있는 상자에는 입에 넣으면 흐뭇하게 뺨이 불룩해지는 굵직굵직한 눈깔사탕이 있었다. 단단하고 반들반들하게 짙은 암갈색 설탕 옷을 입힌 땅콩을 위그든 씨는 조그마한 주걱으로 떠서 팔았는데, 두 주걱에 1센트였다. 물론 감초 과자도 있었다. 그것을 베어 문 채로 입 안에서 녹여 먹으면, 꽤 오래 우물거리며

먹을 수 있었다.

이만하면 맛있게 먹을 수 있겠다 싶을 만큼 내가 이것저것 골라 내놓자, 위그든 씨는 나에게 몸을 구부리며 물었다.

"너, 이만큼 살 돈은 가지고 왔니?"

"네." 나는 대답했다. 그러고는 주먹을 내밀어, 위그든 씨의 손바닥에 반짝이는 은박지로 정성스럽게 싼 여섯 개의 버찌씨를 조심스럽게 떨어뜨렸다.

위그든 씨는 잠시 자기의 손바닥을 들여다보더니, 다시 한동안 내 얼굴을 구석구석 바라보는 것이었다.

"모자라나요?"

나는 걱정스럽게 물었다.

그는 조용히 한숨을 내쉬고 나서 대답했다.

"돈이 좀 남는걸. 거슬러 주어야겠는데……."

그는 구식 금고 쪽으로 걸어가더니, '철컹' 소리가 나는 서랍을 열었다.

그러고는 계산대로 돌아와서 몸을 굽혀, 앞으로 내민 내 손바닥에 2센트를 떨어뜨려 주었다.

내가 혼자 거기까지 가서 사탕을 샀다는 사실을 아신 어머니는 나를 꾸중하셨다. 그러나 돈의 출처는 물어 보지 않으셨던 것으로 기억된다. 나는 다만, 어머니의 허락 없이 다시는 거기에 가지 말라는 주의를 받았을 뿐이었다. 나는 확실히 어머니의 말씀에 순종했다. 그리고 그 후로 두 번 다시 버찌씨를 쓴 기억이 없는 것으로 보아, 허락이 있었을 때에는 분명히 1, 2센트씩 어머니가 돈을 주셨던 것 같다. 그 당시로서는 그 모든 사건이 내게 그리 대단한 일이 아니었으므로, 바쁜 성장 과정을 지나는 동안, 나는 그 일을 까맣게 잊고 있었다.

내가 예닐곱 살 되었을 때, 우리 집은 동부로 이사를 갔다. 거기서 나는 성장하여 결혼도 하고, 가정도 이루게 되었다. 아내와 나는 외국산 열대어를 길러 파는 장사를 시작했다. 당시는 양어장이 아직 초창기를 벗어나지 못했던 시절이라, 대부분의 물고기는 아시아, 아프리카, 남아메리카 등지에서 직접 수입하고 있었다. 그래서 한 쌍에 5달러 이하짜리는 없을 정도였다.

어느 화창한 오후, 남자 아이 하나가 제 누이동생과 함께 가게에 들어왔다. 남자 아이는 예닐곱 살 정도밖에는 안되어 보였다. 나는 바쁘게 어항을 닦고 있었다. 두 아이는 눈을 커다랗게 뜨고, 수정처럼 맑은 물속을 헤엄치고 있는 아름다운 열대어들을 바라보았다.

그러다가 남자 아이가 소리쳤다.

"야아! 우리도 저거 살 수 있죠?"

"그럼." 나는 대답했다.

"돈만 있다면야."

"네, 돈은 많아요."

하고 남자 아이가 자신 있게 말했다.

그 말하는 품이 어딘가 친근하게 느껴졌다. 아이들은 얼마 동안 물고기들을 살펴보더니, 손가락으로 몇 가지 종류를 가리키며 한 쌍씩 달라고 했다. 나는 그 아이들이 고른 것을 그물로 건져 휴대 용기에 담은 후, 들고 가기 좋도록 비닐봉지에 넣어 남자 아이에게 건네주며 말했다.

"조심해서 들고 가야 한다."

"네." 남자 아이는 고개를 끄덕이며 제 누이동생을 돌아보고 말했다.

"네가 돈을 내."

나는 손을 내밀었다. 다음 순간, 꼭 쥐어진 여자 아이의 주먹이 내게 다가왔을 때, 나는 앞으로 일어나게 될 사태를 금세 알아챘다. 그리고 그 어린 소녀의 입에서 나올 말까지도. 소녀는 쥐었던 주먹을 펴고, 내 손바닥에 5센트짜리 백동화 두 개와 10센트짜리 은화 한 개를 쏟아 놓았다.

그 순간, 나는 먼 옛날에 위그든 씨가 내게 물려준 유산(遺産)이 내 마음속에서 솟아오르는 것을 느꼈다. 그제서야 비로소, 지난날 내가 그 노인에게 안겨 준 어려움이 어떤 것이었나를 알 수 있었고, 그가 얼마나 멋지게 그것을 해결했던가를 깨닫게 되었다.

손에 들어온 그 동전들을 바라보고 있노라니, 나는 그 조그만 사탕가게에 다시 들어가 있는 기분이었다. 나는 그 옛날 위그든 씨가 그랬던 것처럼 두 어린이의 순진함과, 그 순진함을 보전할 수도 있고 파괴할 수도 있는 힘이 무엇인지를 알게 되었다. 그날의 추억이 너무나도 가슴에 벅차, 나는 목이 메었다. 소녀는 기대에 찬 얼굴로 내 앞에 서 있었다.

"모자라나요?"

소녀는 작은 목소리로 물었다.

"돈이 좀 남는걸."

나는 목이 메는 것을 참으며 간신히 말했다.

"거슬러 줄 게 있다."

나는 금고 서랍을 뒤져, 소녀가 내민 손바닥 위에 2센트를 떨어뜨려 주었다. 그러고 나서, 자기들의 보물을 소중하게 들고 길을 걸어 내려가고 있는 두 어린이의 모습을 문간에서 지켜보고 서 있었다.

가게 안으로 들어와 보니, 아내는 어항 속의 물풀들을 다시 가다듬어 놓느라고, 걸상 위에 올라서서 두 팔을 팔꿈치까지 물속에 담그고 있었다.

"대관절 무슨 까닭인지 말씀 좀 해보세요." 아내가 나를 보고 말했다.

"물고기를 몇 마리나 주었는지 아시기나 해요?"

"한 삼십 달러어치는 주었지."

나는 아직도 목이 멘 채로 대답했다.

"하지만, 그럴 수밖에 없었어."

내가 위그든 씨에 대한 이야기를 끝마쳤을 때, 아내의 두 눈은 젖어 있었다. 아내는 걸상에서 내려와 나의 뺨에 조용히 입을 맞추었다.

"아직도 박하사탕의 향기가 잊혀지지 않아."

나는 숨을 길게 내쉬었다. 그리고 마지막 어항을 닦으면서, 어깨 너머에서 들려오는 위그든 씨의 나지막한 웃음소리를 들었다.

별 | 알퐁스 도데

프로방스• 지방 어떤 목동의 이야기

내가 뤼브롱• 산에서 양을 치고 있을 때의 이야기입니다. 나는 몇 주일 동안 사람 그림자도 구경 못하고, 양떼와 사냥개 검둥이만 데리고 홀로 목장에 남아 있어야 했습니다. 이따금 몽드뤼르•의 은자들이 약초를 찾아 그곳을 지나가는 일도 있었고, 또는 피에몽•에서 온 숯 굽는 사람의 거무데데한 얼굴이 눈에 띄는 일도 있었습니다. 그러나 그들은 하도 외로운 생활을 해 온 나머지 좀처럼 입을 여는 일이 없는 순박한 사람들이어서 남에게 말을 거는 취미도 잃어버렸거니와, 도무지 무엇이 지금 산 아래 여러 마을이나 읍에서 이야깃거리가 되고 있는지를 통 모르는 사람들이었습니다.

그러기에, 2주일에 한 번씩 보름치의 식량을 실어다 주는 우리 농장 노새의 방울 소리가 언덕 밑에서 들려올 때, 그리고 꼬마 미아로(농장 머슴)의 그 또랑또랑한 얼굴이나 혹은 늙은 노라드 아주머니의 다갈색 모자가 언덕 위에 남실남실 떠오를 때면 나는 너무나 기뻐서 어쩔 줄을 몰랐던 것입니다.

• 프로방스: 프랑스 남동부의 지중해에 접해 있는 지방. 명승지로, 기후가 사철 온화함.
• 뤼브롱: 프로방스에 있는 산 이름.
• 몽드뤼르: 프로방스에 있는 산 이름.
• 피에몽: 산록(山麓)이라는 뜻으로, 이탈리아 북서부, 스위스와 프랑스에 이웃한 알프스 산맥 기슭을 총칭하는 지명.

그때마다 나는, 어느 집 어린이가 세례를 받았고, 누가 결혼을 했는지 그 사이 산 아랫마을에서 일어난 일을 캐묻곤 했습니다. 그러나 무엇보다도 가장 듣고 싶은 소식은 주인댁 따님, 이 근처 백 리 안에서 가장 예쁘다는 우리 스테파네트 아가씨가 어떻게 지내는지를 아는 일이었습니다.

나는 별로 관심이 없는 척하며, 아가씨가 자주 무도회에 가고 저녁 나들이를 하는지, 또는 지금도 새로 나타난 멋쟁이들이 아가씨의 환심을 사러 오는지 따위를 넌지시 물어보곤 하였습니다.

그리고 만일 "너 같은 일개 목동이 그런 건 알아서 무엇하느냐?"고 묻는 사람이 있다면, 나는 지금도 이렇게 대답할 것입니다. 그때 내 나이 스무 살이었고, 스테파네트 아가씨는 지금까지 한평생 내가 보아 온 사람들 가운데 가장 아름다운 사람이었다고.

어느 일요일이었습니다. 보름치의 식량이 오기를 눈이 빠지도록 기다리고 있는데, 그날따라 식량이 아주 늦게야 겨우 도착했습니다. 아침에는 '큰 미사를 보고 오기 때문에 그럴 테지.'라고 생각했습니다. 그런데 점심때에는 소나기가 퍼부었습니다. 그래서 이번에는, 길이 나빠서 그럴 테지 하며 초조한 마음을 달래었습니다. 그러다 드디어 세 시쯤 말끔히 개인 하늘 밑에 온 산이 비에 젖고 햇빛을 받아 눈부시게 반짝일 때였습니다.

나뭇잎에 물방울 떨어지는 소리와 개천에 물이 불어 넘쳐흐르는 소리에 섞여 문득 방울 소리가 들려왔습니다. 그것은 흡사 부활절날 여러 종루에서 일제히 울려퍼지는 종소리만큼이나 즐겁고 경쾌한 소리였습니다.

그런데 노새를 몰고 나타난 사람은 꼬마 미아로도 아니고, 늙은 노라드 아주머니도 아니었습니다. 그것은 뜻밖에도 바로 우리 아가씨였습니다. 우리 아가씨가 노새 등에 실린 버들고리 사이에 의젓이 올라타고 몸소 나타난 것입니다. 아가씨의 볼은 맑은 산의 정기와 깨끗한 공기를 쐬어 온통 발갛게 상기되어 있었습니다.

미아로 꼬마는 앓아누워 있고, 노라드 아주머니는 휴가를 얻어 자기 아이들을 보러 갔다는 것이었습니다. 그리고 아름다운 스테파네트 아가씨는 덤불 속에서 길을 잃어 헤맸다는데, 아가씨 머리에 꽂은 꽃 리본이며 그 눈부신 스커트, 그리고 그 곱게 빛나는 레이스로 단장한 화려한 옷차림을 보면, 차라리 어느 무도회에라도 들러서 놀다가 늦어진 것처럼 보일 지경이었습니다.

아아, 귀여운 아가씨! 스테파네트 아가씨는 아무리 바라보아도 싫증이 나지 않았습니다. 이때까지 아가씨를 이렇게 가까이서 보는 것은 처음이었습니다. 겨울이 되어 양 떼를 몰고 들로 내려가 저녁을 먹으러 농장으로 돌아가면, 이따금 아가씨가 식당을 가로질러 갈 때도 있었습니다. 그러나 우리 같은 하인들에게 말을 거는 일은 없었습니다. 늘 아름답게 차려 입고 약간은 거만해 보였는데……. 그런데 지금 그 아가씨가 바로 내 눈앞에 와 있는 것입니다. 오로지 나만을 위해서. 그러니 그만하면 넋을 잃을 법도 하지 않습니까?

바구니에서 식량을 내리기 무섭게 스테파네트 아가씨는 신기하다는 듯이 주위를 둘러보기 시작했습니다. 아가씨는 아름다운 나들이옷을 더럽힐까 봐 스커트 자락을 살짝 걷어 올리더니, 양을 몰아넣는 울타리 안으로 들어갔습니다. 내가 자는 구석이며 양 모피를 깐 짚자리며 벽에 걸린 커다란 두건 달린 외투며 내 채찍, 그리고 엽총 따위를 보고 싶어 했습니다. 그 모든 것이 아가씨에게는 재미있고 즐거웠던 것입니다.

"그래, 여기서 산단 말이지? 참 가엾기도 해라. 밤낮 이렇게 외로이 세월을 보내면 얼마나 갑갑할까! 무얼 하며 시간을 보내지? 무슨 생각을 하며?"

'아가씨 생각을 하면서요.'

이렇게 대답하고 싶은 생각이 불현듯 치밀었습니다. 사실 그렇게 대답한대도 거짓은 아니었을 것입니다. 그러나 그 순간 나는 어찌나 당황했던지 한 마디도 선뜻 말이 나오지 않았습니다. 아마 그러한 낌새를 눈치 채고 깜찍스런 아가씨가 일부러 얄궂은 질문을 던지고는, 내가 쩔쩔매는 꼴을 보며 즐거워하고 있었을지도 모릅니다.

"그럼 예쁜 여자 친구라도 가끔 놀러 오니? 정말 여자 친구가 여기에 오면, 황금의 양이나 저 산봉우리 위로만 날아다닌다는 에스테렐• 선녀를 보는 듯하겠구나."

이런 말을 하며 머리를 뒤로 젖혀 웃는 귀여운 몸짓이라든지, 요정처럼 왔다가 금방 가버리는 아가씨야말로 내게는 영락없이 에스테렐 선녀같이만 보였습니다.

"잘 있거라, 목동아."

"안녕히 가셔요. 아가씨."

마침내 아가씨는 빈 바구니를 노새 등에 싣고 떠나는 것이었습니다.

아가씨가 비탈진 산길로 가뭇없이 사라진 뒤에도, 노새 발굽에 차여 굴러 떨어지는 돌멩이 소리가 여전히 들려오고 있었습니다. 그리고 그 돌멩이 소리 하나하나가 그대로 내 심장에 덜컥덜컥 떨어져 내리는 것 같았습니다.

나는 오래오래 그 소리에 귀를 기울였습니다. 해 질 무렵까지 그 애틋한 꿈이 달아날까 봐 두려워 감히 손 하나 까딱 못하고 우두커니 서 있었습니다.

해가 지고 산골짜기들이 점차 어두운 빛으로 변하면서, 양들도 울타리 안으로 돌아오려고 '매매' 울며 서로 몸을 비비대고 있을 무렵이었습니다. 바로 그때 저 아래 언덕배기에서 나를 부르는 소리가 들려 오는가 싶더니 아가씨가 나타나는 것이었습니다. 아가씨는 조금 전 생글생글 웃던 모습은 온데간데없고, 물에 흠뻑 젖어서 추위와 공포로 오들오들 떨고 있었습니다. 아마 언덕 아래 소르그 강•이 소나기에 물이 불었는데, 기를 쓰고 굳이 건너려다가 그만 물에 빠질 뻔한 모양이었습니다.

난처한 일은 그렇게 날이 저물고 보니 농장으로 돌아갈 생각은 아예 꿈도 꿀 수 없게 되었다는 것입니다. 지름길이 있긴 했지만 아가씨 혼자서는 도저히 찾아갈 수 없을 것이고, 그렇다고 내가 양떼를 내버려 두고 아가씨와 동행할 수도 없는 노릇이었기 때문입니다.

걱정하고 있을 가족들 생각에 아가씨는 안절부절 못하는 것이었습니다. 나는 그런 아가씨를 안심시켜 드리려고 최선을 다하는 수밖에 다른 방법이 없었습니다.

• 에스테렐: 숲의 정령.
• 소르그 강: 프로방스를 남북으로 종단하는 론 강의 여러 지류 중에서도 아주 작은 지류의 이름.

"7월이라 밤도 아주 짧습니다. 아가씨, 조금만 참으시면 됩니다."

그러고 나서 나는 황급히 불을 피워 아가씨의 발과 시냇물에 젖은 옷을 말리게 했습니다. 그리고 우유와 치즈를 가져다주었습니다. 그러나 가엾은 아가씨는 불을 쬐려고도, 무엇을 먹으려고도 하지 않았습니다. 구슬 같은 눈물을 글썽이는 걸 보니 나도 그만 울고 싶어졌습니다.

마침내 밤이 오고야 말았습니다. 아득한 산꼭대기에 겨우 싸라기만큼이나 햇볕이 남아 있어, 서쪽 하늘에 증기처럼 한 줄기 빛이 비껴 있을 뿐이었습니다. 나는 아가씨가 울타리 안에 들어가 쉬기를 바랐습니다. 새 짚 위에 한 번도 써 보지 않은 새 모피를 깔아 놓고 안녕히 주무시라고 인사한 다음, 나는 밖에 나와 문 앞에 앉았습니다.

비록 누추할망정 잠든 얼굴을 신기한 듯 들여다보는 양들 곁에서, 스테파네트 아가씨가, 양들 중에서 가장 순결하고 귀여운 한 마리 양처럼, 내 보호를 받으며 편히 쉬고 있다고 생각하니 자랑스러운 마음이 벅차오를 뿐이었습니다. 이때까지 밤하늘이 그렇게도 유난히 깊고, 별들이 그렇게도 찬란하게 보인 적은 없었습니다.

그때 갑자기 사립문이 열리더니 아름다운 스테파네트 아가씨가 나타났습니다. 아가씨는 잠을 이룰 수 없었던 것입니다. 양들이 뒤척일 때마다 짚이 버스럭거리고, 혹은 잠결에 '매' 하고 우는 놈도 있었으니까. 그래서 차라리 밖에 나가 모닥불 곁에 있는 게 낫겠다 싶었던 것입니다.

나는 모피를 벗어 아가씨 어깨 위에 걸쳐 주고, 모닥불을 더 세게 지폈습니다. 그리고 우리 둘은 아무 말 없이 나란히 앉아 있었습니다.

만약 한 번만이라도 밖에서 밤을 새워 본 일이 있는 사람이라면, 인간이 모두 잠든 깊은 밤에는, 또 다른 신비로운 세계가 고독과 적막 속에 눈을 뜬다는 것을 잘 알고 있을 것입니다. 그때 샘물은 훨씬 더 맑은 소리로 노래하고, 연못에는 자그마한 불꽃들이 반짝입니다. 요정들이 이리저리 날아다니는 소리, 나뭇가지가 자라는 바스락거리는 소리. 이런 것들에 익숙지 않은 사람들은 좀 무서운 느낌이 들 수도 있을 것입니다.

그래서인지 우리 아가씨도 무슨 바스락 소리만 들려도 그만 소스라치며 놀라 내게로 바싹 다가앉는 것이었습니다.

한순간 저편 아래쪽 연못에서 처량하고 긴 소리가 은은하게 울려오더니 아름다운 유성 하나가 긴 꼬리를 끌며 빠른 속도로 우리들 머리 위를 스쳐지나갔습니다.

"저게 뭘까?"

스테파네트 아가씨가 나지막한 목소리로 물었습니다.

"천국으로 들어가는 영혼이지요."

이렇게 대답하고 나는 성호를 그었습니다.

아가씨도 나를 따라 성호를 긋고는 잠시 고개를 들고 하늘을 쳐다보며 깊은 명상에 잠겼습니다. 이윽고, 불쑥 이렇게 묻는 것이었습니다.

"그게 정말이니? 너희들 목동은 모두 점쟁이라면서?"

"천만에요, 아가씨. 그러나 우리는 여기서 남들보다는 더 별들과 가까이 지내는 셈이지요. 그러니 평지에 사는 사람들보다는 별나라에서 일어나는 일을 더 잘 알 수 있답니다."

아가씨는 여전히 공중을 쳐다보고 있었습니다. 그렇게 손으로 턱을 괸 채 양 모피를 두르고 있는 모습은 그대로 귀여운 천국의 목자였습니다.

"별이 참 많기도 하다. 저렇게 많은 별은 생전 처음 봐. 넌 저 별들 이름을 잘 알겠지?"

"그럼요, 아가씨. 자! 바로 우리들 머리 위를 보셔요. 저게 '성 야곱•의 길(은하수)'이랍니다. 프랑스에서 곧장 에스파니아 상공으로 통하지요. 샤를르마뉴 대왕•께서 사라센 사람들과 전쟁을 할 때에, 바로 갈리스•의 성 야곱이 그 용감한 대왕께 길을 알려 주기 위해서 그어 놓은 것이랍니다. 좀 더 저쪽으로 '영혼들의 수레•'와 그 번쩍이

• 성 야곱: 크리스트 교의 성자 중의 한 사람.
• 샤를르마뉴 대왕: 8세기의 프랑스 황제.
• 갈리스: 에스파니아의 옛 지명.
• 영혼들의 수레: 큰곰자리(大熊座).

는 굴대 네 개가 보이지요? 그 앞에 있는 별 셋이 '세 마리 짐승'이고, 그 세 번째 별 바로 곁에 다가붙은 아주 작은 꼬마 별이 '마부'이고요, 그 언저리에 온통 빗발처럼 떨어지는 별들이 보이죠? 그건 하느님께서 당신 나라에 들이고 싶지 않은 영혼들이랍니다.

저편 좀 낮은 쪽에, 저것 보십시오. 저게 '갈퀴' 또는 삼왕성(三王星, 오리온)이랍니다. 우리들 목동에게는 시계 구실을 해 주는 별이지요. 그 별을 쳐다보기만 해도, 나는 지금 시각이 자정이 지났다는 걸 안답니다. 역시 남쪽으로 좀 더 아래로 내려가서, 별들의 횃불인 장 드 밀랑(시리우스)이 반짝이고 있습니다. 저 별에 관해서는 목동들 사이에 다음과 같은 얘기가 전하고 있답니다.

어느 날 밤, 장 드 밀랑은 삼왕성과 '병아리장(북두칠성)'들과 함께 그들 친구 별의 잔치에 초대를 받았나 봐요. '병아리장'은 남들보다 일찍 서둘러서 맨 먼저 떠나 윗길로 접어들었다나요. 저 위쪽으로 하늘 한복판을 보셔요. 그래서 삼왕성은 좀 더 아래로 곧장 가로질러 마침내 '병아리장'을 따라갔습니다. 그러나, 게으름뱅이 장 드 밀랑은 너무 늦잠을 자다가 그만 맨 꼬리가 되었어요. 그래 발끈해 가지고 그들을 멈추게 하려고 지팡이를 냅다 던졌어요. 그래서 삼왕성을 '장 드 밀랑의 지팡이'라고도 부른답니다.

그렇지만 온갖 별 중에도 제일 아름다운 별은요, 아가씨, 그건 뭐니 뭐니 해도 역시 우리들의 별이죠. 저 '목동의 별' 말입니다. 우리가 새벽에 양떼를 몰고 나갈 때나 또는 저녁에 다시 몰고 돌아올 때, 한결같이 우리를 비추어 주는 별이랍니다. 우리들은 그 별을 '마글론•'이라고도 부르지요. 아름다운 마글론은 '프로방스의 피에르•'의 뒤를 좇아가서 칠 년에 한 번씩 결혼을 한답니다."

"어머나! 그럼 별들도 결혼을 하니?"

"그럼요, 아가씨."

그리고 그 결혼에 대해 이야기하려고 할 때, 뭔가 싱그럽고 부드러운 것이 살며

• 마글론: 프로방스 지방에서 부르는, 우리말의 직녀성에 해당하는 별 이름.
• 피에르: 프로방스 지방에서 부르는, 우리말의 견우성에 해당하는 별 이름.

시 내 어깨에 얹히는 듯한 느낌이 들었습니다. 아가씨가 졸음에 겨워 그만 가만히 내 어깨에 머리를 기댄 것이었습니다.

아가씨는 먼동이 터 올라 별들이 빛을 잃을 때까지 그대로 내게 머리를 기대고 있었습니다. 나는 아가씨의 잠든 얼굴을 지켜보며 꼬빡 밤을 새웠습니다. 가슴이 설레었지만, 그래도 내 마음은 아름다운 것만을 생각하게 해주는 밤하늘의 비호를 받아, 어디까지나 순결한 생각을 잃지 않았습니다.

우리 머리 위에는 총총한 별들이 고분고분한 양떼처럼 고요히 움직이고 있었습니다. 그리고 이따금 이런 생각이 내 머리를 스치곤 했습니다. 저 숱한 별들 중에 가장 가냘프고 가장 빛나는 별님 하나가 그만 길을 잃고 내 어깨에 내려앉아 곤히 잠들어 있노라고.

목걸이 | 기 드 모파상

아름답고 매력적인 마틸드가 가난한 사무원의 딸로 태어난 것은 운명이라고밖에 말할 수 없었다. 그녀에게는 지참금이 없었을 뿐만 아니라 물려받을 유산도 없었다. 남들에게 이름이나 얼굴이 알려질 수 있는 길도 없었으며, 그렇다고 돈이 많거나 지체 높은 남자와 가까워져 사랑이나 청혼을 받을 길도 없었다. 그녀는 결국 교육부에 근무하는 하급 공무원과 결혼을 하게 되었다.

그녀는 화려하게 몸치장을 할 만한 여유도 없어 늘 소박한 차림을 했다. 그러나 이런 처지에 있는 여자들이 다 마찬가지듯이, 그녀는 결코 그런 환경에 만족을 느낄 수 없었다. 그녀는 자기야말로 이 세상의 온갖 쾌락과 사치를 즐겨도 괜찮을 몸으로 태어난 사람이라 여기며 언제나 마음이 언짢았다. 초라한 집에 남루한 벽이며 낡은 의자와 때묻은 가구를 볼 때마다 그녀는 마음이 괴로웠다.

이러한 것들은 자기와 같은 처지에 있는 다른 여자들 같으면 별로 마음에 두지 않을 터이지만 그녀만은 마음이 아프고 화가 났다. 그리하여 식모 노릇을 하고 있는 브르타뉴 태생의 계집애를 보고만 있어도 서글픈 생각과 미칠 듯한 몽상이 머릿속에 떠올랐다.

그녀는 동양식 장식이 걸리고, 높은 청동 촛대에 휘황찬란한 불이 밝혀져 있는 조용한 응접실을 상상했다. 짧은 바지를 입은 두 하인의 시중을 받으며, 안락의자에 앉아 활활 타오르는 후끈한 난로 열기에 잠이 든 자신의 모습을 머릿속에 그려 보았다. 이어서 비단으로 장식한 넓은 살롱을 상상해 보았다. 값지고 진귀한 골동품들이 놓여 있는 우아한 가구하며, 뭇 여성들의 선망을 받고 있는 사교계의 인기 있는 남성들과 친한 친구들이 모여 저녁 식사를 하며 이야기를 즐기도록 마련된 향취 있고 아담한 방을 상상해 보는 것이었다.

저녁 식사 때 벌써 사흘째나 빨지 않은 테이블보를 깔아 놓은 둥근 식탁 앞에 마주 앉은 남편이 수프 뚜껑을 열고,

"아! 훌륭한 수프로군. 나에겐 난생 처음인걸……." 하고 기뻐하는 소리를 듣자, 그녀는 다시금 호화로운 만찬의 광경을 머릿속에 그려 보았다. 번쩍이는 은그릇들, 숲속에 나오는 기이한 새들과 고대의 인물들을 그려 놓은 벽화, 눈부신 그릇에 담긴 산해진미, 붉은 빛깔의 생선이나 들꿩의 고기를 뜯으면서 스핑크스와 같은 미소를 띠고 정담을 나누는 남녀들의 모습이 그녀의 눈앞에 아른거렸다.

그녀에게는 이렇다 할 옷도 보석도 없었다. 그런데 그녀가 가장 좋아하는 것은 옷과 보석이었다. 자기는 그런 것들을 위해 세상에 태어난 사람이라고 생각했다. 그토록 그녀는 쾌락과 사치를 동경했으며 인생을 즐기고 싶어 했다. 모든 남성들의 인기를 독차지하고 사랑을 받고 싶었다.

그녀에게는 부유한 친구가 한 사람 있었다. 수도원 학교 시절의 동창이었다. 그녀는 그 친구를 찾아 가고 싶지가 않았다. 그 친구를 만나는 것은 몹시 마음 아픈 일이었다. 그 친구를 만나고 집에 돌아오면, 으레 며칠 동안은 슬픔과 후회와 절망과 비관으로 종일 울곤 하였다.

어느 날 저녁이었다. 남편이 사뭇 자랑스러운 얼굴로 손에 커다란 봉투를 하나 들고 들어왔다.

"이거 당신에게 온 거요." 하고 남편이 말하였다.

그녀는 얼른 봉투를 뜯고 그 속에 들어 있는 한 장의 카드를 꺼내었다. 거기에는 이런 말이 적혀 있었다.

'교육부 장관 조르주 랑포노 부처는 1월 18일 월요일 저녁에 장관 관저에서 파티

를 개최하오니 루아젤 부처께서는 참석해 주시기 바랍니다.'

남편은 자기 아내가 기뻐서 어쩔 줄 몰라 할거라고 생각하였으나 아내는 조금도 기뻐하지 않을뿐더러, 그 초대장을 심술궂게 테이블 위로 내던지며 중얼거렸다.

"이걸 날더러 어떻게 하라는 거예요?"

"아니, 여보. 나는 당신이 기뻐서 어쩔 줄을 모르리라고 생각하였는데 그게 무슨 말이오? 당신은 별로 외출도 못했으니 좋은 기회가 아니오? 이것을 얻으려고 얼마나 애썼는지 알아요? 직원들이 저마다 서로 얻으려고 했지만 몇 장밖에 없어 차례가 되질 않았소. 아무튼 그날 가면 정부의 고관들을 다 볼 수 있을 거요."

그녀는 남편을 노려보더니 이윽고 참을 수 없다는 듯이 쏘아붙였다.

"대관절 몸에 무엇을 걸치고 가라는 거예요?"

남편은 거기까지는 미처 생각지 못하였다. 그리하여 그는 이렇게 중얼거렸다.

"아니, 거 극장에 갈 때 입었던 옷 있지 않소? 내 눈에는 그 옷이 좋아 보이던데."

그는 더 이상 말을 잇지 못하였다. 아내가 울고 있었던 것이다. 두 방울의 커다란 눈물이 눈가에서 입술 끝으로 천천히 흘러내리고 있었다.

"왜 그래? 글쎄, 왜 그러는 거야?"

남편의 말에 그녀는 간신히 슬픔을 가라앉히고 나서 젖은 두 볼을 닦으며 조용히 대답했다.

"아니에요, 아무것도 아니에요. 단지 입고 갈 옷이 없어서 그래요. 난 파티에는 안 가겠어요. 그 초대장은 다른 친구에게 주어 버리세요! 나보다 좋은 옷을 가진 아내가 있는 사람에게 말이에요."

남편은 실망하였다. 그는 이렇게 말하였다. "이것 봐 마틸드! 알맞은 옷 한 벌 맞추는 데 얼마나 하지? 다른 나들이 때도 입을 수 있고 그다지 비싸지 않은 옷으로 말이야."

그녀는 잠시 생각하여 보았다.

'얼마라고 해야 검소한 공무원 생활을 하는 자기 남편이 거절해 버리지 않고, 놀라서 소리를 지르지도 않을까.'

하고 값을 따져 보았다.

이윽고 그녀는 주저주저 하면서 말하였다. "확실히 알 수는 없지만 500프랑쯤 있으면 될 거예요."

남편은 얼굴빛이 약간 해쓱해졌다.

그는 꼭 그만한 돈을 예금해 두었지만, 그 돈으로 총을 사서 이번 여름에 낭테르 벌판으로 사냥을 가려던 참이었다. 일요일마다 그곳에 가서 종달새 사냥을 하는 몇몇 친구들과 어울릴 심산이었다.

그러나 그는 이렇게 대답하였다.

"그래, 내 500프랑을 줄 테니 멋진 옷을 맞추도록 해."

무도회 날짜는 점점 다가왔다. 루아젤 부인은 근심과 슬픔에 싸여 있었다. 옷은 거의 다 되어 가고 있었다. 어느 날 저녁, 남편은 이렇게 물었다.

"왜 그래? 당신 요새 며칠 동안 아주 얼빠진 사람 같구려."

그녀는 대답하였다. "나는 몸에 걸칠 보석도 패물도 아무것도 없으니, 이런 딱할 데가 어디 있어요. 내 모양이 얼마나 꼴사납겠어요? 차라리 그 파티에는 나가지 않는 것이 좋겠어요."

그러자 남편이 말하였다. "꽃을 달고 가구려. 요즘은 그것도 아주 멋있어 보이더군. 10프랑만 주면 아름다운 장미꽃 두세 송이는 살 수 있을 거야."

그녀는 고개를 옆으로 저었다. "싫어요! 돈 많은 여자들 틈에 끼어서 가난하게 보이는 것처럼 창피한 일이 어디 있어요."

그러자 남편은 큰 소리로 말했다. "당신도 참 딱하구려! 아, 당신 친구 포레스티에 부인 있지 않소. 그 여자한테 찾아 가서 보석을 좀 빌려 달라고 하구려. 그만한 부탁 못 들어줄 사이가 아닐 테니까."

그녀는 기쁨에 넘쳐 소리를 질렀다. "참 그렇군요! 그 생각을 미처 못했어요."

이튿날 그녀는 친구의 집을 찾아가서 딱한 사정을 이야기하였다. 포레스티에 부인은 거울이 달린 의자 앞에 가서 커다란 보석 상자를 들고 와 열어 보이며 루아젤 부인에게 말하였다.

"자, 골라 봐."

그녀는 우선 몇 개의 팔찌를 골라 보았다. 다음에는 진주 목걸이를, 그 다음에는 베니스제의 십자가를 골랐다. 그 십자가는 금과 진주로 되어 있었는데 솜씨가 놀라웠다. 그녀는 거울 앞에 서서 보석을 이것저것 몸에 걸어 보면서 망설일 뿐, 어떤 것을 놓고 어떤 것을 빌려가야 할지 결정하지 못하고 번번이 이렇게 말하는 것이었다.

"또 뭐 없어?"

"왜 없어. 가서 골라 봐. 어느 것이 네 마음에 들지 나는 알 수 없으니까."

그러자 까만 공단 상자 속에 눈부신 다이아몬드 목걸이가 들어 있는 것이 눈에 띄었다. 그녀는 그것이 어찌나 탐이 났던지 가슴이 뛰기 시작했다. 그것을 쳐들자 손이 떨려왔다. 그녀는 그 목걸이를 목에 걸고 아름다운 자기 모습에 도취되어 있었다.

그녀는 간신히 입을 떼어 이렇게 말하였다.

"이걸 좀 빌려 줘. 다른 건 필요 없어."

"그렇게 해."

그녀는 친구의 목을 얼싸안고 뜨거운 포옹을 하였다. 이어서 목걸이를 들고 황급히 집으로 돌아왔다.

드디어 무도회 날 저녁이 돌아왔다. 루아젤 부인은 크게 인기를 끌었다. 그녀는 어느 여자보다도 아름답고 우아하고 맵시가 있었으며, 언제나 미소를 머금고 기쁨에 도취되어 있었다. 모든 남자들이 그녀를 바라보고는 이름을 물어보며 소개를 받으려고 하였다. 비서관들은 모두 그녀와 춤을 추고 싶어 했다.

그녀는 도취된 기분으로 춤을 추었다. 자기의 미모가 가져온 승리와 성공을 이룩한 영광, 온갖 찬사와 감탄, 소생하는 정욕과 여성들을 완전무결한 최고의 승리로 채워 주는 행복의 구름 속에서 기쁨에 만취되어 모든 것을 잊고 있었다.

그녀는 이튿날 새벽 네 시쯤 되어서야 파티에서 나왔다. 남편은 자정 경부터 조그마한 응접실에서 세 사람의 친구들과 같이 졸고 있었다. 그동안에 그들의 부인은 저마다 마음껏 쾌락에 도취되어 있었던 것이다.

남편은 돌아올 때를 생각하여 가져온 평소에 입는 허름한 웃옷을 아내의 어깨에 걸쳐 주었다. 그 초라한 웃옷은 아무래도 야회복과는 어울리지 않았다. 그녀는 그것을 느끼고, 값진 털옷으로 몸을 단장한 다른 여자들의 눈에 띄지 않도록 몸을 피하였다.

루아젤은 아내를 불러 세웠다. "잠깐 기다려요. 이대로 밖에 나가면 감기들 테니까. 내가 나가서 마차를 한 대 불러 올게."

그러나 아내는 남편의 말은 전혀 듣지 않고 날쌘 걸음으로 층계를 총총히 내려갔다. 두 사람은 거리로 나왔다. 그러나 마차는 한 대도 눈에 뜨이지 않았다. 남편은 멀리 지나가는 마차를 보고 큰 소리로 불렀으나 소용없었다.

두 사람은 상심하여 달달 떨면서 센강 쪽으로 내려갔다. 그때 마침 강변에서 밤에나 돌아다니는 낡은 마차 한 대를 발견했다. 낮에는 파리에서 차마 그 초라한 꼴을 보이기가 창피하다는 듯이 밤에만 벌이를 하는 그런 마차였다.

두 내외는 그 마차를 타고 마르티르 거리에 있는 집 문 앞에 다다랐다. 그들은 쓸쓸한 마음으로 발을 옮겨 층계를 올라갔다. 그녀에게는 모든 것이 끝나 버린 것이다. 그리고 남편은 아침 열 시까지는 교육부에 출근해야 한다는 생각을 하고 있었다.

그녀는 다시 한 번 자기의 화려한 모습을 보기 위해 거울 앞에 가서 어깨 위에 걸친 웃옷을 벗었다. 그러다가 그녀는 갑자기 비명을 질렀다. 목에 걸었던 목걸이가 보이지 않았던 것이다.

옷을 벗고 있던 남편이 엉거주춤하며 물었다.

"왜 그래?"

그녀는 남편을 향해 얼빠진 듯한 어조로 대답하였다.

"저…… 저…… 포레스티에 부인의 목걸이가 없어졌어요."

남편은 실성한 사람처럼 벌떡 일어섰다.

"아니, 뭐라고…… 그럴 리가 있나!"

그들은 옷 갈피와 외투 깃, 그리고 주머니 속 등을 온통 뒤져 보았으나 목걸이는 아무데서도 눈에 띄지 않았다.

남편이 물었다. "무도회에서 나올 때는 분명히 있었어?"

"그럼요. 장관 댁 현관에서 만져 보기까지 한 걸요."

"그러나 만일 한길에서 떨어뜨렸다면 소리가 났을 텐데. 그러고 보니 마차 속에서 잃어버린 것이 분명하군."

"그런 것 같아요. 당신 그 마차 번호 기억나세요?"

"몰라. 당신도 마차 번호를 잘 보아 두지 않았지?"

"네."

그들은 낙심하여 서로 마주 쳐다볼 뿐이었다. 이윽고 루아젤은 옷을 다시 입기 시작하였다.

"혹시 찾을 수 있을지 모르니 돌아온 길을 다시 가 봐야지."

그는 밖으로 나갔다. 그녀는 야회복을 벗을 생각도, 잠자리에 들 기력도 없었다. 그리하여 불도 피우지 않고 아무 생각도 없이 의자 위에 멍청히 앉아 있을 뿐이었다. 7시쯤 되어 남편이 돌아왔다. 아무것도 눈에 띄지 않았던 것이다. 그는 경찰국과 신문사로 달려가 현상을 걸고 광고도 내었다. 그리고 작은 마차를 부리는 회사는 모두 찾아보고, 조금이라도 가망이 보이는 곳은 모조리 찾아다녔다.

아내는 이 끔찍스러운 재난 앞에서 넋을 잃고 종일 남편을 기다리고 있었다. 루아젤은 저녁때가 되어서야 눈이 푹 꺼진 창백한 얼굴을 하고 돌아왔다. 그는 아무것도 발견하지 못하였다.

"당신 친구에게 편지라도 써야 할까 봐. 목걸이의 고리가 부서져서 고치는 중이라고. 그렇게 하면 다시 사방으로 찾아다닐 시간 여유를 얻을 수 있을 테니까."

아내는 남편이 부르는 대로 받아 적었다.

일주일이 지나자 그들은 모든 희망을 잃고 말았다. 그리고 이 며칠 사이에 5년이나 더 늙어 보이는 루아젤은 말하였다. "어떻게 해서든지 그 보석을 돌려 줘야지."

다음 날 부부는 보석 목걸이가 들어 있던 빈 상자를 들고, 그 안에 적힌 상호의 보석 상점을 찾아갔다. 상점 주인은 여러 권의 장부를 뒤적거리더니 이렇게 말하였다.

"부인, 그 목걸이는 저희 집에서 사간 것이 아닙니다. 저희는 다만 상자만 제공했나 봅니다."

두 사람은 잃은 것과 꼭 같은 보석을 구하기 위해 그 기억을 더듬어 가면서 보석상마다 찾아다녔다. 부부는 비탄에 젖어 환자처럼 보였다.

이윽고 이 부부는 팔레 르아이얄의 어느 보석상에서 그들이 찾고 있던 것과 똑같아 보이는 다이아몬드 목걸이를 찾아내었다. 값은 4만 프랑이었으나 3만 6천 프랑이면 팔겠다고 하였다. 그들은 사흘 안으로 틀림없이 살 터이니 다른 사람에게 팔지 말아 달라고 통사정을 하였다. 그리고 만일 3월 말까지 잃어버린 목걸이를 다시 찾으면, 상점에서 3만 4천 프랑에 다시 사 준다는 조건으로 계약을 하였다.

루아젤에게는 아버지한테서 물려받은 1만 8천 프랑의 재산이 있었다. 나머지는 빚을 낼 수밖에 없었다. 그는 이 사람에게서 2000프랑, 저 사람에게서 500프랑, 여기서 5루이, 저기서 3루이 하여 닥치는 대로 돈을 꾸었다. 차용증서를 쓰고 재산을 몽땅 잡히고, 고리대금은 물론, 모든 대금업자와 거래를 했다.

그는 그 돈을 마련하기 위해 전 생애를 담보하다시피 하였으며, 갚을 수 있을는지도 알 수 없으면서 서약서에 마구 도장을 눌렀다. 그는 앞으로 닥칠 불행에 대한 걱정, 머지않아 찾아올 비참하기 짝이 없는 어두운 그림자, 앞으로 겪어야 할 모든 물질적인 궁핍과 정신적인 고통에 대한 두려움으로 전신을 떨며, 새 목걸이를 사기 위해 보석상에 가서 계산대 위에 3만 6천 프랑을 내놓았다.

루아젤 부인은 그 목걸이를 사들고 곧 포레스티에 부인을 찾아갔다.

부인은 좀 퉁명스러운 어조로 이렇게 말하였다.

"좀 일찍 갖다 줘야지. 내게도 쓸 일이 생길지 모르잖아?"

포레스티에 부인은 목걸이 상자를 열어 보지도 않았다. 루아젤 부인은 친구가 그 상자를 열어 볼까 봐 은근히 걱정이 되었다. 만일 친구가 물건이 바뀐 줄 알면 어떻게 생각할까? 무어라고 했을까? 자기를 도둑으로 여기지 않았을까?

루아젤 부인은 가난한 생활이 얼마나 괴로운 것인가를 알고 있었다. 그러나 그녀는 곧 비장한 결심을 하였다. 우선 저 끔찍한 빚부터 갚아야 하는 것이다. 그녀는 꼭 갚을 심산이었다. 식모를 내보냈다. 집도 바꾸어 지붕 밑 다락방으로 세를 얻어

들었다.

그녀는 집안일이 얼마나 힘이 들고 부엌 치다꺼리가 얼마나 귀찮은 것인지 몸소 체험하여 잘 알고 있었다. 그녀는 기름기가 묻은 그릇과 냄비 속을 닦느라고 분홍빛 손톱이 다 닳았다. 더러운 옷이나 내복, 걸레 등을 빨아서 줄에 널었다. 아침마다 쓰레기를 담아 들고 거리까지 나갔다. 층계에서 숨을 돌리며 물을 길어 올렸다. 하류 계급의 아낙네들과 다름없는 차림을 하고, 바구니를 팔에 끼고 야채 가게와 식료품 상점과 고깃간을 드나들며 값을 깎다가 욕을 먹기도 하면서 돈 한 푼을 아꼈다.

부부는 달마다 지불할 것은 꼬박꼬박 이행하고, 경우에 따라서는 차용증서를 고쳐 쓰고 지불을 연기하였다.

남편은 저녁마다 어느 상인의 장부를 정리하는 부업을 맡았다. 그리고 때로는 한 페이지당 5수우의 보수를 받고 사본을 만들어 주기도 하였다.

이러한 생활이 10년 동안이나 계속되었다.

10년이 지나서야 모든 빚을 정리할 수 있었다. 고리대금의 이자와 묵은 이자의 이자까지 모두 갚게 되었던 것이다. 루아젤 부인은 무척 늙어 보였다. 그녀는 억세고 완강하고 거칠고 가난한 살림꾼 아낙네가 되어 버렸던 것이다. 머리는 빗질을 하지 않아 텁수룩하고, 치마는 구겨지고, 빨개진 손으로 마룻바닥을 훔치고, 커다란 목소리로 떠들어 대었다. 그러나 가끔 남편이 출근하고 나면, 창가에 걸터앉아서 지난날의 야회 그토록 화려하고 아름다운 모습으로 총애를 받던 야회의 밤을 회상해 보는 것이었다.

그 목걸이만 잃어버리지 않았던들 어떻게 되었을까? 누가 알 수 있으랴. 알 수 없지! 인생이란 무척 기이하고도 허망한 것이야! 대수롭지 않은 일이 파멸을 가져오기도 하고 구원을 해 주기도 하고!

그러던 어느 일요일이었다. 그녀는 한 주일 동안의 피로를 풀려고 샹젤리제 거리로 산책을 갔다가 우연히 어린아이를 데리고 산책을 하고 있는 포레스티에 부인을 만났다. 부인은 여전히 젊고 아름다운 매력을 간직하고 있었다.

루아젤 부인은 가슴이 두근거렸다. 가서 그동안의 경위를 모두 이야기할까? 그렇지! 이미 빚을 다 갚았는데 말 못 할 게 무어람?

그녀는 포레스티에 부인에게 다가갔다.

"잔느 아냐? 이게 얼마만이야!"

포레스티에 부인은 그녀를 미처 알아보지 못하였다. 이런 비천해 보이는 여자가 자기를 그토록 정겹게 부르는 것이 적이 놀라웠다.

"누구신지…… 나는 잘 모르겠는데……. 사람을 잘못 보지 않았어요?"

"나 마틸드 루아젤이야."

친구는 크게 외쳤다.

"뭐! 마틸드…… 아이 가엾어라! 그런데 왜 이렇게 변했어?"

"그동안 고생 많이 했어. 우리가 마지막 헤어진 후로 고생살이가 이만저만이 아니었어. 그것도 다 너 때문이지 뭐야……."

"나 때문이라니, 그게 무슨 소리야?"

"왜 생각나지 않아? 교육부 장관 파티에 가기 위해 내가 빌려 갔던 다이아몬드 목걸이 말이야."

"응, 그래서?"

"그걸 잃어버렸지 뭐야."

"뭐? 아니 내게 고스란히 돌려줬잖아?"

"그건 모양은 같은 거지만 다른 목걸이야. 그 목걸이 값을 갚느라고 10년이나 걸렸지 뭐야……. 이젠 다 해결되었어. 얼마나 마음이 후련한지 몰라."

포레스티에 부인은 발길을 멈추고 서 있었다.

"그래, 내 것 대신에 다른 다이아몬드 목걸이를 사왔단 말이야?"

"그럼, 여태껏 그걸 몰랐구나. 하긴 똑같은 것이니까."

그녀는 약간 으스대는 듯한 순진한 웃음을 지어 보였다.

포레스티에 부인은 크게 감동되어 친구의 두 손을 꼭 쥐었다.

"아이 가엾어라, 마틸드! 내 목걸이는 가짜였어. 기껏해야 500프랑밖에 되지 않는……."

⁝ 나비 | 헤르만 헤세

내가 나비를 잡기 시작한 것은 여덟 살인가 아홉 살 때부터였을 거야. 처음엔 큰 관심 없이 다른 애들이 다 하니까 나도 해 보는 정도였지. 그런데 열 살쯤 된 두 번째 여름에 나는 완전히 이 유희에 빠져서, 다른 일은 전혀 돌보지 않게 되었다네. 그래서 주위 사람들은 내가 그것을 못하도록 말리지 않으면 안 되겠다고까지 걱정을 할 정도였어. 나비를 잡는 데 열중하면 학교의 수업 시간도, 점심도 잊어버리고, 시계탑의 종이 우는 것도 귀에 들어오지 않았지. 학교를 쉬는 날은 빵 한 쪽을 호주머니에 넣고는 아침 일찍부터 밤늦게까지 끼니도 거르면서 뛰어다니곤 하였다네.

지금도 아름다운 나비를 보면, 이따금 그때의 열정이 몸에 스미는 듯 느껴진다네. 그럴 때면 나는 잠시 어린아이만이 느낄 수 있는, 뭐라고 표현할 수 없는 황홀감에 사로잡히곤 하지. 소년 시절에 처음으로 노랑나비를 찾아냈던 그때의 기분 그대로를 느낄 수 있는 것이야.

또한 그럴 때면 어린 날의 무수한 순간들이 홀연히 떠오른다네. 풀 향기가 코를 찌르는 메마른 벌판의 찌는 듯이 무더운 낮과, 정원 속의 서늘한 아침 그리고 신비스러운 숲 속의 저녁, 나는 마치 보물을 찾아 헤매는 사람처럼 포충망을 들고 나비를 노리고 다녔어.

그리하여 아리따운 나비를 발견하면 — 특별히 진귀한 것이 아니라도 좋았지. 꽃 위에 앉아서 고운 빛깔의 날개를 호흡과 함께 파르르 떨면서 햇볕 아래 졸고 있는 것을 보면 — 그것을 잡는 기쁨에 숨이 막힐 지경이 되어, 살금살금 다가서곤 했어. 반짝이는 반점 하나하나, 날개 속에 드러난 맥줄의 하나하나, 가는 더듬이의 갈색 잔털의 하나하나가 눈에 뚜렷이 보이면, 그 긴장과 환희란 이루 다 말할 수가 없었다네. 그때의 그 미묘한 기쁨과 거센 욕망의 교차를 그 뒤엔 자주 느낄 수 없었지.

부모님께서는 좋은 나비 보관 도구를 하나도 마련해 주시지 않았기 때문에, 나는 잡은 나비들을 낡은 헌 종이 상자에 두는 수밖에 없었다네. 병마개에서 뽑은 동그란 코르크를 밑바닥에 붙이고, 그 위에 핀을 꽂아 두었어.

이렇게 초라한 상자 속에다 나의 수집물을 간직해야만 했다네. 처음 한동안은 이 수집물을 친구들에게 즐겨 보여 주기도 했지만, 친구들이 가진 도구는 대개 유리 뚜껑이 달린 상자에 푸른빛 거즈를 친 사육 상자와 그 밖의 여러 가지 화려한 것들이었기에, 내가 가진 초라한 도구를 더 자랑할 수가 없게 되었지. 뿐만 아니라 아주 보기 드물고 특별한 나비가 손에 들어와도 남에게는 비밀로 하고, 내 누이들에게만 이것을 보여 주곤 했어.

그러던 어느 날, 나는 우리 고장에서 보기 드문 푸른 날개의 나비를 잡았다네. 날개를 펴서 그것을 말린 다음 나는 하도 들뜨고 자랑스러워 꼭 이웃집 아이에게만은 보여 주리라고 생각했지. 이웃집 아이란 뜰 건너편 집에 사는 교사의 아들 에밀이었어. 에밀은 흠잡을 데 없을 만큼 뛰어난 녀석이었지만, 아이로서는 어딘지 못마땅한 데가 있었어. 그의 수집물은 그리 대단하지는 않았지만, 깨끗하게 잘 보존된 점과 섬세한 솜씨는 보석을 간직한 것과 다름이 없었지. 게다가 그는 나비의 찢긴 날개를 풀로 이어 붙이는, 남이 잘 하지 못하는 어려운 기술을 가지고 있었다네. 어쨌든 모든 점에서 그는 모범적인 소년이었어. 그 때문에 나는 그를 부러워하면서도 속으로는 미움을 갖고 있었지.

이 소년에게 푸른 날개의 나비를 보였더니 그는 무슨 전문가나 되는 듯이 그것을 세세히 보고 나더니, 신기한 것임을 자기도 인정하면서 10페니히짜리 값은 된다고 하였지. 그러나 그는 한편으로 이내 트집을 잡기 시작하여 날개를 편 방식이 나쁘다느니, 오른쪽 더듬이가 비틀어졌다느니 하며 제법 그럴듯한 결함을 늘어놓았어. 나는 그러한 결점들을 그다지 대단한 것이라고는 생각지 않았으나, 그의 트집으로 인해 내 푸른 날개의 나비에 대한 기쁨은 물거품처럼 사그라들었고, 그래서 나는 두 번 다시 그에게 수집물을 보여 주지 않았다네.

이태가 지나서 우리는 꽤 머리가 굵은 소년이 되었는데, 그때도 나비 잡기에 대한 나의 열정은 변함이 없었어.

그때 이웃집 에밀이 점박이를 잡았다는 소문이 퍼졌지. 나는 이 말을 들은 때만큼 흥분한 적이 없었다네. 내가 아는 친구 중에서는 아직 점박이를 잡은 아이가 없었고, 나 역시 내가 가진 낡은 책에서 그림으로만 보았을 뿐이었으니까. 나비 이름을 알면서도 아직 잡아보지 못한 것 중에서 나는 점박이를 그 어떤 것보다도 가지고 싶어 했어. 몇 번이고 나는 책 속의 그림을 들여다보았다네.

한 친구는 내게 이런 말을 했어. 나무둥치나 바위에 앉아 있는 이 갈색 나비는 새나 다른 짐승이 자기에게 덤벼들려고 하면 거무스름한 앞날개를 펼치고 아름다운 뒷날개를 드러내 보일 뿐인데, 그 빛나는 커다란 무늬가 매우 이상한 모양이라서, 새는 겁을 먹고 함부로 덤비지 못한다고…….

에밀이 이 이상한 나비를 가졌다는 소문을 듣고부터 나의 흥분은 절정에 이르러, 그것을 꼭 한번 보고 싶어 견딜 수 없었다네. 나는 식사 후 틈을 이용해 뜰을 건너서 이웃집 4층으로 올라갔어. 이 4층에 교사의 아들인 에밀은 작으나마 제 방을 하나 차지하고 있었는데, 그것이 내게는 얼마나 부러웠는지 모른다네.

방으로 가는 도중에 나는 아무와도 마주치지 않았어. 문을 두드려 보았지만 아무런 대답이 없었다네. 에밀이 없는 듯해서 문의 손잡이를 돌려 보니, 문은 잠겨 있지 않았어.

어쨌든 실물을 한번 보리라는 생각에 나는 안으로 발을 들여놓았어. 그리고 에밀이 나비를 보관하는 두 개의 커다란 상자를 살펴보았는데, 어느 상자에도 점박이는 들어 있지 않았어. 그런데 문득 날개 판에 올려져 있을지도 모른다는 생각이 들어 찾아보니 과연 생각한 그대로였지. 갈색 비로드 날개가 길쭉한 종이 위에 펼쳐진 채 날개 판에 걸려 있었어.

나는 그 앞에 허리를 굽히고, 털이 돋친 적갈색의 더듬이와, 그지없이 아름다운 빛깔을 띤 날개의 선과 밑 날개 안쪽선이 있는 양털 같은 털을 바로 곁에서 들여다볼 수 있었다네. 그러나 그 유명한 무늬만은 보이지 않았어. 종이쪽에 가려져 있었지. 가슴이 두근거렸지만 나는 유혹에 끌려 종이를 떼어 내고 꽂혀 있는 핀을 뽑았어. 그러자 네 개의 커다란 무늬가 그림에서보다도 훨씬 더 아름답게, 훨씬 더 찬란하게 나의 눈앞에 드러났지.

이것을 본 나는, 이 보배를 손에 넣고 싶은 견딜 수 없는 욕망으로 난생 처음 도둑질을 했다네. 점박이는 이미 말라 있어서, 웬만큼 손을 대어도 형체가 일그러지지 않았어. 나는 그것을 손바닥 위에 받쳐 들고 에밀의 방을 나왔다네. 나는 그때 어떤 커다란 만족감 이외에는 아무 생각도 없었지.

나비를 오른손에 감추고 층계를 내려오는데 그때, 아래편에서 위로 사람이 올라오는 발소리가 났어. 그 순간 나는 양심의 눈을 뜨고 말았어. 나는 별안간 내가 도둑질을 했다는 것과 비겁한 놈이라는 것을 깨달았어. 그와 동시에 들키면 어쩌나 하는 무서운 불안에 사로잡혀, 나는 본능적으로 나비를 감춘 손을 그대로 양복 저고리 주머니 속에다 우겨 넣었어. 그리고 천천히 발을 떼어 놓았어. 그러면서 속으로, 해서는 안될 일을 했다는 부끄러운 생각에 가슴이 서늘해졌지. 나는 뒤이어 올라온 하녀와 어물어물 엇갈리며 계단을 내려왔어. 나는 그때까지도 가슴이 두근거리고 이마에 땀을 흘렸으며, 침착함을 잃고 벌벌 떨며 현관에 우뚝 섰어.

이 나비를 가져서는 안 된다. 될 수만 있으면 원래대로 돌려놓아야 한다. 나는 이런 생각으로 마음이 괴로웠다네. 그리고 혹시 사람의 눈에 뜨이지나 않을까 조마조마해하면서 날쌔게 발을 돌려 층계를 뛰어올라, 1분 후에는 다시 에밀의 방 가운데 자신이 서 있다는 것을 알게 되었지.

나는 주머니에서 나비를 꺼내 책상 위에다 올려놓았지. 그리고 그것을 보기도 전에 벌써 어떤 불행한 일이 일어났는지 짐작할 수 있었어. 그저 울고 싶은 생각뿐이었지. 아니나 다를까, 점박이는 보기 싫게 망가져 앞날개 하나와 더듬이 한 개가 떨어져 버렸어. 떨어진 날개를 조심스레 주머니 속에서 꺼내려고 하니까 그나마 산산이 부서져서 이제는 이어 붙일 수조차 없게 되었지.

도둑질을 했다는 생각보다도 그 아름답고 찬란한 나비를 내 손으로 망가뜨렸다는 사실이 나로서는 더 괴로운 일이었다네. 날개의 갈색 분이 온통 나의 손끝에 묻은 것을 보았지. 그리고 또 산산이 부서진 날개가 책상 위에 이리저리 흩어진 것을 보았어. 그것을 완전하게 원형대로 고쳐 놓을 수만 있다면, 나는 내가 가진 어떤 물건이나 어떤 즐거움도 기꺼이 버릴 수 있었을 거야.

우울한 생각으로 가득차 집에 돌아온 나는 하루 종일 뜰 안에 주저앉아 있었지. 그러다가 마침내 용기를 내어 모든 일을 어머니에게 말씀드렸다네. 어머니는 놀라움과 슬픔에 잠겨 어쩔 줄을 몰라 하셨지. 그리고 나의 고백이 얼마나 어려운 고민 끝에 나왔는지를 충분히 짐작하시는 것 같았어.

"너는 지금 바로 에밀에게 가야 한다."

어머니는 한마디로 잘라 말했다네.

"에밀을 찾아가서 사실을 고백하고 용서를 빌어라. 그것말고는 아무런 방법이 없다. 네가 가진 것 중에서 어느 하나를 대신 가지라고 말해 보렴. 용서를 빌어야지."

만일 모범 소년인 에밀이 아니고 다른 친구였다면, 나는 용서를 비는 것쯤 서슴지 않았을 거야. 그가 나의 고백을 이해해 준다거나 나의 사과를 받아 주거나 하지 않을 거란 사실을 나는 이미 잘 알고 있었지. 그럭저럭 밤이 되었으나 나는 그때까지도 그를 찾아갈 용기를 내지 못한 채 주저하고만 있었어. 어머니는 내가 뜰에 있는 것을 보고 나직한 소리로 말씀하셨어.

"오늘 중으로 갔다 와야 해. 지금 바로 가렴."

나는 에밀을 찾아갔다네. 그는 나를 만나자 곧 점박이에 관한 말을 꺼냈어. 누가 그랬는지 점박이를 아주 못쓰게 만들어 놓았다고 하면서, 사람의 소행인지 혹은 고양이가 그랬는지 알 수 없는 일이라고 말하더군. 나는 그 나비를 좀 보여 달라고 청했고, 우리는 방으로 올라갔어. 그는 촛불을 켰지. 못쓰게 된 그 나비가 날개 판 위에 올려져 있었어. 에밀이 그 날개를 손질하느라고 무척 고심한 흔적이 역력했다네. 그는 부서진 날개를 정성껏 주워 모아서 작은 압지 위에 펴 놓았어. 그러나 그것은 도저히 본디 모양으로 바로잡힐 가망은 없었고, 더듬이도 떨어진 그대로였어.

나는 그제야 그것이 나의 소행인 것을 밝혔다네. 그랬더니 에밀은 격분하지도 큰 소리로 나를 꾸짖지도 않고, 혀를 차며 한동안 나를 지켜보다가, 나직한 소리로 말하였어.

"알았어. 말하자면 너는 그런 자식이란 말이지."

라고 하더군.

나는 그에게 내 장난감을 모두 주겠다고 하였지. 하지만 그는 듣지도 않고 냉담하게 도사리고 앉아 여전히 나를 비웃는 눈으로 지켜보고만 있을 뿐이었어. 하는 수 없이 이번에는 내가 수집한 나비를 전부 주겠다고 했지.

"뭐, 그렇게까지 하지 않아도 좋아. 나는 네가 모은 것들이 어떤 것인지 잘 알고 있어. 게다가 오늘은 네가 나비 다루는 성의가 어떻다는 것을 알만큼은 알았으니까."

그 순간 나는 녀석의 멱살을 움켜쥐고 싶었어. 하지만 이제는 아무런 도리가 없음을 알았다네. 나는 아주 나쁜 놈으로 판정되고 에밀은 천하에 정직한 사람이 되어, 정의를 방패삼아 모멸적인 태도로 내 앞에 버티고 있었어. 그는 욕설을 늘어놓지도 않았고, 다만 나를 바라보면서 경멸할 따름이었지.

그때 나는 비로소, 한번 저지른 일은 어떻게 해도 다시 바로잡을 도리가 없다는 것을 깨달았다네. 나는 그 자리를 물러나서 힘없이 집으로 돌아왔어. 어떻게 되었느냐고 묻지도 않으시고, 나에게 입맞춤만을 하고 내버려 두는 어머니가 고마웠지. 어머니는 나더러 그만 잠자리에 들라고 하셨어.

그러나 나는 잠자리에 들기 전 갈색으로 된 두껍고 커다란 종이 상자를 침대 위에 올려놓고 어둠 속에서 뚜껑을 열었어. 그리고 그 속에 든 나비들을 하나하나 끄집어내어 손끝으로 비벼서 못쓰게 만들어 버렸다네.

⁝ 마지막 잎새 | 오 헨리

워싱턴 광장의 서쪽, 조그마한 구역에 있는 거리들은 길이 얽히고 설켜 복잡하게 조각나 있는데 이것을 '플레이스'라고 부른다. 이 플레이스는 기묘한 각도와 곡선을 이루고 있다. 길 하나가 한두 번쯤은 다시 그 길과 교차한다. 미로처럼 나있는 길 때문에 지나왔던 길에 다시 서있는 일이 예사인 이 특이한 곳이 바로 그리니치빌리지•다.

이 오래된 그리니치빌리지는 언제부턴가 화가들이 몰려들어 '화가 마을'로 불리고 있었다. 값싼 셋집을 찾아 전국에서 모여든 무명 화가들이 많이 살고 있기 때문이었다.

수와 존시는 이 마을의 아담한 3층 벽돌집 꼭대기에 화실을 마련했다. 존시의 원래 이름은 '조애너', 캘리포니아가 고향이다. 수는 메인 주 출신이다. 두 사람은 8번가에 있는 델 모니코 식당에서 처음 만났다. 그들은 예술과 치커리 샐러드, 작업복 소매 등에 대한 취향이 서로 비슷하다는 것을 발견하고는 곧 친해졌다. 그리하여 이렇게 함께 화실을 사용하게 된 것이다. 그것은 지난 5월의 일이었다.

그런데 11월이 되어 날이 추워지자 전국적으로 폐렴이 유행했다. 동부 지역에서 활개를 치고 다니며 수십 명의 희생자를 낸 이 파괴자는, 미로와도 같은 이 좁고 오래된 마을에는 그 발걸음을 조금 늦추었으나 급기야 이곳 화가들의 마을까지 찾아

• 그리니치빌리지: 미국 뉴욕의 워싱턴 광장 일대에 있는 한 지역. 20세기 들어 예술가들이 모여 살기 시작하면서 자유롭고 예술적인 분위기를 갖게 되었다.

왔다. 가난한 화가들에게 폐렴은 가장 무서운 경계의 대상이었다.

폐렴균은 끝내 존시의 가냘픈 육체까지 습격해 왔다. 캘리포니아의 따뜻한 바람 속에서 성장한 존시의 몸에 폐렴의 기운은 감당하기 힘든 것이었다. 가엾은 존시는 페인트칠만 되어 있는 쇠침대에 꼼짝없이 누워 지내는 신세가 되고 말았다. 그리하여 온종일 하는 일이라곤 네덜란드식 작은 유리창 너머로 이웃 벽돌집의 휑한 벽을 바라보는 것뿐이었다.

어느 날 아침, 짙은 회색 눈썹의 의사가 존시를 진찰하고 일어섰다. 의사는 수를 복도로 불러냈다.

"환자 상태가 심각합니다. 회복될 가능성은 10퍼센트 정도입니다."

의사는 체온계를 흔들며 말했다.

"그리고 그 가능성이라는 것도, 살려고 하는 환자의 의지에 달려 있습니다. 삶에 대한 의지 말이에요."

"삶에 대한 의지요?"

"그렇습니다. 이런 식으로 장의사나 기다리는 마음이라면 약이고 뭐고 아무 쓸모가 없어요. 당신 친구는 자신이 회복되지 못할 거라면서 이미 절망에 빠져 있더군요. 혹 저 아가씨가 마음에 두고 있는 것이라도 있나요? "

"글쎄요. 언젠가 그런 말을 했어요. 나폴리 만(灣)을 꼭 한번 그려 보고 싶다고."

"나폴리 만이라니. 그런 거 말고 더 심각한 것 말입니다. 이를테면 남자 문제라든가."

"남자라고요? 남자가 그럴 만한 가치가……." 수가 퉁명스런 목소리로 대답했다.

"아뇨, 제가 알기에 그런 문제는 없었어요."

"바로 그게 문제가 될 수도 있겠군요. 하여간 제 힘이 닿는 한 최선을 다해 보겠습니다. 중요한 문제는 아까 이야기했듯이 환자의 의지예요. 환자가 이번 겨울에 유행할 외투 스타일에 관심을 가질 정도로 삶에 의욕을 갖는다면, 그녀가 치유될 가능성은 10퍼센트에서 50퍼센트로 높아질 겁니다."

의사가 돌아간 뒤 수는 화실에 들어가 종이 냅킨이 흠뻑 젖도록 울었다. 그리고는 아무 일 없다는 듯 밝은 표정으로 화판을 들고 존시의 방으로 들어섰다.

존시는 창 쪽으로 몸을 돌린 채 누워 있었다. 잠이 든 것 같았다.

수는 화판을 펼치고 펜을 들었다. 그리고 잡지 소설에 들어갈 삽화를 그리기 시작했다. 젊은 작가가 문학계에 첫발을 들여놓기 위해 잡지에 소설을 쓰듯, 젊은 화가도 잡지 삽화를 그림으로써 미술계로 접어드는 것이다.

수가 소설의 주인공인 카우보이가 말 품평회에서 입을 멋있는 승마용 바지를 그려 넣고 있는데, 나지막한 소리가 들려왔다. 중얼거리는 듯한 그 소리는 되풀이해서 들려오고 있었다. 수는 일어서서 재빨리 병상 쪽으로 다가갔다.

존시가 눈을 뜨고 있었다. 창밖을 바라보며 뭔가를 세는 중이었다. "열둘"이라고 하더니 조금 뒤에 "열하나", 다시 "열", 그리고 "아홉", 그리고 거의 동시에 "여덟"과 "일곱"을 헤아리는 것이었다.

도대체 뭘 세고 있을까? 수는 걱정스러운 듯 창밖을 내다보았다. 눈에 띄는 것이라고는 쓸쓸하고 텅 빈 안마당과 6미터쯤 떨어져 있는 벽돌집의 빈 벽뿐이었다. 그리고 오래 된 담쟁이덩굴 한줄기가 벽 중간까지 기어올라 엉겨 붙어 있었다. 싸늘한 가을바람에 담쟁이 잎새들이 거의 다 떨어지고 앙상한 가지만이 초라하게 돌벽에 매달려 있었다.

"뭐 하는 거야?" 수가 물었다.

"여섯." 존시가 속삭였다.

"떨어지는 속도가 점점 빨라지고 있어. 사흘 전에는 거의 백 개나 매달려 있어 그걸 세느라고 눈이 아플 지경이었는데. 이젠 쉬워졌군. 어머! 또 하나 떨어졌네. 이제 다섯 개밖에 남지 않았어."

"도대체 뭐가 말이야? 다섯 개라니."

"잎새. 저기 담쟁이덩굴에 붙어 있는 저 잎새 말이야. 마지막 잎새가 떨어지면 나도 세상을 떠나야 하거든."

"아니, 그런 바보 같은 소리가 어딨어?"

수가 내뱉었다.

"엉터리 같으니. 도대체 저 담쟁이덩굴 잎하고 너하고 무슨 관계가 있니? 이 못난 아가씨야. 바보 같은 소린 집어치워. 의사 선생님이 그러셨어. 네가 싹 나을 가능성이……음 ……십중팔구라고 말야! 뭐, 뉴욕에서 전차를 타고 가거나 공사 중인 건물 밑을 걸어갈 때도 그만한 위험성은 있는 거니까. 자, 그러니 쓸데없는 소리 말고 이 수프나 마셔. 그래야 내가 안심하고 그림을 그릴 거 아냐. 빨리 삽화를 그리고 돈을 받아야 너에게 맛있는 포도주를 사 줄 수 있다고."

"이제 포도주 같은 건 필요 없어."

멍한 시선을 창 밖에 고정한 채 존시가 말했다.

"또 한 잎이 떨어지는군. 싫어, 수프 같은 건 먹고 싶지 않아. 이젠 꼭 네 잎 남았네. 날이 어두워지기 전에 마지막 한 잎이 떨어지면 좋겠어. 그래야 나도 세상에서 훨훨 떨어질 테니까."

"이봐, 존시! 내가 그림을 다 그릴 때까지 제발 눈을 감고, 창밖을 보지 않겠다고 약속해 주겠니? 저 그림을 내일까지는 갖다 줘야 한단 말이야. 그림 그리는 데 햇빛만 없어도 된다면 아예 커튼을 내리고 싶지만."

수가 존시를 향해 몸을 굽히며 말했다.

"다른 방에 가서 그리면 되잖아."

존시가 세상 모든 의욕을 잃은 사람처럼 대꾸했다.

"너하고 같이 있고 싶어서 그래. 그리고 네가 줄곧 저 쓸데없는 담쟁이 잎새를 쳐다보지 못하게 하려고 그러지."

"알았어. 그림 다 그리는 대로 알려줘."

눈을 감은 존시가 창백한 얼굴로 중얼거렸다.

"마지막 잎새가 떨어지는 걸 꼭 보고 싶거든. 이젠 기다리는 것도 지쳤어. 저 가엾은 잎새들처럼 세상 밖으로 조용히 날아가고 싶다고."

"잠을 좀 청해 봐." 수가 말했다.

"난 잠깐 내려가서 버먼 할아버지를 모셔 와야겠어. 늙은 광부를 그려야 하는데 모델이 필요하거든. 곧 돌아올 테니 약속 지키고 있어. 알았지?"

버먼 노인은 같은 집 1층에 사는 화가였다. 예순이 넘은 그는 뺨에는 무성하게 털이 났으며 조그만 체구를 가졌다. 그는 실패한 화가였다. 지난 40년 동안 화필을 쥐었지만 이렇다 할 명성을 얻어 본 적이 없었다. 말로는 언제나 걸작을 그리겠다고 큰소리를 쳤지만, 늘 말뿐이었다. 지난 몇 해 동안 광고물에 쓸 서툰 그림을 몇 점 그렸을 뿐, 작품이라고 할 만한 것은 손도 댄 적이 없었다.

그는 전문 모델을 쓸 여력이 없는 이곳 화가 마을의 젊은 화가들에게 모델이 되어 주고는 몇 푼 안 되는 수고비를 얻어 쓰기도 했다. 툭하면 독한 술에 취해서, 머지않아 걸작을 그리겠다고 말하곤 했다. 게다가 그는 몸집이 작고 사나운 늙은이로 누구든 약점을 발견하면 몹시 비웃어댔다. 하지만 위층 화실에 있는 두 젊은 화가에게만은 그들을 지켜 주는 기사를 자처했다.

수가 아래층에 내려가 보니 버먼은 어두침침한 골방에서 고약한 술 냄새를 풍기며 앉아 있었다. 한쪽 구석에는 아무것도 그리지 않은 하얀 캔버스가 보였다. 노인의 말대로라면, 걸작이 그려지기를 25년이나 기다려 온 캔버스였다.

수는 버먼에게 존시에 대해 이야기했다. 여전한 폐렴 증세와 의사와 했던 말, 그리고 담쟁이덩굴의 잎에 대해. 이렇듯 존시가 품고 있는 이상한 생각을 이야기해 주며, 이 세상에 대한 가냘픈 의욕이 더 약해지면 존시는 정말로 가볍고 연약한 나뭇잎처럼 하늘로 날아가 버릴지도 모른다고 걱정했다.

그러자 버먼의 핏발 선 눈이 조금 촉촉해졌다. 잠시 생각에 잠긴 노인은 커다란 목소리로 퉁명스럽게 지껄였다.

"뭐가 어째? 말라비틀어진 덩굴에서 잎이 떨어지면 저도 죽는다고? 그런 얼빠진 소리는 태어나서 처음 듣네! 젠장, 자네는 도대체 무얼 하고 있었기에 같이 사는 친구가 그런 멍청한 생각을 하도록 놔뒀어? 당신 같은 사람 위해서 모델 할 생각 없네! 쯧쯧."

"그 애는 병 때문에 많이 약해졌어요. 사람이 아프면 이상한 생각에 빠질 수도 있잖아요." 수가 말했다.

"이상한 생각도 정도껏 해야지. 그게 말이나 되는 소리냐고!"

"그만 하세요. 어쨌거나 알겠어요. 모델이 되어 주고 싶지 않으면 그만두세요. 저 갈게요. 변덕쟁이 할아버지."

"여자란 할 수 없군! 누가 모델을 안 하겠다고 했나? 말이 그렇다는 게지. 알았다구, 갑시다, 가자고. 반 시간 전부터 준비가 되어 있다고 말했잖아."

버먼이 크게 소리쳤다.

"피이."

"허 참! 여긴 존시 같은 착한 아가씨가 병들어 누워 있을 만한 동네가 아니야. 이렇게 하면 어때? 머지않아 내가 걸작을 그릴 테니, 그때 우리 다 같이 이곳을 떠나자고. 아무렴, 떠나고말고!"

"알았어요. 알았으니까 어서 일어나세요. 할아버지."

두 사람이 위층에 올라가 보니 존시는 잠들어 있었다. 수는 커튼을 창틀 밑까지 내리고는 버먼 노인에게 옆방으로 가자고 손짓했다. 거기서 두 사람은 두려운 듯 창밖으로 담쟁이덩굴을 내다보았다. 그리고 말없이 서로를 쳐다보았다. 진눈깨비가 쉴 새 없이 내리고 있었다. 푸른색 낡은 셔츠를 입은 버먼은 바위 대신 냄비를 엎어 놓고 그 위에 앉아 외로운 광부의 자세를 취해 주었다.

이튿날 아침, 수가 자다가 눈을 떠 보니 존시는 생기 없는 눈을 크게 뜨고 창에 내려진 커튼을 빤히 쳐다보고 있었다.

"커튼 좀 걷어 줘. 밖이 보고 싶어."

나직한 속삭임이었지만 거부할 수 없는 목소리였다. 마지못해 일어선 수가 창가로 다가갔다. 그리고 커튼을 걷었다.

그런데 이게 어찌 된 일인가! 밤새도록 바람이 불고 비가 내렸는데도 벽의 담쟁이덩굴에는 아직 한 장의 잎이 남아 있었다. 그것은 담쟁이의 마지막 잎새였다. 땅 위로 6m쯤 되는 높이의 가지에 매달린 잎새는 아직 진한 초록빛이었고, 가장자리만이 모진 세월을 건너 그 생명이 끝나가는 듯 누렇게 바래 있었다.

"저게 마지막 잎새야. 간밤에 틀림없이 떨어질 줄 알았는데. 바람소리가 들렸거든."

존시가 중얼거렸다.

"오늘은 떨어지겠지. 그러면 나도 함께 가는 거야."

"그러지 마, 존시."

수가 지친 얼굴을 베개에 묻으면서 말했다.

"네 처지를 생각해. 그게 싫거든 내 입장이라도 좀 생각해 줘. 도대체 내가 어떻게 하면 좋겠니?"

그러나 존시는 아무 대답도 하지 않았다. 가지로부터 떨어져 나가는 잎새처럼, 존시는 세상에서 가장 멀고 신비하고 고독한 여행을 떠나고 싶어 하는 것 같았다.

저녁이 되었다. 담쟁이덩굴에 외로이 남은 마지막 잎새는, 여전히 떨어지지 않고 줄기에 매달려 있었다. 밤이 찾아왔다. 북풍이 다시 사납게 휘몰아치기 시작했다. 비가 거세게 창문을 두들기며 나직한 네덜란드 풍의 처마 밑으로 떨어져 내렸다.

날이 밝자 존시는 막무가내로 창문의 커튼을 올려 달라고 명령하듯이 말했다.

수는 주저했다. 창밖을 보기가 두려웠다. 그러나 거절할 수 없었다. 잠시 후, 그녀는 창가로 다가가 머뭇머뭇 커튼을 걷었다.

그런데 그 담쟁이 잎새는 여전히 거기에 매달려 있는 것이 아닌가. 존시는 누운 채로 그것을 한참 동안 바라보았다. 넋이 나간 얼굴로 말이다. 그러더니 얼마 후 가스스토브의 닭고기 수프를 젓고 있는 수를 불렀다.

"수, 난 참 한심한 애였어. 내가 얼마나 멍청하고 못된 애인지, 그걸 알려 주려고 마지막 잎새가 아직 저기 남아 있는 모양이야. 죽고 싶어 하다니, 삶을 포기하려 하다니……. 그건 죄악이야. 내가 어리석었어. 수, 갑자기 배가 고파. 나 그 수프 좀 갖다 줘. 포도주 섞은 우유도 부탁할게. 아니 참, 손거울 먼저 갖다 줄래? 그리고 내 등에 베개 몇 개만 받쳐 줘. 앉아서 네가 요리하는 모습을 보고 싶어."

식사를 하는 존시의 얼굴은 새로운 의욕으로 넘쳐났다. 그 모습을 수는 흐뭇하게 바라보았다. 존시는 다시 말했다.

"수, 내가 언젠가 말했지?"

"뭘?"

"나폴리 말야. 난 있잖아, 언젠가 나폴리 만을 그려 볼 생각이야, 꼭."

오후에 의사가 찾아왔다. 의사가 나갈 때 수는 일부러 핑계를 대고 복도로 나왔다.

"저 아가씨가 회복될 가능성은 이제 80퍼센트 정도로 높아졌습니다."

의사는 수의 야윈 손을 잡으며 말했다.

"훌륭한 일입니다. 간호만 잘해 주면, 이제 아가씨가 병을 이기게 될 겁니다. 부디 그렇게 되길 빕니다."

"감사합니다."

"그럼 자, 나는 또 다른 환자를 보러 가야겠어요. 아래층의 노인 혹시 아세요? 버먼이라고 하던데."

"어머나, 버먼 할아버지가……."

"그분도 급성 폐렴에 걸린 모양이더군요."

"정말요?"

"예."

"나을 수 있겠죠?"

"아뇨. 늙고 허약한데다 급성이라서 가망이 없어요. 좀 덜하도록 오늘 병원에 입원시키기로 했지."

다음 날, 의사가 다시 존시를 찾아왔다.

"이제 위험한 상태는 넘겼어요. 보호자 분의 승리입니다. 이제 영양가 있는 음식과 간호만 있으면 정상으로 회복될 겁니다."

그날 오후, 수가 침대로 가보니 존시는 누운 채 파란색의 털목도리를 뜨고 있었다. 좀처럼 쓸모없어 보이는 목도리였지만 존시의 표정은 만족스러워 보였다. 건강과 평온을 어느 정도 되찾은 얼굴이었다. 수는 한 팔로 존시를 싸잡아 끌어안았다.

"존시, 너한테 할 얘기가 있어."

"뭔데?"

"버먼 할아버지가 있잖아. 오늘 병원에서 폐렴으로 돌아가셨어. 앓으신 지 겨우 이틀밖에 되지 않았는데 말이야."

"세상에!"

"그저께 늦은 밤 관리인 아저씨가 우연히 아래층에 가 보았는데, 할아버지가 아파서 몹시 괴로워하고 계시더라는 거야. 신발과 옷은 온통 젖어서 얼음처럼 차갑고. 그렇게 날씨가 사나운 밤에 도대체 할아버지가 어디를 갔다 오셨는지 짐작할 수 없었다는 거야."

"……"

"그러다가 아직도 불이 켜져 있는 램프랑, 늘 두던 장소에서 꺼내온 사다리랑, 여기저기 흩어져 있는 그림붓들이랑, 초록색과 노란색 물감이 섞여 있는 팔레트를 발견한 거야."

"사다리?"

"존시, 창밖을 봐. 저기 벽에 붙어 있는 마지막 잎새 좀 보라고."

존시는 창밖을 바라보았다. 수가 나직하게 속삭였다.

"바람이 부는데 왜 조금도 움직이지 않는지 이상하지 않아? 아아, 존시. 저건 버먼 할아버지가 남긴 걸작이야. ……마지막 잎새가 떨어지던 날 밤, 그분이 저기에 그려 놓으신 거야!"

〈마지막 잎새 The Last Leaf〉(1905)

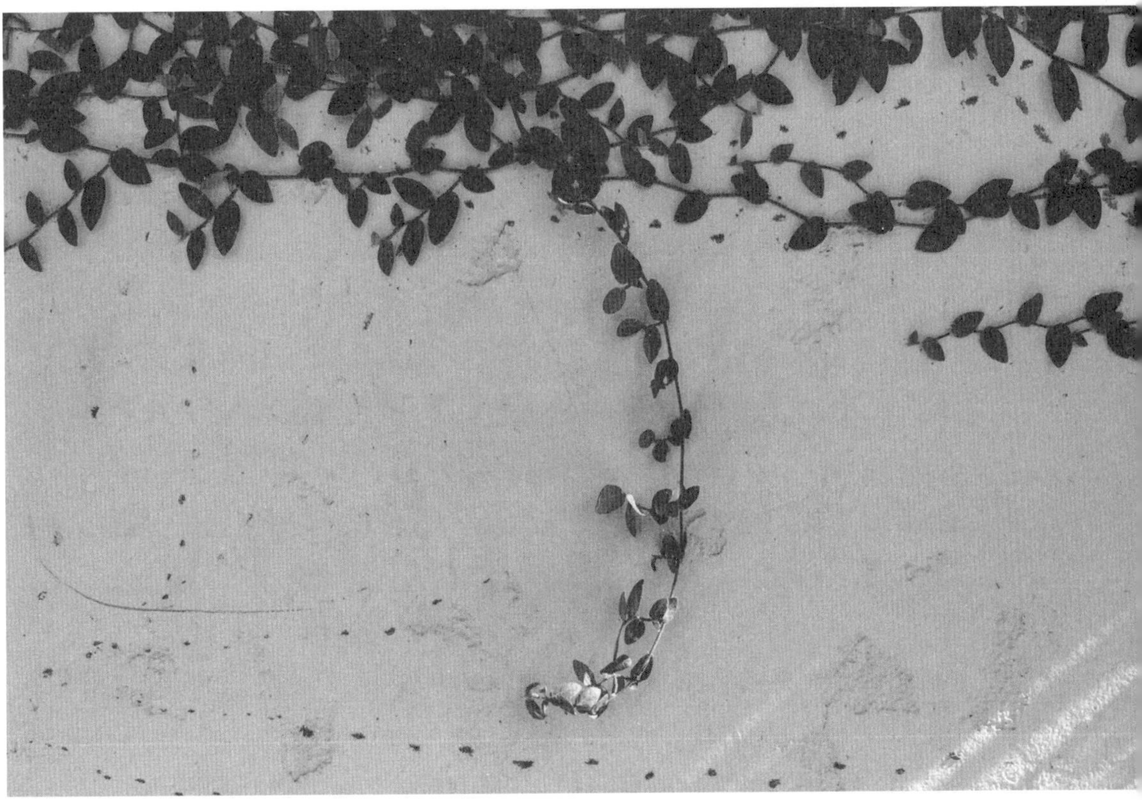

크리스마스 선물 | 오 헨리

1달러 87센트, 이것이 가진 돈의 전부였다. 그중에서도 60센트는 1페니짜리 잔돈이었다. 이 동전들은 그녀가 식료품 가게와 채소 가게와 푸줏간에서 물건을 사면서 인색하다는 말을 듣고 얼굴이 빨개지면서까지 악착같이 물건 값을 깎아 한 푼 두 푼 모은 것이었다. 델라는 세 번이나 돈을 세어 보았다. 역시 1달러 87센트였다. 그런데 내일은 크리스마스가 아닌가.

이제는 낡고 초라한 침대에 주저앉아 소리 내어 우는 수밖에 없었다. 델라는 침대에 주저앉아 정말로 엉엉 울기 시작했다. 이렇게 울고 나면 인생이란 눈물과 훌쩍거림 그리고 미소로 이루어져 있으며, 그중에서 훌쩍거릴 때가 가장 많다는 어느 명언이 생각났다.

델라의 기분이 흐느낌에서 훌쩍거리는 단계로 바뀌어 가는 동안 잠시 이 집안을 살펴볼까? 가구가 딸려 있는 이 집은 일주일에 집세 8달러짜리 아파트이다. 형편없는 집은 아니라고 해도, 잘못하면 거지 떼라도 몰려들지 않을까 경계해야 할 만큼 초라한 집이었다.

아래층 현관에는 늘 비어 있는 우편함과 아무리 눌러도 소리가 나지 않는 초인종이 있다. 또 거기에는 '제임스 딜링햄 영 씨'라는 문패가 붙어 있었다. 이 '딜링햄'이라는 글자는 이 집의 남자 주인이 한창 경기가 좋아 일주일에 30달러씩 벌어들이던 시절에는 반짝반짝 빛을 내더니, 수입이 20달러로 줄어든 지금은 겸손하게 '디

(D)' 한 글자로 줄어들 것처럼 희미해졌다.

그러나 제임스 딜링햄 영 씨가 집에 돌아와 2층으로 올라오면, 앞에서 '델라'라고 소개한 제임스 딜링햄 영 부인이 언제나 그를 '짐'이라고 다정하게 부르며 따뜻하게 반겨 주었다.

델라는 울음을 그치고 창가에 서서 뒤뜰의 담장 위를 걸어가는 고양이 한 마리를 멍하니 바라다보았다. 내일이 크리스마스인데 사랑하는 짐의 선물을 살 돈이라고는 1달러 87센트가 전부였다. 몇 달 동안 한 푼 두 푼 모은 돈이 고작 그것이었다. 일주일에 20달러 수입으로는 어떻게 해볼 도리가 없었다. 돈을 써야 할 곳은 언제나 그녀의 생각보다 많았다.

선물 살 돈이 고작 1달러 87센트뿐이라니! 그녀가 참으로 사랑하는 남편의 선물인데……. 그에게 어떤 멋진 선물을 사줄까 궁리하면서 그녀는 얼마나 행복한 시간을 보냈던가. 뭔가 멋지고 색다르며 진귀한 선물을 하고 싶었다. 짐의 명예에 조금이라도 어울리는 그런 물건 말이다.

델라의 방 안에는 거울이 하나 달려 있었다. 일주일에 집세 8달러짜리 아파트에 있음직한 그런 거울이. 그 거울은 델라처럼 마르고 민첩하게 생긴 사람만이 자기 모습을 제대로 비춰볼 수 있을 정도로 작았다.

갑자기 그녀는 창문에서 몸을 돌려 거울 앞에 다가섰다. 두 눈은 밝게 빛났지만 금세 얼굴이 핏기를 잃고 창백하게 변했다. 그녀는 재빨리 머리채를 풀어헤쳐 어깨 위로 늘어뜨려 보았다.

제임스 딜링햄 영 부부에게는 두 사람 모두 몹시 자랑스럽게 여기는 두 가지 물건이 있었다. 하나는 남편 짐이 할아버지에게 물려받은 금시계였고, 다른 하나는 델라의 머리채였다. 만약 시바의 여왕•이 델라의 건너편 아파트에 살았다면, 델라가 창문 밖으로 머리카락을 늘어뜨릴 때마다 부러워서 어쩔 줄 몰라 했을 것이다. 보물을 산더미처럼 가지고 있는 솔로몬 왕도 짐의 멋진 금시계를 보면 부러운 마음에 턱

• 시바의 여왕: 아라비아 반도에 있었던 고대 왕국 시바의 여왕. 구약성서에 나오는 인물로, 솔로몬 왕의 명성을 듣고 많은 보물을 가지고 예루살렘으로 가 그를 방문했다고 한다.

수염을 쥐어뜯었을지도 모른다.

델라의 아름다운 머리채는 황금 폭포가 물결치듯이 무릎 아래까지 흘러내렸다. 델라는 재빠르게 머리를 묶고는 잠시 머뭇거리다가 낡고 초라한 붉은색 양탄자 위에 눈물방울을 떨어뜨렸다.

두 눈에는 아직도 눈물방울이 그렁그렁한 채 델라는 낡은 외투와 모자를 걸치고는 황급히 집 밖으로 나섰다.

그녀는 '소프로니 상점, 미용 가발 전문점'이라고 쓰인 간판 앞에서 걸음을 멈추었다. 단숨에 상점으로 뛰어들어간 델라는 숨을 몰아쉬며 마음을 가다듬었다. 몸집이 크고 창백할 정도로 살결이 희며 쌀쌀맞게 생긴 여주인이 델라를 맞이했다.

"제 머리카락을 사시겠어요?" 델라가 물었다.

"네, 사지요. 모자를 벗고 머리카락을 보여 주세요." 여주인이 대답했다.

갈색 폭포수가 잔물결을 일으키며 아래로 흘러내렸다.

"20달러 드리지요."

여주인이 익숙한 손길로 머리채를 들어 올리며 말했다.

"어서 빨리 계산해 주세요." 델라가 말했다.

그 후 두 시간이 꿈결처럼 흘러갔다. 델라는 짐의 선물을 사기 위해 이 가게 저 가게를 샅샅이 찾아다녔다.

마침내 그녀는 짐에게 줄 선물을 발견했다. 그것은 정말 짐을 위해 만들어진 물건 같았다. 상점이란 상점은 다 뒤졌지만 어디에서도 이런 물건은 찾을 수 없었다. 그것은 백금으로 만든 시곗줄로, 단순하고 고상한 장식이 마음에 들었다. 델라는 이 시곗줄이야말로 짐에게 딱 맞는 물건이라고 생각했다. 품위 있고 고급스러워서 시계와 짐, 둘 모두에게 어울릴 것 같았다.

시곗줄 값으로 21달러를 지불한 그녀는 나머지 87센트를 가지고 서둘러 집으로 향했다. 이 시곗줄을 단다면 짐은 이제 누구 앞에서도 눈치 보지 않고 떳떳하게 시계를 꺼내 볼 수 있을 것이다. 시계는 훌륭했지만 거기에 달려 있는 낡은 가죽끈 때문에 짐은 시계를 남들 몰래 살짝 꺼내 보곤 했다.

집으로 돌아온 델라는 흥분을 가라앉히고 사랑을 위해 아낌없이 잘라낸 머리를 매만지기 시작했다. 그녀는 머리를 고불거리게 지지는 인두를 꺼내고 가스스토브에 불을 붙인 뒤, 볼품없이 되어 버린 머리를 손질하기 시작했다.

그렇게 40분이 채 되지 않아 그녀의 머리는 짧은 고수머리로 덮였으며, 마치 개구쟁이 학생과도 같은 모습이 되었다. 그녀는 거울에 비친 자신의 모습을 오랫동안 주의 깊게 들여다보았다.

"짐이 이 모습을 보면 합창단 소녀 같다고 할 거야. 하지만 어쩔 수 없어. 1달러 87센트 가지고 뭘 어떻게 할 수 있담?" 그녀가 혼자 중얼거렸다.

7시가 되자 델라는 커피를 끓이고 스토브 위에 프라이팬을 달구어 고기 토막을 요리할 수 있는 준비를 했다.

짐은 늦는 법이 없었다. 델라는 시곗줄을 손에 들고 문 가까이에 있는 탁자 한쪽에 앉았다. 이윽고 아래층에서 계단을 올라오는 발소리가 들려왔다. 그녀의 얼굴은 백지장처럼 창백하게 변했다. 그녀는 사소한 일에도 기도를 하곤 했는데, 지금 역시 속으로 기도를 중얼거렸다.

"오, 하느님. 짐이 전처럼 제가 여전히 예쁘다고 생각하게 해 주세요."

문이 열리고 창백하게 굳은 얼굴을 한 짐이 들어왔다. 스물두 살의 짐에게 가장 노릇은 힘든 일일 것이다. 짐에게는 새 외투가 필요했고 장갑조차 없었다.

집 안에 들어선 짐은 우뚝 멈춰 서서 델라를 뚫어지게 바라보았다. 그 눈에는 델라가 이해할 수 없는 표정이 어려 있었다. 그것은 노여움도, 놀람도, 불만도, 공포도 아니었고, 델라가 각오하고 있던 그 어떤 감정도 아니었다. 그는 그저 이상야릇한 표정을 머금은 채 그녀를 뚫어지게 쳐다볼 뿐이었다.

델라는 탁자에서 일어나 살금살금 짐 곁으로 다가갔다.

"여보! 그런 눈으로 나를 보지 마세요. 당신에게 선물을 주지 않고는 크리스마스를 보낼 수가 없을 것 같아 머리카락을 잘라 팔았을 뿐이에요. 머리카락은 금방 다시 자랄 거예요."

그녀가 큰 소리로 말했다.

"괜찮죠, 네? 정말 어쩔 수 없었어요. 제 머리카락은 아주 빨리 자라요. 짐, '메리 크리스마스!' 하고 말해 줘요. 그리고 우리 즐거운 시간을 보내요. 제가 당신을 위해 얼마나 근사한 선물을 준비했는지 당신은 상상도 못할 거예요."

"당신 머리카락을 잘라 버렸다고?"

짐은 아무리 애를 써도 이 상황을 이해할 수 없다는 듯 괴로운 표정으로 물었다.

"그래요, 머리카락을 잘라서 팔았어요. 그렇지만 변함없이 저를 좋아해 줄 거죠? 머리카락이 없어도 저는 여전히 그대로예요. 그렇죠?"

짐은 두리번거리는 눈으로 집 안을 둘러보았다.

"이제 당신 머리카락은 없어져 버렸단 말이지?"

그가 거의 바보 같은 표정으로 말했다.

"찾아볼 필요도 없어요. ……이제 팔아서 없어져 버렸어요. 여보, 오늘은 크리스마스이브예요. 제발 다정하게 대해 줘요. 그 머리카락은 당신을 위해 팔았으니까요. 어쩌면 내 머리 위에 자라나는 머리카락은 그 수를 헤아릴 수 있을지 몰라요."

델라는 갑자기 정다우면서도 진지하게 말을 이었다.

"하지만 당신에 대한 내 사랑은 아무도 헤아릴 수가 없어요. 짐, 고기 토막을 올려놓을까요?"

그 순간 짐은 정신이 번쩍 들었다. 그는 델라를 껴안았다.

일주일에 8달러의 돈벌이와 일 년에 100만 달러의 돈벌이에 무슨 차이가 있을까? 어떤 수학자나 현명한 사람이라도 정답을 말하지 못할 것이다. 동방박사들이 값진 선물을 들고 마구간으로 갔지만, 그 선물 가운데에도 해답은 없었다. 이 수수께끼 같은 말의 뜻은 잠시 뒤에 밝혀질 것이다.

짐은 외투 주머니에서 작은 상자 하나를 꺼내 탁자 위에 올려놓았다.

"델라, 나를 오해하지는 말아 줘. 당신이 머리카락을 잘랐다고 해서 어떻게 내 사랑이 변하겠어? 하지만 저 상자를 열어 보면 왜 내가 아까 한참 동안 멍해 있었는지 알 수 있을 거야."

델라의 하얀 손가락이 재빠르게 상자를 열었다. 그녀의 입에서 황홀한 기쁨의 탄

성이 터져 나왔다. 그리고 그 탄성이 어느새 울음으로 바뀌어 짐은 있는 힘껏 아내를 위로해 주어야 했다.

탁자 위에는 머리빗, 델라가 가게 진열대에서 발견했을 때부터 갖고 싶어 했던, 옆머리용과 뒷머리용 한 세트로 된 바로 그 장식용 빗이 놓여 있었다. 가장자리에 보석이 박힌 빗은 지금은 사라져 버린 그녀의 아름다운 머리채에 꼭 어울리는 색깔이었다.

그것이 값비싼 머리빗인 걸 알았기 때문에 그녀로서는 단지 갖고 싶다는 마음뿐이었지 실제로 갖게 된다는 것은 엄두조차 내지 못하고 있었다. 그런데 지금은 마침내 그 물건을 갖게 되었지만, 이번에는 그 빗으로 장식할 머리채가 사라져 버린 것이다. 그녀는 그 빗을 가슴에 꼭 껴안은 채 눈물을 글썽이면서도 미소 지으며 말했다.

"짐, 제 머리카락은 아주 빨리 자라요!"

그러더니 델라는 자리에서 벌떡 일어서며 "오, 어머나!" 하고 소리쳤다.

짐은 아직 델라가 준비한 근사한 선물을 보지 못했다. 그녀는 손바닥에 그 선물을 올려놓고 간절한 마음으로 그에게 내밀었다. 은근한 빛깔의 값진 금속이 그녀의 맑고 아름다운 마음 덕분인지 한층 더 눈부시게 빛났다.

"짐, 멋지지 않아요? 온 시내를 다 뒤져서 찾아냈어요. 이제 하루에 백 번도 넘게 시계를 꺼내 보고 싶을 거예요. 당신 시계를 주세요. 얼마나 잘 어울리는지 보고 싶어요."

짐은 시계를 꺼내주는 대신 침대에 드러누워 뒤통수에 손을 갖다 대고 빙긋이 웃었다.

"델라, 크리스마스 선물은 당분간 보관해 두기로 합시다. 지금 당장 사용하기엔 너무 소중한 것들이니. 사실은 당신에게 빗을 사주기 위해 난 시계를 팔아 버렸어. 자, 이제 고기 토막을 올려놓지."

마구간에 있는 아기에게 선물을 가지고 온 동방박사들은 현명한 사람들이었다. 사람들이 크리스마스 선물을 주고받게 된 것도 바로 그들에게서 시작된 것이다. 그들은 현명한 사람들이었기에 선물 또한 현명한 것으로, 만약 그 선물이 서로 중복되었더라도 다른 것으로 교환할 수 있었을 것이다. 그런데 나는 여기서 가장 현명하지 못하게 그들의 최대의 가보를 희생해 버린, 어리석은 가난한 부부의 이야기를 그나마도 서툴게 이야기했다. 그러나 현대인에게 마지막으로 하고 싶은 말은 선물을 주고받는 모든 사람 가운데 이 부부가 가장 현명하다는 것이다. 이 세상 어디를 가든 이들보다 현명한 사람은 없을 것이다. 이들이야말로 진짜 동방박사인 것이다.

〈크리스마스 선물 The Gift of the Magi〉(1907)

메아리

| 이주홍

"돌아, 오늘은 소의 배가 좀 이상하다. 밖에 몰고 나가지 말고, 네가 풀을 뜯어다가 넣어 주어라."

아버지는 바지게에다 괭이를 담아 지고 나가면서 돌이를 보고 말했다. 그러나 돌이는 방바닥에다 배를 붙이고 엎드려 있으면서 아무 대꾸도 안 했다. 아버지가 미워서 말도 하기 싫었던 것이다.

돌이는 엎드린 채로, 누나가 베던 베개에다 볼을 대고 울기 시작했다.

"누나! 누나! 누나는 우리 집 생각 안 나나?"

차디찬 눈물이 귓속으로 들어갔다.

"누나! 나는 누나가 보고 싶어서 못 견디겠어."

눈물이 연달아서 흘러내렸다. 귓속이 제법 무거워지는 것 같았다. 돌이는 때묻은 베개에다 코를 대고서 또 숨을 들이켜 봤다. 누나의 냄새가 그대로 났다. 돌이는 두 팔로 베개를 꼬옥 껴안았다.

"누나!"

눈물이 콧속으로도 새어 들어갔는지 콧속이 찡하니 아팠다. 코를 훌쩍거려 보려니까 콧속이 막혀서 잘 훌쩍여지지 않았다.

돌이의 집은 깊은 산 속에 있었다. 깊은 산 속 중에서도 더 깊은 산 속, 더 깊은 산 속 중에서도 더 더 깊은 산 속에 있는 외딴 집이 돌이네가 사는 집이었다. 그러니까 돌이네 집은 이웃이 없었다.

그끄저께 누나가 산 너머로 시집을 갔으니까, 식구도 아버지하고 돌이하고 단 둘뿐이었다.

어머니는 돌이가 세 살 나던 때에 돌아가셨다. 그래서 돌이는 어머니의 모습이 어떤지, 말소리가 어떠했는지 모른다. 무덤은 언덕 너머에 있는 큰 바위 밑에 있었다. 돌이는 그 앞을 지나칠 땐 그저 한 번씩 쳐다보고 갈 뿐이다.

돌이는 이웃이 없어서 참 심심했다. 만날 보는 하늘, 만날 보는 산, 만날 보는 나무, 만날 보는 짐승들. 어떤 때에는 영 못 견디게 심심해서 한달음으로 산꼭대기까지 달려 올라가기도 했다. 그러나 산 너머에도 산이 있을 뿐, 사람이 사는 집은 한 군데도 보이지 않았다.

돌이네는 그 깊은 산 속에서 농사를 지으며 살았다.

그런데 돌이네 집에는 다른 가축은 없어도, 누렁 암소가 한 마리 있는데, 새끼를 배서 곧 낳게 되었다. 작년 어느 때던가, 아버지는 새끼를 배게 한다고 삼십 리나 떨어진 산골 마을로 소를 몰고 갔다 온 일이 있었던 것이다.

만날 보는 하늘, 만날 보는 산, 만날 보는 나무, 만날 보는 짐승들뿐이었지만, 돌이에게는 단 하나, 사람의 말소리로써 대해 주는 동무가 있었다. 그것은 메아리였다.

"오---."

하고 목을 뽑아 외쳐 보면, 저쪽 산에서도

"오---."

하고 대답을 해 주었다.

"내 산아---."

하고 부르면,

"내 산아---."

하고 대답해 주었다.

"잘 잤나---?"

하고 물으면,

"잘 잤나---?"

하고 되물어 주었다.

"메아리는 흉내쟁이---."

하면,

"메아리는 흉내쟁이---."

하고, 고대로 또 흉내를 내면서 돌이하고 장난을 했다.

돌이는 요 며칠 동안 메아리하고의 장난도 끊어 버렸다.

누나 생각이 나서 아무것도 하기가 싫어진 것이었다.

그끄저께의 전날 밤이었다. 아버지가 코를 드르렁거리고 자는데, 누나는 돌이의 귀에다 대고 가만히 속삭였다. 불 끈 지가 오래 됐으니까 꽤 깊은 밤이었다.

"돌아, 자니?"

"아아니."

아버지는 종일 감자 캐느라 고단해서 그런지, 코를 연해 골았다. 이번에는 돌이가 먼저 말했다.

"누나."

"응?"

"왜, 자느냐고 물었어?"

"저어……."

"응?"

"난 내일 간다."

"어딜?"

"시집가는 거래."

"시집이 뭐야?"

"나도 몰라. 남의 집으로 가는 거래."

"남의 집으로?"

"남의 집이지만, 아버지가 가라시니까 가야 할 거야."

아버지는 머리를 목침 밑으로 툭 떨어뜨리더니만 한참 숨을 안 쉬고 있었다. 자다가 몸부림을 친 모양이었다. 돌이는 밤새도록 잠을 자지 않았다. 누나도 가만가만 울면서 날이 부예 오도록 안 자는 것 같았다.

다음날, 아침밥을 먹고 나니까 어떤 낯선 남자 둘이 찾아왔다. 하나는 아버지보다 나이 많은 사람이고, 하나는 눈이 툭 불거진 젊은 사나이였다.

나이 먹은 사람은 보자기에서 누나에게 입힐 물들인 새 옷과 비녀라는 것을 내놓았다. 그리고 종이에다 싼 것을 펴주면서 누나더러 얼굴에다 바르라고 했다. 누나는 아버지가 가르쳐 주는 대로 그것을 얼굴에다 발랐다. 분이라고 했다. 누나의 얼굴은 보얘져서 얄궂어 보였다.

아버지는 누나의 머리를 틀어서 뒤에다가 비녀로 쪽을 쪄주었다.

감자밥 한 그릇씩을 먹고 나서, 두 손님과 아버지, 누나, 네 사람은 재를 넘어갔다. 누나는 집을 나가면서 울었다. 아무도, 울지 말라 하는 사람은 없었다.

누나가 입은 푸른 저고리와 붉은 치마에서는 무슨 이상한 냄새가 나는 것 같았다. 걸을 땐 워석워석 소리도 났다.

"나, 저녁때쯤 되면 돌아올 테니까, 넌 그새 소 몰고 나가서 풀이나 뜯기고 있어라."

오래간만에 두루마기를 입고서 같이 나가는 아버지는, 돌이를 돌아다보고서 이렇게 말했다. 그러나 돌이는 대답을 하지 않고 일부러 옆만 보고 있었다. 누나를 가게 내버려 두는 아버지가 미워서였다.

네 사람은 서쪽 산의 비탈길을 올라가고 있었다. 돌이의 눈엔 붉은 치마를 입은 누나만 똑똑하게 보였다. 산마루에 올라서더니만, 사람들의 걸음은 조금 느려진 것 같았다.

누나는 처음으로 고개를 돌려 집을 내려다봤다. 돌이는 눈에서 눈물이 막 쏟아져서, 그만 누나를 놓치고 말았다.

눈물을 닦고 나서 보니, 사람들은 고개 저쪽으로 넘어가고 한 사람도 보이지 않았다. 돌이는 한달음에 뛰어서 고갯마루까지 올라갔다. 숨이 차서 길에 엎어질 것 같았다. 그래도 돌이는 쉬지 않고 고갯마루까지 올라갔다. 그리고 고개 저쪽을 내려다봤지만, 아무도 보이지 않았다. 돌이는 양 옆을 돌아다봤다. 역시 아무도 보이지 않았다. 그래서 맘놓고 울기가 좋았다.

돌이는 한참 울다가 돌멩이를 집어서 팔매를 치며 길게 소리를 질렀다.

"우리 누나 내놔라---."

그러니까 메아리가 울려 왔다.

"우리 누나 내놔라---."

돌이는 메아리가 참으로 얄미웠다. 누나를 데리고 간 그 낯선 두 사람에게 외친 건데, 메아리는 그런 사정도 모르고 흉내만 냈다.

돌이는 울다가 팔매질을 하고, 또 팔매질을 하다간 울고, 그러다가 힘없이 돌아왔다.

아버지는 저녁 늦게 돌아왔다. 돌이는 저녁도 안 먹고 그대로 잤다. 그전 같으면 언제든지 아버지가 일하는 밭에 따라나갔지만, 그때부터는 아버지를 따라나서지 않았다.

아버지가 나가면 돌이는 언제나 혼자 남아서 울었다. 누나가 베던 그 때묻은 베개를 안고 누나의 냄새를 맡아 가면서 눈이 퉁퉁 붓도록 울었다. 파랑 저고리도 안 입고, 붉은 치마도 안 입고, 머리도 그 이상하게 틀어서 쪽찌지 않은, 그런 누나가 보고 싶어서 견딜 수가 없었다.

돌이는, 아버지가 감자 캐러 나가고 난 뒤, 혼자 베개를 안고서 울고 울고 하다가, 소는 그대로 둔 채, 재를 넘어갔다. 누나를 찾아가는 것이었다. 돌이는 한 번도 안 걸어 본 길을 자꾸만 내려갔다. 어쩌면 잃고나 말 듯한 가느다란 산길이었다. 몇 번 재를 넘었는지, 몇 번 산모롱이를 돌았는지 몰랐다. 그러나 사람이 사는 집이 나서지 않았다. 돌이는 누나가 간 곳이 얼마나 먼 데인가를 물어 두었더라면 좋았을 것을 했지만, 할 수 없는 일이었다.

돌이는 바위 위에 앉아서 다리를 쉬었다. 어디서 누나가 뛰어나오면서,

"돌아!"

하고 불러 준다면 얼마나 반가울까 싶었지만, 누나는 나타나 주지 않았다.

가도 가도 산이었다.

이러구러 날이 저물었다. 돌이는 무서운 생각이 나서 되돌아섰다. 새들이 잘 집에 드느라고 여기저기서 날개를 푸덕거리고 있었다. 돌이는 혼자 울면서 걷다가, 날이 어두워지면 길이 잘 안 보일 것 같아서, 서둘러 뛰기 시작했다. 그러나 아직도 산모롱이가 몇 개나 남았는지 모르는데, 날이 어두워졌다.

돌이는 울면서 조심조심 길을 더듬었다. 때로는 발이 움푹 빠지기도 하고, 어떤 때에는 나뭇가지가 눈을 찌르기도 했다. 돌이는 그래도 쉬지 않고 길을 더듬었다. 사람의 냄새를 맡고서 호랑이라도 나타나면 어떻게 하나? 돌이는 제가 걷는 것이, 어디로 가는 것인지 분별이 되지 않았다.

돌이는 더 걸을 수 없을 만큼 날이 어두워지자, 그만 길바닥에 주저앉아서 엉엉 소리를 내어 울었다. 그때, 산마루에서 사람의 소리가 나면서 횃불이 보였다.

"돌아~~~, 돌아~~~."

맺힌 듯이 외치고 있는 아버지의 슬픈 목소리였다.

돌이는 집에까지 어떻게 왔는지 몰랐다. 앞에서 불이 밝았다 어두웠다 하고, 아버지의 등에서 땀 냄새가 나던 것밖에 기억되는 것이 없었다.

아버지가 부르는 소리에 돌이는 겨우 눈을 떴다.

"돌아, 정신이 나니?"

"아버지!"

"그새 네 동생이 하나 났어!"

"내 동생이?"

돌이가 벌떡 일어나자, 아버지는 돌이를 안으면서 외양간을 가리켰다.

"조금 전에 우리 소가 새끼를 낳았어!"

"새끼를?"

돌이는 밖으로 나갔다. 외양간 안에 조그마한 새끼소가 한 마리 누워 있는데, 어미소는 연해 혀로 털을 핥아 주고 있었다.

"아버지, 어쩌면 저렇게 예쁘장하게 생겼을까?"

"인제 저건 네 거야. 큰 소는 내 거고."

돌이는 외양간 안으로 들어가서 송아지를 안아 봤다. 큰 소가 콧방귀를 피잉 뀌면서 돌이를 떠받아 내려고 했다. 그래도 돌이는 송아지의 몸에서 손을 떼지 않았다. 털이 물에 젖어서 뜨뜻미지근했다. 돌이는 낮에 소를 굶긴 일을 후회했다.

"그만두고 나오너라. 너무 그렇게 있으면 어미가 안 좋게 생각하니깐."

아버지가 나오라고 했다.

돌이는 그 예쁘장하게 생긴 송아지의 입에다 손을 한 번 대어 보고서는 밖으로 나왔다.

돌이는 밖에 나와서 비로소, 외양간 기둥에 등불이 켜져서 달려 있고, 그 아래 물그릇 놓인 소반이 있는 것을 알았다.

"아버지, 저 물은 뭘 하는 거지?"

"송아지 잘 크라고 비는 물이야."

인제는 식구 하나가 늘었다. 돌이는 누나가 시집가던 전날 밤처럼, 날이 새도록 잠을 자지 않았다. 이번엔 너무도 좋고 좋아서였다.

아침에 잠깐 잠이 들었다가 깨서 나가 보니, 송아지는 아버지가 입던 헌 저고리를 덮고서 외양간 안을 뛰어다니고 있었다.

털이 빨갰다. 돌이는 아버지가 지어 준 감자밥을 가지고 가서 송아지한테 먹여 주려고 했다. 그러나 큰 소는 송아지를 만질까 해서 그러는지, 뿔을 가지고 떠받으려고 했다.

돌이는 밥을 먹고 나서, 누나가 넘어가던 산마루로 올라가 길게 소리를 질렀다.

"내 산아---."

한참만에 메아리가

"내 산아---."

하고 대답을 해 왔다.

"우리 집엔 새끼소 한 마리가 났어---."

"우리 집엔 새끼소 한 마리가 났어---."

"내 동생이야---."

"내 동생이야---."

"너도 좋으니---?"

"너도 좋으니---?"

메아리는 저도 반가운지 같이 흉내를 냈다.

돌이는 메아리가 누나 있는 곳에까지 가서, 그대로 이 소식을 전해 줄 것이라고 생각했다.

《야담》(1943)

만년 샤쓰

방정환

1

박물(博物) 시간•이었다.

"이[齒] 없는 동물이 무엇인지 아는가?"

선생이 두 번씩 거푸 물어도 손드는 학생이 없더니 별안간 "넷!" 소리를 지르면서 기운 좋게 손을 든 사람이 있었다.

"음, 창남인가. 어디 말해 보아."

"이 없는 동물은 늙은 영감입니다!"

"예에끼!"

하고 선생은 소리 질렀다.

온 반 학생이 깔깔거리고 웃어도 창남이는 태평으로 자리에 앉았다.

수신(修身) 시간•이었다.

"성냥 한 개피의 불을 잘못하여 한 동리 삼십여 집이 불에 타 버렸으니 단 성냥, 한 개의 성냥이라도 무섭게 알고 주의해 써야 되는 것이니라."

하고 열심히 설명해 준 선생님이 채 교실 문 밖에도 나가기 전에,

"한 방울씩 떨어진 빗물이 모이고 모이어 큰 홍수가 난 것이니 누구든지 콧물 한

• 박물 시간: 생물 시간.

• 수신 시간: 도덕 시간.

방울이라도 무섭게 알고 주의해 흘려야 하느니라."
하고 크게 소리친 학생이 있었다.

선생님은 그것을 듣고 터져 나오는 웃음을 억지로 참으면서 돌아서서,

"그게 누구냐? 아마 창남이가 또 그랬지?"
하고 억지로 눈을 크게 떴다. 모든 학생들은 킬킬거리고 웃다가 조용해졌다.

"네, 선생님이 안 계신 줄 알고 제가 그랬습니다. 이담엔 안 그러지요."

병정같이 우뚝 일어서서 말한 것은 창남이었다.

억지로 골낸 얼굴을 지은 선생님은 기어코 다시 웃고 말았다. 그래 아무 말 없이 빙그레 웃고는 그냥 나가 버렸다.

"아하하하하."

학생들은 일시에 손뼉들을 치면서 웃어대었다.

○○고등 보통학교 1년급의 을 조(乙組)• 창남이는 반 중에 제일 인기 좋은 쾌활한 소년이었다. 이름이 창남이요, 성이 한(韓)가인 고로 안창남• 씨와 같다고 학생들은 모두 그를 보고 "비행사, 비행사" 하고 부르는데 사실상 그는 비행사같이 시원스럽고 유쾌한 성질을 가진 좋은 소년이었다.

모자가 다 해어져도 새 것을 사 쓰지 않고 양복바지가 해어져서 궁둥이에 조각조각을 붙이고 다니는 것을 보면 집안이 구차한 것도 같지만 그렇다고 단 한 번이라도 근심하는 빛이 있거나 남의 것을 부러워하는 눈치도 없었다.

남이 걱정이 있어 얼굴을 찡그릴 때에는 우스운 말을 잘 지어내고 동무들이 곤란한 일이 있는 때에는 좋은 의견도 잘 꺼내는 고로 비행사의 이름은 더욱 높아졌다. 연설을 잘하고 토론을 잘하는 고로 갑 조(甲組)하고 내기를 할 때에는 언제든지 창남이 혼자 나아가 이기는 셈이었다.

그러나 그의 집이 정말 가난한지 넉넉한지 아무도 아는 사람이 없었고, 또 그의

• 을 조: 갑을병정 하는 식으로 두 번째, 즉 2반을 이르는 말.
• 안창남: 우리나라 최초의 비행사(1900~1930). 일본에서 비행학교를 졸업하고, 1922년 도쿄 오사카 왕복 우편 대회에서 최우수상을 수상하였다.

집이 어디인지도 아는 사람이 없었다. 아무도 그가 가는 쪽으로 가는 학생이 없었고, 가끔 그 뒤를 좇아가 보려고도 하였으나 모두 중간에서 실패하고 말았다. 왜 그런고 하니 그는 날마다 이십 리 밖에서 학교를 다니는 까닭이었다.

그는 다른 우스운 말은 가끔가끔 하여도 자기 집안일이나 자기 신상에 관한 이야기는 말하는 법이 없었다. 그것을 보면 입이 무거운 편이었다.

그는 입과 같이 궁둥이가 무거워서 운동틀(철봉)에서는 잘 넘어가지 못하여 늘 체조 선생께 흉을 잡혔다. 하학한 후에 학생들이 다 돌아간 후에도 혼자 남아 있어서 운동틀에 매달려 땀을 흘리면서 혼자 연습을 하고 있는 것을 동무들은 가끔 보았다.

"얘, 비행사가 하학 후에 혼자 남아서 철봉 연습을 하고 있더라."

"땀을 뻘뻘 흘리면서 혼자 애를 쓰더라."

"그래 인제는 좀 넘어가데?"

"웬걸, 한 이백 번이나 넘어 연습을 하면서 그래도 혼자 못 넘어가더라."

"그래 맨 나중에는 자기가 자기 손으로 그 누덕누덕 기운 궁둥이를 자꾸 때리면서 '궁둥이가 무거워 궁둥이가 무거워' 하면서 가더라!"

"자기가 자기 궁둥이를 때려?"

"그러게 괴짜지……."

"아하하하하하하." 모두 웃었다.

어느 모로든지 창남이는 반 중의 이야깃거리가 되는 몸이었다.

2

겨울도 겨울, 몹시도 추운 날이었다.

혹혹 부는 이른 아침에 상학종은 치고 공부는 시작되었는데 한 번도 결석한 일이 없는 창남이가 이 날은 오지 않았다.

"호외(號外)일세, 호외야! 비행사가 결석을 하다니."

"엊그제 그 무서운 바람에 어디로 날아간 게지."

"아마 병이 났나 보다. 감기가 든 게지."

"이놈아, 능청스럽게 아는 체 말아라."

1학년 을 조는 창남이 소문으로 소곤소곤 야단들이었다.

첫째 시간이 반이나 넘어 지났을 때에 교실 문이 덜컥 열리고 창남이가 얼굴이 새빨개 가지고 들어섰다. 학생과 선생은 반가워하면서 웃었다. 그러고 그들은 창남이가 신고 서 있는 구두를 보고 더욱 크게 웃었다. 그의 오른편 구두는 헝겊으로 싸매고 또 새끼로 감아 매고 또 그 위에 손수건으로 싸매고 하여 퉁퉁하기 짝이 없었다.

"창남아, 오늘은 웬일로 늦었느냐?"

"네." 하고 창남이는 그 괴상한 퉁퉁한 구두 신은 발을 번쩍 들고,

"오다가 길에서 구두가 다 떨어져 너털거리는 고로 새끼를 얻어서 고쳐 신었더니 또 너털거리고 또 너털거리고 해서 여섯 번이나 제 손으로 고쳐 신고 오느라고 늦었습니다."

그러고도 창남이는 태평이었다. 그 시간이 끝나고 쉬는 동안에 창남이는 그 구두를 벗어 들고 다 해어져서 너털거리는 주둥이를 손수건과 대님짝으로 얌전스럽게 싸매어 신었다. 그러고도 태평이었다.

따뜻한 날에도 귀찮아하는 체조 시간이 이렇게 살이 터지게 추운 날 있었다.

"어떻게 이렇게 추운 날 체조를 한담."

"또 그 무섭고 딱딱한 선생이 웃통을 벗으라 하겠지……. 아이그, 아찔이야."

하고 싫어하는 체조 시간이 되었다.

원래 군인 다니던 성질이라 뚝뚝하고 용서성 없는 체조 선생이 호령을 하다가 그 괴상스런 창남이의 구두를 보았다.

"한창남! 그 구두를 신고도 활동할 수 있니? 뻔뻔하게."

"네, 얼마든지 할 수 있습니다. 이것 보십시오."

하고 창남이는 시키지도 않는 뜀도 뛰어 보이고, 달음박질도 하여 보이고, 답보도 부지런히 해 보였다.

체조 선생도 어이가 없던지,

"음! 상당히 치료해 신었군!"

하고 말았다. 그리고 다시 호령을 계속하였다.

"전열만 삼보 앞으로 — 옷!"

"전후열 모두 웃옷 버섯!"

3

죽기보다 싫어도 체조 선생의 명령인지라 온 반 학생이 일제히 검은 양복저고리를 벗고 샤쓰만 입은 채로 섰고 선생까지 벗었는데 다만 한 사람 창남이가 벗지를 않고 있었다.

"한창남! 왜 웃옷을 안 벗니?"

창남이의 얼굴은 푹 수그러지면서 빨개졌다. 그가 이러기는 참말 처음이었다. 한참 동안 멈칫멈칫하다가 고개를 들고,

"선생님, 만년 샤쓰도 좋습니까?"

"무엇? 만년 샤쓰? 만년 샤쓰란 무어야?"

"매, 매, 맨몸 말입니다."

성난 체조 선생은 당장에 후려갈길 듯이 그의 앞으로 뚜벅뚜벅 걸어가면서

"벗어랏!" 호령하였다.

창남이는 양복저고리를 벗었다. 그는 샤쓰도 적삼도 아무것도 안 입은 벌거숭이 맨몸이었다. 선생은 깜짝 놀라고 학생들은 깔깔 웃었다.

"한창남! 왜 샤쓰를 안 입었니?"

"없어서 못 입었습니다."

그때 선생의 무섭던 눈에 눈물이 돌았다. 그리고 학생들의 웃음도 갑자기 없어졌다. 가난! 고생! 아아, 창남이 집은 그렇게 몹시 구차하였든가…… 모두 생각하였다.

"창남아, 정말 샤쓰가 없니?"

• 답보: 제자리걸음.

눈물을 씻고 다정히 묻는 소리에,

"오늘하고 내일만 없습니다. 모레는 인천서 형님이 올라와서 사 줍니다."

"음! 그럼 웃옷을 다시 입어라!"

체조 선생은 다시 물러서서 큰 소리로

"한창남은 오늘은 웃옷을 입고 해도 용서한다. 그리고 학생 제군에게 특별히 할 말이 있으니, 제군은 다 한창남 군같이 용감한 사람이 되란 말이다. 누구든지 샤쓰가 없으면 추운 것은 둘째요, 첫째 부끄러워서 결석이 되더라도 학교에 오지 못할 것이다. 그런데 오늘같이 제일 추운 날 한창남 군은 샤쓰 없이 맨몸, 으응, 즉 그 만년 샤쓰로 학교에 왔단 말이다. 여기 섰는 제군 중에는 샤쓰를 둘씩 포개 입은 사람도 있을 것이요, 짜껫트•에 외투까지 입고 온 사람이 있지 않은가……. 물론 맨몸으로 오는 것이 예의는 아니야. 그러나 그 용기, 의기가 좋단 말이다. 한창남 군의 의기는 일등이다. 제군도 다 그 의기를 배우란 말야."

만년 샤쓰! 비행가란 말도 없어지고 그날부터 만년 샤쓰라는 말이 온 학교 안에 퍼져서 만년 샤쓰라고만 부르게 되었다.

4

그 다음 날은 만년 샤쓰 창남이가 늦게 오지 않았건마는 그가 교문 근처에까지 오자마자 온 학교 학생이 허리가 부러지게 웃기 시작하였다. 창남이가 오늘은 양복 웃저고리에 바지는 어쨌는지 얄따랗고 해어져 뚫어진 조선 겹바지를 입고 버선도 안 신고 맨발에 짚신을 걸고 뚜벅뚜벅 걸어온 까닭이었다.

맨 가슴에 양복저고리. 위는 양복저고리, 아래는 조선 바지(그나마 다 뚫어진 겹바지) 맨발에 짚신, 그 꼴을 하고 이십 리 길을 걸어왔으니 행길에서는 오직 웃었으랴……. 그러나 당자는 태평이었다.

"고아원 학생 같으니, 고아원 학생."

• 짜껫트: 재킷.

"밥 얻어먹으러 다니는 아이 같구나."

하고들 떠드는 학생들 틈을 헤치고 체조 선생이 '무슨 일인가?' 하고 들여다보다가 창남이의 그 꼴을 보고 놀랐다.

"너는 양복바지를 어찌했니?"

"없어서 못 입고 왔습니다."

"어째 그렇게 없어지느냐? 날마다 한 가지씩 없어진단 말이냐?"

"네, 그렇게 하나씩 둘씩 없어집니다."

"어째서?"

"네……." 하고 창남이는 침을 삼키고서,

"그저께 저녁에 바람이 몹시 불던 날 저의 집 동리에 큰불이 나서 저희 집도 반이나 넘어 탔어요. 그래서 모두 없어졌습니다."

듣기에 하도 딱해서 모두 혀끝을 찼다.

"그렇지만 양복바지는 어저께도 입고 있지 않았니? 불은 그저께 나고……."

"네, 저의 집은 반만이라도 타다가 남아서 세간도 더러 건졌지만 이웃집이 십여 호나 모두 타 버린 고로 동리가 야단들이야요. 저는 어머니하고 단 두 식구만 있는데 집은 반이라도 남았으니까 먹고 잘 것은 넉넉해요. 그런데 동리 사람들이 먹지고 못하고 자지도 못하게 되어서 야단이야요. 그래서 저희 어머니께서는 '우리들은 먹고 잘 수가 있느니까 벌거벗는 것만 면하면 살 수가 있으니 두 식구가 당장에 입을 것 한 벌씩만 남기고는 모두 길거리에 떨고 있는 동리 사람들에게 나눠 드려라.' 하시는 고로 어머니 옷, 제 옷을 모두 동리 어른들께 드렸답니다. 그리고 양복바지는 주지 않고 제가 입고 있었는데 저의 집 옆에서 숯장사 하던 영감님이 병든 노인인 고로 하도 춥다 하니까 보기에 딱해서 어제 저녁에 마저 벗어 주고 저는 가을에 입던 해진 겹바지를 꺼내 입었습니다."

모든 학생들은 숙은 듯이 고요하고, 고개들이 말없이 수그러졌다. 선생님도 고개를 숙였다.

"그래 너는 네가 입을 샤쓰까지 버선까지 다 벗어 주었단 말이냐?"

"아니오. 버선과 샤쓰만은 한 벌씩 남겼었는데 저희 어머니가, 입었던 옷은 모두 남에게 주어 놓고 앉아서 추워서 발발 떠시는 고로 제가 '어머니, 저의 샤쓰라도 입으실까요?' 하니까 '네 샤쓰도 모두 남 주었는데 웬 것이 두 벌씩 남아 있겠니?' 하시는 고로 저는 제가 입고 있는 것이 한 벌뿐이면서도 '네, 두 벌 남았으니 하나는 어머니 입으시지요.' 하고 입고 있던 것을 어저께 아침에 벗어 드렸습니다. 그러니까 '네가 먼 길에 학교 가기 추울 터인데 둘을 포개 입을 것을 그랬구나.' 하시면서 받아 입으셨어요. 그리고 하도 발이 시려 하시면서 '이 애야 창남아, 너 버선도 두 켤레가 있느냐?' 하시기에 신고 있는 것 한 켤레뿐이건마는 '네, 두 켤레올시다. 하나는 어머니 신으시지요.' 하고 거짓말을 하고, 신었던 것을 어제 저녁에 벗어 드렸습니다. 저는 그렇게 어머니께 거짓말을 하였습니다. 나쁜 일인 줄은 알면서도 거짓말을 하였습니다. 오늘도 아침에 나올 때에 '이 애야, 오늘같이 추운 날 샤쓰를 하나만 입어서 춥겠구나. 버선을 잘 신고 가거라.' 하시기에 맨몸 맨발이면서도 '네, 샤쓰도 잘 입고 버선도 잘 신었으니까 춥지는 않습니다.' 하고 속이고 나왔어요. 저는 거짓말쟁이가 되었습니다."

하고 창남이는 고개를 숙였다.

"그러나 네가 거짓말을 하더라도 어머니께서 너의 벌거벗은 가슴과 버선 없이 맨발로 짚신 신은 것을 보시고 아실 것이 아니냐?"

"아아, 선생님……."

하는 창남이의 소리는 우는 소리같이 떨렸다. 그리고 그의 수그린 얼굴에서 눈물방울이 뚝뚝 그의 짚신 코에 떨어졌다.

"저희, 저희 어머니는 제가 여덟 살 되던 해에 눈이 머셔서 보지를 못하고 사신답니다."

체조 선생의 얼굴에도 굵다란 눈물이 흘렀다. 와글와글하던 그 많은 학생들이 자는 것같이 고요하고, 훌쩍훌쩍 훌쩍거리며 우는 소리만 여기서 저기서 조용히 들렸다.

《어린이》(1927)

운수 좋은 날

| 현진건

새침하게 흐린 품이 눈이 올 듯하더니, 눈은 아니 오고 얼다가 만 비가 추적추적 내리었다.

이날이야말로 동소문 안에서 인력거꾼 노릇을 하는 김 첨지에게는 오래간만에도 닥친 운수 좋은 날이었다. 문안에(거기도 문밖은 아니지만) 들어간답시는 앞집 마나님을 전찻길까지 모셔다 드린 것을 비롯하여 행여나 손님이 있을까 하고 정류장에서 어정어정하며, 내리는 사람 하나하나에게 거의 비는 듯한 눈길을 보내고 있다가, 마침내 교원인 듯한 양복쟁이를 동광학교(東光學校)까지 태워다 주기로 되었다.

첫째 번에 삼십 전, 둘째 번에 오십 전 — 아침 댓바람에 그리 흉하지 않은 일이었다. 그야말로 재수가 옴 붙어서 근 열흘 동안 돈 구경도 못한 김 첨지는 십 전짜리 백동화 서 푼, 또는 다섯 푼이 찰깍하고 손바닥에 떨어질 제 거의 눈물을 흘릴 만큼 기뻤었다. 더구나 이날 이때에 이 팔십 전이라는 돈이 그에게 얼마나 유용한지 몰랐다. 컬컬한 목에 모주 한 잔도 적실 수 있거니와, 그보다도 앓는 아내에게 설렁탕 한 그릇도 사다 줄 수 있음이다.

그의 아내가 기침으로 쿨룩거리기는 벌써 달포가 넘었다. 조밥도 굶기를 먹다시피 하는 형편이니 물론 약 한 첩 써본 일이 없다. 구태여 쓰려면 못 쓸 바도 아니로되, 그는 병이란 놈에게 약을 주어 보내면 재미를 붙여서 자꾸 온다는 자기의 신조(信條)에 어디까지 충실하였다. 따라서 의사에게 보인 적이 없으니 무슨 병인지는 알 수 없으나, 반듯이 누워 가지고, 일어나기는 새로에 모로도 못 눕는 걸 보면 중증은 중증인 듯. 병이 이대도록 심해지기는 열흘 전에 조밥을 먹고 체한 때문이다. 그때도 김 첨지가 오래간만에 돈을 얻어서 좁쌀 한 되와 십 전짜리 나무 한 단을 사다 주었더니, 김 첨지의 말에 의하면, 그 오라질 년이 천방지축으로 냄비에 대고 끓였다. 마음은 급하고 불길은 달지 않아 채 익지도 않은 것을, 그 오라질 년이 숟가락은 고만두고 손으로 움켜서 두 뺨에 주먹 덩이 같은 혹이 불거지도록 누가 빼앗을 듯이 처박질하더니만, 그날 저녁부터 가슴이 땅긴다, 배가 켕긴다 하고 눈을 홉뜨고 지랄병을 하였다. 그때 김 첨지는 열화와 같이 성을 내며,

"에이, 오라질 년, 조랑복은 할 수가 없어, 못 먹어 병, 먹어서 병, 어쩌란 말이야! 왜 눈을 바루 뜨지 못해!"

하고, 김 첨지는 앓는 이의 뺨을 한 번 후려갈겼다. 홉뜬 눈은 조금 바루어졌건만 이슬이 맺히었다. 김 첨지의 눈시울도 뜨끈뜨끈하였다.

이 환자가 그러고도 먹는 데는 물리지 않았다. 사흘 전부터 설렁탕 국물이 마시고 싶다고 남편을 졸랐다.

"이런 오라질 년! 조밥도 못 먹는 년이 설렁탕은……. 또, 처먹고 지랄병을 하게."

라고, 야단을 쳐 보았건만, 못 사 주는 마음이 시원치는 않았다.

인제 설렁탕을 사 줄 수도 있다. 앓는 어미 곁에서 배고파 보채는 개똥이(세 살먹이)에게 죽을 사 줄 수도 있다. ― 팔십 전을 손에 쥔 김 첨지의 마음은 푼푼하였다.

그러나 그의 행운은 그걸로 그치지 않았다. 땀과 빗물이 섞여 흐르는 목덜미를 기름 주머니가 다 된 광목 수건으로 닦으며, 그 학교 문을 돌아 나올 때였다. 뒤에서 "인력거!" 하고 부르는 소리가 났다. 자기를 불러 멈춘 사람이 그 학교 학생인 줄 김 첨지는 한번 보고 짐작할 수 있었다. 그 학생은 다짜고짜로,

"남대문 정거장까지 얼마요."

라고 물었다. 아마도 그 학교 기숙사에 있는 이로, 동기 방학을 이용하여 귀향하려 함이리라. 오늘 가기로 작정은 하였건만, 비는 오고 짐은 있고 해서 어찌할 줄 모르다가 마침 김 첨지를 보고 뛰어나왔음이리라. 그렇지 않으면 왜 구두를 채 신지 못

해서 질질 끌고, 비록 고쿠라• 양복일망정 노박이로 비를 맞으며 김 첨지를 뒤쫓아 나왔으랴.

"남대문 정거장까지 말씀입니까?"

하고 김 첨지는 잠깐 주저하였다. 그는 이 우중에 우장도 없이 그 먼 곳을 철벅거리고 가기가 싫었음일까? 처음 것 둘째 것으로 고만 만족하였음일까? 아니다. 결코 아니다. 이상하게도 꼬리를 맞물고 덤비는 이 행운 앞에 조금 겁이 났음이다.

그리고 집을 나올 제, 아내의 부탁이 마음에 켕기었다. 앞집 마나님한테서 부르러 왔을 제 병인은 그 뼈만 남은 얼굴에 유일의 생물 같은 유달리 크고 움푹한 눈에 애걸하는 빛을 띠며,

"오늘은 나가지 말아요. 제발 덕분에 집에 붙어 있어요. 내가 이렇게 아픈데……."

라고, 모깃소리같이 중얼거리며 숨을 걸그렁걸그렁하였다. 그때에 김 첨지는 대수롭지 않은 듯이,

"압다, 젠장맞을 년, 별 빌어먹을 소리를 다 하네. 맞붙들고 앉았으면 누가 먹여 살릴 줄 알아?"

하고 훌쩍 뛰어나오려니까, 환자는 붙잡을 듯이 팔을 내저으며

"나가지 말라도 그래, 그러면 일찍이 들어와요."

하고 목멘 소리가 뒤를 따랐다.

정거장까지 가잔 말을 들은 순간에 경련적으로 떠는 손, 유달리 큼직한 눈, 울 듯한 아내의 얼굴이 김 첨지의 눈앞에 어른어른하였다.

"그래, 남대문 정거장까지 얼마란 말이오?"

하고 학생은 초조한 듯이 인력거꾼의 얼굴을 바라보며 혼잣말같이,

"인천 차가 열한 점에 있고, 그 다음에는 새로 두 점이던가?"

라고 중얼거린다.

"일 원 오십 전만 줍시오."

• 고쿠라: 일본의 고쿠라(小倉) 지방에서 생산되는 무명 옷감.

이 말이 저도 모를 사이에 불쑥 김 첨지의 입에서 떨어졌다. 제 입으로 부르고도 스스로 그 엄청난 돈 액수에 놀랐다. 한꺼번에 이런 금액을 불러라도 본 지가 그 얼마 만인가! 그러자 그 돈 벌 용기가 병자에 대한 염려를 사르고 말았다. 설마 오늘 안으로 어떠랴 싶었다. 무슨 일이 있더라도 제일 제이의 행운을 곱친 것보다도 오히려 갑절이 많은 이 행운을 놓칠 수 없다 하였다.

"일 원 오십 전은 너무 과한데."

이런 말을 하며 학생은 고개를 기웃하였다.

"아니올시다. 이수로 치면 여기서 거기가 시오 리가 넘는답니다. 또, 이런 진날에는 좀 더 주셔야지요."

하고 빙글빙글 웃는 차부의 얼굴에는 숨길 수 없는 기쁨이 넘쳐흘렀다.

"그러면 달라는 대로 줄 터이니 빨리 가요."

관대한 어린 손님은 그런 말을 남기고 총총히 옷도 입고 짐도 챙기러 갈 데로 갔다.

그 학생을 태우고 나선 김 첨지의 다리는 이상하게 거뿐하였다. 달음질을 한다느니보다 거의 나는 듯하였다. 바퀴도 어떻게 속히 도는지, 구른다느니보다 마치 얼음을 지쳐 나가는 스케이트 모양으로 미끄러져 가는 듯하였다. 언 땅에 비가 내려 미끄럽기도 하였지만…….

이윽고 끄는 이의 다리는 무거워졌다. 자기 집 가까이 다다른 까닭이다. 새삼스러운 염려가 그의 가슴을 눌렀다.

"오늘은 나가지 말아요. 내가 이렇게 아픈데."

이런 말이 잉잉 그의 귀에 울렸다. 그리고 병자의 움쑥 들어간 눈이 원망하는 듯이 자기를 노리는 듯하였다. 그러자 엉엉 하고 우는 개똥이의 곡성을 들은 듯싶다. 딸꾹딸꾹 하고 숨 모으는 소리도 나는 듯싶다.

"왜 이러우, 기차 놓치겠구먼."

하고, 탄 이의 초조한 부르짖음이 간신히 그의 귀에 들려왔다. 언뜻 깨달으니 김 첨지는 인력거를 쥔 채 길 한복판에 엉거주춤 멈춰 있지 않은가.

"예, 예."

하고, 김 첨지는 또다시 달음질하였다. 집이 차차 멀어 갈수록 김 첨지의 걸음에는 다시금 신이 나기 시작하였다. 다리를 재게 놀려야만, 쉴새없이 자기의 머리에 떠오르는 모든 근심과 걱정을 잊을 듯이.

정거장까지 끌어다 주고 그 깜짝 놀란 일 원 오십 전을 정말 제 손에 쥠에, 제 말마따나 십 리나 되는 길을 비를 맞아 가며 질퍽거리고 온 생각은 아니하고, 거저나 얻은 듯이 고마웠다. 졸부나 된 듯이 기뻤다. 제 자식 뻘밖에 안 되는 어린 손님에게 몇 번 허리를 굽히며,

"안녕히 다녀옵시오."

라고 깍듯이 재우쳤다.

그러나 빈 인력거를 털털거리며 이 우중에 돌아갈 일이 꿈밖이었다. 노동으로 하여 흐른 땀이 식어지자, 굶주린 창자에서, 물 흐르는 옷에서 어슬어슬 한기가 솟아나기 비롯하매, 일 원 오십 전이란 돈이 얼마나 괜찮고 괴로운 것인 줄 절절히 느끼었다. 정거장을 떠나는 그의 발길은 힘 하나 없었다. 온몸이 옹송그려지며 당장 그 자리에 엎어져 못 일어날 것 같았다.

"젠장맞을 것! 이 비를 맞으며 빈 인력거를 털털거리고 돌아를 간담. 이런 빌어먹을, 제 할미를 붙을 비가 왜 남의 상판을 딱딱 때려!"

그는 몹시 화증을 내며 누구에게 반항이나 하는 듯이 게걸거렸다. 그럴 즈음에 그의 머리엔 또 새로운 광명이 비쳤나니, 그것은 '이러구 갈 게 아니라 이 근처를 빙빙 돌며 차 오기를 기다리면 또 손님을 태우게 될는지도 몰라.'란 생각이었다. 오늘 운수가 괴상하게도 좋으니까 그런 요행이 또 한 번 없으리라고 누가 보증하랴. 꼬리를 굴리는 행운이 꼭 자기를 기다리고 있다고 내기를 해도 좋을 만한 믿음을 얻게 되었다. 그렇다고 정거장 인력거꾼의 등쌀이 무서우니 정거장 앞에 섰을 수는 없었다. 그래 그는 이전에도 여러 번 해 본 일이라 바로 정거장 앞 전차 정류장에서 조금 떨어지게, 사람 다니는 길과 전찻길 틈에 인력거를 세워 놓고, 자기는 그 근처를 빙빙 돌며 형세를 관망하기로 하였다. 얼마 만에 기차는 왔고, 수십 명이나 되는 손이 정류장으로 쏟아져 나왔다. 그 중에서 손님을 물색하는 김 첨지의 눈엔 양머리에

뒤축 높은 구두를 신고 망토까지 두른 기생 퇴물인 듯, 난봉 여학생인 듯한 여편네의 모양이 띄었다. 그는 슬근슬근 그 여자의 곁으로 다가들었다.

"아씨, 인력거 아니 타시랍시요?"

그 여학생인지 뭔지가 한참은 매우 때깔을 빼며 입술을 꼭 다문 채 김 첨지를 거들떠보지도 않았다. 김 첨지는 구걸하는 거지나 무엇같이 연해연방 그의 기색을 살피며,

"아씨, 정거장 애들보담 아주 싸게 모셔다 드리겠습니다. 댁이 어디신가요?"
하고 추근추근하게도 그 여자의 들고 있는 일본식 버들고리짝에 제 손을 대었다.

"왜 이래, 남 귀치않게."

소리를 벽력같이 지르고는 획 돌아선다. 김 첨지는 어랍쇼 하고 물러섰다.

전차는 왔다. 김 첨지는 원망스럽게 전차 타는 이를 노리고 있었다. 그러나 그의 예감은 틀리지 않았다. 전차가 빡빡하게 사람을 싣고 움직이기 시작하였을 제, 타고 남은 손 하나가 있었다. 굉장하게 큰 가방을 들고 있는 걸 보면 아마 붐비는 차 안에 짐이 크다 하여 차장에게 밀려 내려온 눈치였다. 김 첨지는 대어 섰다.

"인력거를 타시랍시요?"

한동안 값으로 승강이를 하다가 육십 전에 인사동까지 태워다 주기로 하였다. 인력거가 무거워지매 그의 몸은 이상하게도 가벼워졌다. 그리고 또, 인력거가 가벼워지니 몸은 다시금 무거워졌건만, 이번에는 마음조차 초조해 온다. 집의 광경이 자꾸 눈앞에 어른거리어 인제 요행을 바랄 여유도 없었다. 나뭇등걸이나 무엇 같고 제 것 같지도 않은 다리를 연해 꾸짖으며 갈팡질팡 뛰는 수밖에 없었다. '저놈의 인력거꾼이 저렇게 술이 취해 가지고 이 진 땅에 어찌 가노.'라고, 길 가는 사람이 걱정을 하리만큼 그의 걸음은 황급하였다. 흐리고 비 오는 하늘은 어둠침침한 게 벌써 황혼에 가까운 듯하다. 창경원 앞까지 다다라서야 그는 턱에 닿는 숨을 돌리고 걸음도 늦추잡았다. 한 걸음 두 걸음 집이 가까워 올수록 그의 마음조차 괴상하게 누그러졌다. 그런데 이 누그러짐은 안심에서 오는 게 아니요, 자기를 덮친 무서운 불행을 빈틈없이 알게 될 때가 박두한 것을 두려워하는 마음에서 오는 것이다.

그는 불행이 닥치기 전 시간을 얼마쯤이라도 늘리려고 버르적거렸다. 기적에 가까운 벌이를 하였다는 기쁨을 할 수 있으면 오래 지니고 싶었다. 그는 두리번두리번 사면을 살피었다. 그 모양은 마치 자기 집, ― 곧 불행을 향해 달려가는 제 다리를 제힘으로는 도저히 어찌할 수 없으니 누구든지 나를 좀 잡아 다고, 구해 다고 하는 듯하였다.

그럴 즈음에 마침 길가 선술집에서 그의 친구 치삼이가 나온다. 그의 우글우글 살진 얼굴에 주홍이 돋는 듯, 온 턱과 뺨을 시커멓게 구레나룻이 덮었거늘, 노르탱탱한 얼굴이 바짝 말라서 여기저기 고랑이 패이고, 수염도 있대야 턱 밑에만 마치 솔잎 송이를 거꾸로 붙여 놓은 듯한 김 첨지의 풍채하고는 기이한 대상을 짓고 있었다.

"여보게 김 첨지, 자네 문안 들어갔다 오는 모양일세그려. 돈 많이 벌었을 테니 한잔 빨리게."

뚱뚱보는 말라깽이를 보던 맡에 부르짖었다. 그 목소리는 몸집과 딴판으로 연하고 싹싹하였다. 김 첨지는 이 친구를 만난 게 어떻게 반가운지 몰랐다. 자기를 살려 준 은인이나 무엇같이 고맙기도 하였다.

"자네는 벌써 한잔 한 모양일세그려. 자네도 오늘 재미가 좋아 보이."

하고 김 첨지는 얼굴을 펴서 웃었다.

"아따, 재미 안 좋다고 술 못 먹을 낸가? 그런데 여보게, 자네 온몸이 어째 물독에 빠진 새앙쥐 같은가? 어서 이리 들어와 말리게."

선술집은 훈훈하고 뜨뜻하였다. 추어탕을 끓이는 솥뚜껑을 열 적마다 뭉게뭉게 떠오르는 흰 김, 석쇠에서 빠지짓빠지짓 구워지는 너비아니구이며, 제육이며, 간이며, 콩팥이며, 북어며, 빈대떡……. 이 너저분하게 늘어놓인 안주 탁자에 김 첨지는 갑자기 속이 쓰려서 견딜 수 없었다. 마음대로 할 양이면 거기 있는 모든 먹음먹이를 모조리 깡그리 집어삼켜도 시원치 않았다. 하되, 배고픈 이는 우선 분량 많은 빈대떡 두 개를 쪼이기도 하고 추어탕을 한 그릇 청하였다. 주린 창자는 음식 맛을 보더니 더욱더욱 비어지며 자꾸자꾸 들이라 들이라 하였다. 순식간에 두부와 미꾸리

든 국 한 그릇을 그냥 물같이 들이켜고 말았다. 셋째 그릇을 받아 들었을 제, 데우던 막걸리 곱빼기 두 잔이 더웠다. 치삼이와 같이 마시자 원원이 비었던 속이라 찌르르 하고 창자에 퍼지며 얼굴이 화끈하였다. 눌러 곱빼기 한 잔을 또 마셨다.

김 첨지의 눈은 벌써 개개풀리기 시작하였다. 석쇠에 얹힌 떡 두 개를 숭덩숭덩 썰어서 볼을 불룩거리며, 또 곱빼기 두 잔을 부어라 하였다.

치삼은 의아한 듯이 김 첨지를 보며,

"여보게 또 붓다니, 벌써 우리가 넉 잔씩 먹었네, 돈이 사십 전일세."

라고 주의시켰다.

"아따 이놈아, 사십 전이 그리 끔찍하냐. 오늘 내가 돈을 막 벌었어. 참 오늘 운수가 좋았느니."

"그래 얼마를 벌었단 말인가?"

"삼십 원을 벌었어, 삼십 원을! 이런 젠장맞을 술을 왜 안 부어…… 괜찮다 괜찮다, 막 먹어도 상관이 없어. 오늘 돈 산더미같이 벌었는데."

"어, 이 사람 취했군, 그만두세!"

"이놈아, 그걸 먹고 취할 내냐, 어서 더 먹어!"

하고는 치삼의 귀를 잡아채며 취한 이는 부르짖었다. 그리고 술을 붓는 열다섯 살 됨 직한 중대가리에게로 달려들며,

"이놈, 오라질 놈, 왜 술을 붓지 않어?"

라고 야단을 쳤다. 중대가리는 희희 웃고 치삼을 보며 문의하는 듯이 눈짓을 하였다. 주정꾼이 이 눈치를 알아보고 화를 버럭 내며,

"에미를 붙을 이 오라질 놈들 같으니, 이놈 내가 돈이 없을 줄 알고……."

하자마자 허리춤을 훔칫훔칫하더니 일 원짜리 한 장을 꺼내어 중대가리 앞에 펄쩍 집어던졌다. 그 사품에 몇 푼 은전이 잘그랑 하며 떨어진다.

"여보게 돈 떨어졌네, 왜 돈을 막 끼얹나?"

이런 말을 하며 일변 돈을 줍는다. 김 첨지는 취한 중에도 돈의 거처를 살피는 듯이 눈을 크게 떠서 땅을 내려다보다가, 불시에 제 하는 짓이 너무 더럽다는 듯이

고개를 소스라치자 더욱 성을 내며,

"봐라, 봐! 이 더러운 놈들아, 내가 돈이 없나, 다리 뼉다구를 꺾어 놓을 놈들 같으니."

하고, 치삼의 주워 주는 돈을 받아,

"이 원수엣 돈! 이 육시(戮屍)•를 할 돈!"

하면서 풀매질을 친다. 벽에 맞아 떨어진 돈은 다시 술 끓이는 양푼에 떨어지며 정당한 매를 맞는다는 듯이 쨍 하고 울었다.

곱빼기 두 잔은 또 부어질 겨를도 없이 말려 가고 말았다. 김 첨지는 입술과 수염에 붙은 술을 빨아들이고 나서 매우 만족한 듯이 그 솔잎 송이 수염을 쓰다듬으며,

"또 부어, 또 부어."

라고 외쳤다.

또 한 잔 먹고 나서 김 첨지는 치삼의 어깨를 치며 문득 껄껄 웃는다. 그 웃음소리가 어떻게 컸던지 술집에 있는 이의 눈은 모두 김 첨지에게로 몰리었다. 웃는 이는 더욱 웃으며,

"여보게 치삼이, 내 우스운 이야기 하나 할까? 오늘 손을 태고 정거장에 가지 않았겠나."

"그래서."

"갔다가 그저 오기가 안됐데그려. 그래 전차 정류장에서 어름어름하며 손님 하나를 태울 궁리를 하지 않았나. 거기 마침 마나님이신지 여학생이신지 — 요새야 어디 논다니•와 아가씨를 구별할 수가 있던가 — 망토를 두르고 비를 맞고 서 있겠지. 슬근슬근 가까이 가서 인력거 타시랍시요 하고 손가방을 받으랴니까 내 손을 탁 뿌리치고 홱 돌아서더니만 '왜 남을 이렇게 귀찮게 굴어!' 그 소리야말로 꾀꼬리 소리지, 허허!"

김 첨지는 교묘하게도 정말 꾀꼬리 같은 소리를 내었다. 모든 사람은 일시에 웃었다.

• 육시: 이미 죽은 사람의 시체에 다시 목을 베는 형벌을 가함.

• 논다니: 웃음과 몸을 파는 여자를 속되게 이르는 말.

"빌어먹을 깍쟁이 같은 년, 누가 저를 어쩌나, '왜 남을 귀찮게 굴어!' 어이구, 소리가 채신도 없지, 허허."

웃음소리들은 높아졌다. 그러나 그 웃음소리들이 사라지기 전에 김 첨지는 훌쩍훌쩍 울기 시작하였다. 치삼은 어이없이 주정뱅이를 바라보며,

"금방 웃고 지랄을 하더니 우는 건 또 무슨 일인가?"

김 첨지는 연해 코를 들이마시며,

"우리 마누라가 죽었다네."

"뭐, 마누라가 죽다니, 언제?"

"이놈아 언제는, 오늘이지."

"에끼 미친 놈, 거짓말 마라."

"거짓말은 왜, 참말로 죽었어, 참말로……. 마누라 시체를 집에 뻐들쳐 놓고 내가 술을 먹다니, 내가 죽일 놈이야, 죽일 놈이야."

하고 김 첨지는 엉엉 소리를 내어 운다.

치삼은 흥이 조금 깨어지는 얼굴로,

"원, 이 사람이, 참말을 하나, 거짓말을 하나? 그러면 집으로 가세, 가."

하고 우는 이의 팔을 잡아당기었다.

치삼의 끄는 손을 뿌리치더니, 김 첨지는 눈물이 글썽글썽한 눈으로 싱그레 웃는다.

"죽기는 누가 죽어."

하고 득의가 양양…….

"죽기는 왜 죽어, 생때같이 살아만 있단다. 그 오라질 년이 밥을 죽이지. 인제 나한테 속았다, 인제 나한테 속았다."

하고, 어린애 모양으로 손뼉을 치며 웃는다.

"이 사람이 정말 미쳤단 말인가? 나도 아주먼네가 앓는단 말은 들었는데."

하고, 치삼이도 어느 불안을 느끼는 듯이 김 첨지에게 또 돌아가라고 권하였다.

"안 죽었어, 안 죽었대도 그래."

김 첨지는 화증을 내며 확신 있게 소리를 질렀으되, 그 소리엔 안 죽은 것을 믿

으려고 애쓰는 가락이 있었다. 기어이 일 원어치를 채워서 곱빼기 한 잔씩 더 먹고 나왔다. 궂은비는 의연히 추적추적 내린다.

김 첨지는 취중에도 설렁탕을 사 가지고 집에 다다랐다. 집이라 해도 물론 셋집이요, 또 집 전체를 세든 게 아니라 안과 뚝 떨어진 행랑방 한 칸을 빌려 든 것인데, 물을 길어 대고 한 달에 일 원씩 내는 터이다. 만일 김 첨지가 주기(酒氣)를 띠지 않았던들 한 발을 대문에 들여놓았을 제 그곳을 지배하는 무시무시한 정적(靜寂) — 폭풍우가 지나간 뒤의 바다 같은 정적에 다리가 떨렸으리라. 쿨룩거리는 기침 소리도 들을 수 없다. 그르렁거리는 숨소리조차 들을 수 없다. 다만, 이 무덤 같은 침묵을 깨뜨리는 — 깨뜨린다느니보다 한층 더 침묵을 깊게 하고 불길하게 하는 빡빡 하는 그윽한 소리 — 어린애의 젖 빠는 소리가 날 뿐이다. 만일, 청각이 예민한 이 같으면, 그 빡빡 소리는 빨 따름이요, 꿀떡꿀떡 하고 젖 넘어가는 소리가 없으니, 빈 젖을 빤다는 것도 짐작할는지 모르리라.

혹은, 김 첨지도 이 불길한 침묵을 짐작했는지도 모른다. 그렇지 않으면 대문에 들어서자마자 전에 없이,

"이 난장맞을 년, 남편이 들어오는데 나와 보지도 않아, 이 오라질 년."

이라고 고함을 친 게 수상하다. 이 고함이야말로 제 몸을 엄습해 오는 무시무시한 증을 쫓아 버리려는 허장성세인 까닭이다.

하여간 김 첨지는 방문을 왈칵 열었다. 구역을 나게 하는 추기 — 떨어진 삿자리 밑에서 나온 먼지내, 빨지 않은 기저귀에서 나는 똥내와 오줌내, 가지각색 때가 켜켜이 앉은 옷내, 병인의 땀 썩은 내가 섞인 추기가 무딘 김 첨지의 코를 찔렀다.

방 안에 들어서며 설렁탕을 한구석에 놓을 사이도 없이 주정꾼은 목청을 있는 대로 다 내어 호통을 쳤다.

"이런 오라질 년, 주야장천 누워만 있으면 제일이야! 남편이 와도 일어나지를 못해?"

라는 소리와 함께 발길로 누운 이의 다리를 몹시 찼다. 그러나 발길에 채이는 건 사람의 살이 아니고 나뭇등걸과 같은 느낌이 있었다. 이때에 빡빡 소리가 응아 소리

로 변하였다. 개똥이가 물었던 젖을 빼어 놓고 운다. 운대도 온 얼굴을 찡그려 붙여서 운다는 표정을 할 뿐이다. 응아 소리도 입에서 나는 게 아니고 마치 뱃속에서 나는 듯하였다. 울다가 울다가 목도 잠겼고 또 울 기운조차 시진한 것 같다.

발로 차도 그 보람이 없는 걸 보자, 남편은 아내의 머리맡으로 달려들어 그야말로 까치집 같은 환자의 머리를 꺼들어 흔들며,

"이년아, 말을 해, 말을! 입이 붙었어, 이 오라질 년!"

"……."

"으응, 이것 봐, 아무 말이 없네."

"……."

"이년아, 죽었단 말이냐, 왜 말이 없어?"

"……."

"으응, 또 대답이 없네. 정말 죽었나 버이."

이러다가 누운 이의 흰 창을 검은 창이 덮은, 위로 치뜬 눈을 알아보자마자,

"이 눈깔! 이 눈깔! 왜 나를 바루 보지 못하고 천장만 바라보느냐, 응?"

하는 말끝엔 목이 메었다. 그러자 산 사람의 눈에서 떨어진 닭똥 같은 눈물이 죽은 이의 뻣뻣한 얼굴을 어룽어룽 적시었다. 문득 김 첨지는 미친 듯이 제 얼굴을 죽은 이의 얼굴에 한데 비비대며 중얼거렸다.

"설렁탕을 사다 놓았는데 왜 먹지를 못하니, 왜 먹지를 못하니……. 괴상하게도 오늘은! 운수가, 좋더니만……."

《개벽》(1924)

빈처(貧妻) | 현진건

1

"그것이 어째 없을까?"

아내가 장문을 열고 무엇을 찾더니 입안말로 중얼거린다.

"무엇이 없어?"

나는 우두커니 책상머리에 앉아서 책장만 뒤적뒤적하다가 물어 보았다.

"모본단• 저고리가 하나 남았는데……."

"……."

나는 그만 묵묵하였다. 아내가 그것을 찾아 무엇 하려는 것을 앎이라. 오늘 밤에 옆집 할멈을 시켜 잡히려 하는 것이다.

이 2년 동안에 돈 한 푼 나는 데는 없고 그대로 주리면 시장할 줄 알아 기구와 의복을 전당국 창고(典當局倉庫)에 들이밀거나 고물상 한구석에 세워 두고 돈을 얻어 오는 수밖에 없었다. 지금 아내가 하나 남은 모본단 저고리를 찾는 것도 아침거리를 장만하려 함이라.

나는 입맛을 쩍쩍 다시고 폈던 책을 덮으며 후 — 한숨을 내쉬었다.

봄은 벌써 반이나 지났건마는 이슬을 실은 듯한 밤기운이 방구석으로부터 슬금

• 모본단: 비단의 하나. 본래 중국에서 난 것으로, 짜임이 곱고 윤이 나며 무늬가 아름답다.

슬금 기어 나와 사람에게 안기고 비가 오는 까닭인지 밤은 아직 깊지 않건만 인적조차 끊어지고 온 천지가 빈 듯이 고요한데 투닥투닥 떨어지는 빗소리가 한없는 구슬픈 생각을 자아낸다.

"빌어먹을 것 되는 대로 되어라."

나는 점점 견딜 수 없어 두 손으로 흐트러진 머리카락을 쓰다듬어 올리며 중얼거려 보았다. 이 말이 더욱 처량한 생각을 일으킨다. 나는 또 한번, "후—" 한숨을 내쉬며 왼팔을 베고 책상에 쓰러지며 눈을 감았다.

이 순간에 오늘 지낸 일이 불현듯 생각이 난다.

늦게야 점심을 마치고 내가 막 궐련(卷煙) 한 개를 피워 물 적에 한성은행 다니는 T가 공일이라고 놀러 왔었다.

친척은 다 멀지 않게 살아도 가난한 꼴을 보이기도 싫고 찾아갈 적마다 무엇을 꿔어 내라고 조르지도 아니하였건만 행여나 무슨 구차한 소리를 할까 봐서 미리 방패막이를 하고 눈살을 찌푸리는 듯하여 나는 발을 끊고 따라서 찾아오는 이도 없었다. 다만 이 T는 촌수가 가까운 까닭인지 자주 우리를 방문하였다.

그는 성실하고 공순하며 소소한 소사(小事)에 슬퍼하고 기뻐하는 인물이었다. 동년배(同年輩)인 우리 둘은 늘 친척 간에 비교(比較) 거리가 되었었다. 그리고 나의 평판이 항상 좋지 못했다.

"T는 돈을 알고 위인이 진실해서 그 애는 돈푼이나 모을 것이야! 그러나 K(내 이름)는 아무짝에도 못 쓸 놈이야. 그 잘난 언문(諺文) 섞어서 무어라고 끄적거려 놓고 제 주제에 무슨 조선에 유명한 문학가가 된다니! 시러베아들• 놈!"

이것이 그네들의 평판이었다. 내가 문학인지 무엇인지 하는 소리가 까닭 없이 그네들의 비위에 틀린 것이다. 더군다나 나는 그네들의 생일이나 혹은 대사(大事) 때에 돈 한푼 이렇다는 일이 없고 T는 소위 착실히 돈벌이를 하여 가지고 국수밥소래• 나 보조를 하는 까닭이다.

• 시러베아들: 실없는 사람을 낮잡아 이르는 말.

"얼마 아니 되어 T는 잘살 것이고 K는 거지가 될 것이니 두고 보아!"

오촌 당숙은 이런 말씀까지 하였다 한다. 입 밖에는 아니 내어도 친부모 친형제까지라도 심중(心中)으로는 다 이렇게 생각할 것이다. 그래도 부모는 달라서 화가 나시면, "네가 그리하다가는 말경에 비렁뱅이가 되고 말 것이야."라고 꾸중은 하셔도, "사람이란 늦복 모르느니라." "그런 사람은 또 그렇게 되느니라." 하시는 것이 스스로 위로하는 말씀이고 또 며느리를 위로하는 말씀이었다. 이것을 보아도 하는 수 없는 놈이라고 단념을 하시면서 그래도 잘되기를 바라시고 축원하시는 것을 알겠더라.

여하간 이만하면 T의 사람됨을 가히 알 수가 있다. 그러고 그가 우리 집에 올 것 같으면 지어서 쾌활하게 웃으며 힘써 자미스러운• 이야기를 하였다. 단둘이 고적(孤寂)하게 그날그날을 보내는 우리에게는 더할 수 없이 반가웠었다.

오늘도 그가 활발하게 집에 쑥 들어오더니 신문지에 싼 기름한 것을 '이것 봐라' 하는 듯이 마루 위에 올려놓고 분주히 구두끈을 끄른다.

"이것은 무엇인가!"

나는 물어 보았다.

"저 — 제 처의 양산이야요. 쓰던 것이 벌써 다 낡았고 또 살이 부러졌다나요."

그는 구두를 벗고 마루에 올라서며 나오는 웃음을 참지 못하여 벙글벙글하면서 대답을 한다. 그는 나의 아내를 보며 돌연히,

"아주머니 좀 구경하시렵니까?"

하더니 싼 종이와 집을 벗기고 양산을 펴 보인다. 흰 비단 바탕에 두어 가지 매화를 수놓은 양산이었다.

"검정이는 좋은 것이 많아도 너무 칙칙해 보이고…… 회색이나 누렁이는 하나도 그것이야 싶은 것이 없어서 이것을 산걸요."

• 국수밥소래: 예전에 결혼식이나 회갑 잔치 등의 대사 때 음식으로 부조를 하는 경우가 많았다. 국수를 전문적으로 만드는 곳에서 주문하면 그릇 하나당 얼마를 받는 식으로 팔았는데 그 단위를 국수밥소래라고 하였다. '소래기'는 밥을 담는 접시 모양으로 생긴 넓은 질그릇이다.

• 자미스러운: 재미스러운.

그는 '이것보다 더 좋은 것을 살 수가 있나' 하는 뜻을 보이려고 애를 쓰며 이런 발명•까지 한다.

"이것도 퍽 좋은데요."

이런 칭찬을 하면서 양산을 펴 들고 이리저리 홀린 듯이 들여다보고 있는 아내의 눈에는, '나도 이런 것을 하나 가졌으면' 하는 생각이 역력(歷歷)히 보인다.

나는 갑자기 불쾌한 생각이 와락 일어나서 방으로 들어오며 아내의 양산 보는 양을 빙그레 웃고 바라보고 있는 T에게,

"여보게, 방에 들어오게그려. 우리 이야기나 하세."

T는 따라 들어와 물가 폭등에 대한 이야기며 자기의 월급이 오른 이야기며 주권(株券)을 몇 주 사두었더니 꽤 이익이 남았다든가 이번 각 은행 사무원 경기회(競技會)에서 자기가 우월한 성적을 얻었다든가 이런 것 저런 것 한참 이야기하다가 돌아갔었다.

T를 보내고 책상을 향하여 짓던 소설의 결미(結尾)를 생각하고 있을 즈음에,

"여보!"

아내의 떠는 목소리가 바로 내 귀 곁에서 들린다. 핏기 없는 얼굴에 살짝 붉은빛이 돌며 어느 결에 내 곁에 바싹 다가앉았더라.

"당신도 살 도리를 좀 하셔요."

"……."

나는 '또 시작하는구나.' 하는 생각이 번개같이 머리에 번쩍이며 불쾌한 생각이 벌컥 일어난다. 그러나 무어라고 대답할 말이 없이 묵묵히 있었다.

"우리도 남과 같이 살아 보아야지요!"

아내가 T의 양산에 단단히 자극을 받은 것이다. 예술가의 처 노릇을 하려는 독특한 결심이 있는 그는 좀처럼 이런 소리를 입 밖에 내지 아니하였다. 그러나 무엇에 상당한 자극만 받으면 참고 참았던 이런 소리를 하게 되는 것이다. 나도 이런 소

• 발명: 죄나 잘못이 없음을 말하여 밝힘. 또는 그런 말.

리를 들을 적마다 '그럴 만도 하다'는 동정심이 없지 아니하나 심사가 어쩐지 좋지 못하였다. 이번에도 '그럴 만도 하다'는 동정심이 없지 아니하되 또한 불쾌한 생각을 억제키 어려웠다. 잠깐 있다가 불쾌한 빛을 드러내며,

"급작스럽게 살 도리를 하라면 어찌할 수가 있소. 차차 될 때가 있겠지!"

"아이구, 차차란 말씀 그만두구려, 어느 천년에……."

아내의 얼굴에 붉은빛이 짙어지며 전에 없던 흥분한 어조로 이런 말까지 하였다. 자세히 보니 두 눈에 은은히 눈물이 괴었더라.

나는 잠시 멍멍하게 있었다. 성낸 불길이 치받쳐 올라온다. 나는 참을 수 없다.

"막벌이꾼한테 시집을 갈 것이지 누가 내게 시집을 오랬어! 저 따위가 예술가의 처가 다 뭐야!"

사나운 어조로 몰풍스럽게• 소리를 꽥 질렀다.

"에그……!"

살짝 얼굴빛이 변해지며 어이없이 나를 보더니 고개가 점점 수그러지며 한 방울 두 방울 방울방울 눈물이 장판 위에 떨어진다.

나는 이런 일을 가슴에 그리며 그래도 내일 아침거리를 장만하려고 옷을 찾는 아내의 심중을 생각해 보니, 말할 수 없는 슬픈 생각이 가을바람과 같이 설렁설렁 심골(心骨)•을 분지르는 것 같다.

쓸쓸한 빗소리는 굵었다 가늘었다 의연(依然)히 적적한 밤공기에 더욱 처량히 들리고 그을음 앉은 등피(燈皮)• 속에서 비추는 불빛은 구름에 가린 달빛처럼 우는 듯 조는 듯 구차히 얻어 산 몇 권 양책(洋册)의 표제(表題) 금자가 번쩍거린다.

2

장 앞에 초연히 서 있던 아내가 무엇이 생각났는지 고개를 끄덕끄덕하며 들릴

•몰풍스럽게: 성격이나 태도가 정이 없고 냉랭하며 퉁명스럽게.
•심골: 마음과 뼈를 아울러 이르는 말.
•등피: 등불이 꺼지지 않도록 바람을 막고 불빛을 밝게 하기 위해 남포등에 씌우는 유리로 만든 물건.

듯 말 듯 목 안의 소리로,

"으흐…… 옳지 참 그날……."

"찾었소!"

"아니야요, 벌써…… 저 인천(仁川) 사시는 형님이 오셨던 날……"

"……."

아내가 애써 찾던 그것도 벌써 전당포의 고운 먼지가 앉았구나! 종지 하나라도 차근차근 아랑곳하는 아내가 그것을 잡혔는지 아니 잡혔는지 모르는 것을 보면 빈곤이 얼마나 그의 정신을 물어뜯었는지 가히 알겠다.

"……"

"……."

한참 동안 서로 아무 말이 없었다. 가슴이 어째 답답해지며 누구하고 싸움이나 좀 해보았으면 소리껏 고함이나 질러 보았으면 실컷 울어 보았으면 하는 일종 이상한 감정이 부글부글 피어오르며, 전신에 이가 스멀스멀 기어 다니는 듯 옷이 어째 몸에 끼여 견딜 수가 없다.

나는 이런 감정을 노골적으로 드러내며,

"점점 구차한 살림에 싫증이 나서 못 견디겠지?"

아내는 무엇을 생각하는지 모르게 정신을 잃고 섰다가 그 게슴츠레한 눈이 둥그레지며,

"네에? 어째서요?"

"무얼 그렇지!"

"싫은 생각은 조금도 없어요."

이렇게 말이 오락가락함을 따라 나는 흥분의 도(度)가 점점 짙어 간다.

그래서 아내가 떨리는 소리로,

"어째 그런 줄 아셔요?"

하고 반문할 적에,

"나를 숙맥(菽麥)으로 알우?"

라고, 격렬하게 소리를 높였다.

아내는 살짝 분한 빛이 눈에 비치어 물끄러미 나를 들여다본다. 나는 괘씸하다는 듯이 흘겨보며,

"그러면 그것 모를까! 오늘날까지 잘 참아 오더니 인제는 점점 기색이 달라지는 걸 뭐! 물론 그럴 만도 하지마는!"

이런 말을 하는 내 가슴에는 지난 일이 활동사진 모양으로 얼른얼른 나타난다.

육 년 전에(그때 나는 십육 세이고 저는 십팔 세였다) 우리가 결혼한 지 얼마 아니 되어 지식에 목마른 나는 지식의 바닷물을 얻어 마시려고 표연히 집을 떠났었다. 광풍(狂風)에 나부끼는 버들잎 모양으로 오늘은 지나(支那) 내일은 일본으로 굴러다니다가 금전의 탓으로 지식의 바닷물도 흠씬 마셔 보지도 못하고 반거들충이•가 되어 집에 돌아오고 말았다. 내게 시집올 때에는 방글방글 피려는 꽃봉오리 같던 아내가 어느 결에 기울어 가는 꽃처럼 두 뺨에 선연한 빛이 스러지고 이마에는 벌써 두어금 가는 줄이 그리어졌다.

처가 덕으로 집간도 장만하고 세간도 얻어 우리는 소위 살림을 하게 되었다. 처음에는 그럭저럭 지내었지마는 한 푼 나는 데 없는 살림이라 한 달 가고 두 달 갈수록 점점 곤란해질 따름이었다. 나는 보수 없는 독서와 가치 없는 창작으로 해가 지고 날이 새며 쌀이 있는지 나무가 있는지 망연케 몰랐다. 그래도 때때로 맛있는 반찬이 상에 오르고 입은 옷이 과히 추하지 아니함은 전혀 아내의 힘이었다. 전들 무슨 벌이가 있으리오, 부끄럼을 무릅쓰고 친가에 가서 눈치를 보아 가며 구차한 소리를 하여 가지고 얻어 온 것이었다. 그것도 한번 두번 말이지 장구한 세월에 어찌 늘 그럴 수가 있으랴! 말경에는 아내가 가져온 세간과 의복에 손을 대는 수밖에 없었다. 잡히고 파는 것도 나는 알은체도 아니 하였다. 그가 애를 쓰며 퉁명스러운 옆집 할멈에게 돈푼을 주고 시켰었다.

이런 고생을 하면서도 그는 나의 성공만 마음속으로 깊이깊이 믿고 빌었었다. 어

• 반거들충이: 무엇을 배우다가 중도에 그만두어 다 이루지 못한 사람.

느 때에는 내가 무엇을 짓다가 마음에 맞지 아니하여 쓰던 것을 집어던지고 화를 낼 적에,

"왜 마음을 조급하게 잡수셔요! 저는 꼭 당신의 이름이 세상에 빛날 날이 있을 줄 믿어요. 우리가 이렇게 고생을 하는 것이 장래에 잘 될 근본이야요."

하고 그는 스스로 흥분되어 눈물을 흘리며 나를 위로한 적도 있었다.

내가 외국으로 돌아다닐 때에 소위 신풍조(新風潮)에 띄어 까닭 없이 구식 여자가 싫어졌다. 그래서 나의 일찍이 장가든 것을 매우 후회하였다. 어떤 남학생과 어떤 여학생이 서로 연애를 주고받고 한다는 이야기를 들을 적마다 공연히 가슴이 뛰놀며 부럽기도 하고 비감(悲感)스럽기도 하였었다.

그러나 낫살•이 들어갈수록 그런 생각도 없어지고 집에 돌아와 아내를 겪어 보니 의외에 그에게 따뜻한 맛과 순결한 맛을 발견하였다. 그의 사랑이야말로 이기적 사랑이 아니고 헌신적 사랑이었다. 이런 줄을 점점 깨닫게 될 때에 내 마음이 얼마나 행복스러웠으랴! 밤이 깊도록 다듬이를 하다가 그만 옷 입은 채로 쓰러져 곤하게 자는 그의 파리한 얼굴을 들여다보며,

"아아, 나에게 위안을 주고 원조를 주는 천사여!"

하고 감격이 극하여 눈물을 흘린 일도 있었다.

내가 알다시피 내가 별로 천품•은 없으나 어쨌든 무슨 저작가(著作家)로 몸을 세워 보았으면 하여 나날이 창작과 독서에 전심력을 바쳤다. 물론 아직 남에게 인정될 가치는 없는 것이다. 그 영향으로 자연 일상생활이 말유(末由)하게 되었다.

이런 곤란에 그는 근 이 년 견디어 왔건마는 나의 하는 일은 오히려 아무 보람이 없고 방안에 놓였던 세간이 줄어 가고 장농에 찼던 옷이 거의 다 없어졌을 뿐이다.

그 결과 그다지 견딜성 있던 저도 요사이 와서는 때때로 쓸데없는 탄식을 하게 되었다. 손잡이를 잡고 마루 끝에 우두커니 서서 하염없이 먼 산만 바라보기도 하며 바느질을 하다 말고 실심(失心)한 사람 모양으로 멍멍히 앉았기도 하였다. 창경(窓

• 낫살: '나잇살'의 준말.

• 천품: 타고난 기품. 성품.

鏡)• 으로 비치는 어스름한 햇빛에 나는 흔히 그의 눈물 머금은 근심 있는 눈을 발견하였다. 이럴 때에는 말할 수 없는 쓸쓸한 생각이 들며 일없이,

"마누라!"

하고 부르면 그는 몸을 흠칫 하고 고개를 저리로 돌리어 치맛자락으로 눈물을 씻으며,

"네에?"

하고 울음에 떨리는 가는 대답을 한다. 나는 등에 찬물을 끼얹는 듯 몸이 으쓱해지며 처량한 생각이 싸늘하게 가슴에 흘렀었다. 그렇지 않아도 자비(自卑)하기 쉬운 마음이 더욱 심해지며,

'내가 무자격한 탓이다.'

하고 스스로 멸시를 하고 나니 더욱 견딜 수 없다.

'그럴 만도 하다.'

는 동정심이 없지 아니하되 그래도 그만 불쾌한 생각이 일어나며,

'계집이란 할 수 없어.'

혼자 이런 불평을 중얼거리었다.

환등(幻燈)• 모양으로 하나씩 둘씩 이런 일이 가슴에 나타나니 무어라고 말할 용기조차 없어졌다. 나의 유일의 신앙자(信仰者)이고 위로자이던 저까지 인제는 나를 아니 믿게 되고 말았다.

그는 마음속으로,

'네가 육 년 동안 내 살을 깎고 저미었구나! 이 원수야!'

할 것이다. 이렇게 생각하매 그의 불 같던 사랑까지 엷어져 가는 것 같았다. 아니 흔적도 없이 사라지고 만 것 같았다. 나는 감상적으로 허둥허둥하며,

"낸들 마누라를 고생시키고 싶어 시켰겠소! 비단옷도 해주고 싶고 좋은 양산도

• 창경: 창문에 단 유리.

• 환등: 그림, 사진, 실물 따위에 강한 불빛을 비추어 그 반사광을 렌즈에 의하여 확대하여서 영사(映射)하는 조명 기구.

사 주고 싶어요! 그러길래 왼종일 쉬지 않고 공부를 아니 하우. 남 보기에는 편편히 노는 것 같아도 실상은 그렇지 안해! 본들 모른단 말이요."

나는 점점 강한 가면(假面)을 벗고 약한 진상(眞相)을 드러내며 이와 같은 가소로운 변명까지 하였다.

"왼 세상 사람이 다 나를 비소(誹笑)•하고 모욕하여도 상관이 없지만 마누라까지 나를 아니 믿어 주면 어찌한단 말이요."

내 말에 스스로 자극이 되어 마침내,

"아아."

길이 탄식을 하고 그만 쓰러졌다. 이 순간에 고개를 숙이고 아마 하염없이 입술만 물어뜯고 있던 아내가 홀연,

"여보!"

울음소리를 떨면서 무너지는 듯이 내 얼굴에 쓰러진다.

"용서……."

하고는 북받쳐 나오는 울음에 말이 막히고 불덩이 같은 두 뺨이 내 얼굴을 누르며 흑흑 느끼어 운다. 그의 두 눈으로부터 샘솟듯 하는 눈물이 제 뺨과 내 뺨 사이를 따뜻하게 젖어 퍼진다.

내 눈에서도 눈물이 흘러내린다. 뒤숭숭하던 생각이 다 이 뜨거운 눈물에 봄눈 슬듯 스러지고 말았다.

한참 있다가 우리는 눈물을 씻었다. 내 속이 얼마큼 시원한 듯하였다.

"용서하여 주셔요! 그렇게 생각하실 줄은 몰랐어요."

이런 말을 하는 아내는 눈물에 불어오른 눈꺼풀을 아픈 듯이 끔적거린다.

"암만 구차하기로니 싫증이야 날까요! 나는 한번 먹은 마음이 있는데……."

가만가만히 변명을 하는 아내의 눈물 흔적이 어룽어룽한 얼굴을 물끄러미 바라보며 겨우 심신이 가뜬하였다. (후략)

《개벽》(1921)

• 비소: 남을 비방하거나 비난하여 웃음.

날개 | 이상

'박제[•]가 되어 버린 천재'를 아시오? 나는 유쾌하오. 이런 때 연애까지가 유쾌하오.

육신이 흐느적흐느적하도록 피로했을 때만 정신이 은화처럼 맑소. 니코틴이 내 횟배 앓는 뱃속으로 스미면 머릿속에 으레 백지가 준비되는 법이오. 그 위에다 나는 위트와 파라독스[•]를 바둑 포석처럼 늘어놓소. 가증할 상식의 병이오.

나는 또 여인과 생활을 설계하오. 연애 기법에마저 서먹서먹해진 지성의 극치를 흘깃 좀 들여다본 일이 있는, 말하자면 일종의 정신분일자(精神奔逸者)말이오. 이런 여인의 반(半) — 그것은 온갖 것의 반이오 — 만을 영수하는 생활을 설계한다는 말이오. 그런 생활 속에 한 발만 들여놓고 흡사 두 개의 태양처럼 마주 쳐다보면서 낄낄거리는 것이오. 나는 아마 어지간히 인생의 제행(諸行)[•]이 싱거워서 견딜 수가 없게끔 되고 그만둔 모양이오. 굿바이.

굿바이. 그대는 이따금 그대가 제일 싫어하는 음식을 탐식하는 아이러니를 실천해 보는 것도 좋을 것 같소. 위트와 파라독스와…….

• 박제: 동물의 가죽을 곱게 벗기고 썩지 아니하도록 한 뒤에 솜이나 대팻밥 따위를 넣어 살아 있을 때와 같은 모양으로 만듦. 또는 그렇게 만든 물건.

• 파라독스: 패러독스(역설). 일반적으로는 모순을 야기하지 아니하나 특정한 경우에 논리적 모순을 일으키는 논증.

• 제행: 본래 불교적 용어로서, 인연으로 말미암아 일어나는 온갖 현상을 가리킨다.

그대 자신을 위조하는 것도 할 만한 일이오. 그대의 작품은 한 번도 본 일이 없는 기성품에 의하여 차라리 경편(輕便)[•]하고 고매하리다.

19세기는 될 수 있거든 봉쇄하여 버리오. 도스토예프스키 정신이란 자칫하면 낭비일 것 같소. 위고[•]를 불란서의 빵 한 조각이라고는 누가 그랬는지 지언(至言)[•]인 듯싶소. 그러나 인생 혹은 그 모형에 있어서 '디테일' 때문에 속는다거나 해서야 되겠소? 화(禍)를 보지 마오. 부디 그대께 고하는 것이니…….

테이프가 끊어지면 피가 나오. 생채기도 머지않아 완치될 줄 믿소. 굿바이.

감정은 어떤 '포즈'. (그 '포즈'의 원소만을 지적하는 것이 아닌지 나도 모르겠소.) 그 포즈가 부동자세에까지 고도화할 때 감정은 딱 공급을 정지합네다.

나는 내 비범한 발육을 회고하여 세상을 보는 안목을 규정하였소.

여왕봉과 미망인 — 세상의 하고 많은 여인이 본질적으로 이미 미망인이 아닌 이가 있으리까? 아니, 여인의 전부가 그 일상에 있어서 개개 '미망인'이라는 내 논리가 뜻밖에도 여성에 대한 모험이 되오? 굿바이.

(중략)

나는 어디까지든지 내 방이 — 집이 아니다. 집은 없다. — 마음에 들었다. 방안의 기온은 내 체온을 위하여 쾌적하였고, 방안의 침침한 정도가 또한 내 안력을 위하여 쾌적하였다. 나는 내 방 이상의 서늘한 방도 또 따뜻한 방도 희망하지 않았다. 이 이상으로 밝거나 이 이상으로 아늑한 방은 원하지 않았다. 내 방은 나 하나를 위하여 요만한 정도를 꾸준히 지키는 것 같아 늘 내 방에 감사하였고, 나는 또 이런 방을 위하여 이 세상에 태어난 것만 같아서 즐거웠다.

그러나 이것은 행복이라든가 불행이라든가 하는 것을 계산하는 것은 아니었다. 말하자면 나는 내가 행복되다고도 생각할 필요가 없었고, 그렇다고 불행하다고도

• 경편: 손쉽고 편리함.
• 위고: 프랑스의 시인 · 극작가(1802~1885). 〈레 미제라블〉, 〈노트르담의 꼽추〉 등의 작품이 있다.
• 지언: 지극히 당연한 말.

생각할 필요가 없었다. 그냥 그날 그날을 그저 까닭 없이 펀둥펀둥 게으르고만 있으면 만사는 그만이었던 것이다.

내 몸과 마음에 옷처럼 잘 맞는 방 속에서 뒹굴면서, 축 처져 있는 것은 행복이니 불행이니 하는 그런 세속적인 계산을 떠난, 가장 편리하고 안일한, 말하자면 절대적인 상태인 것이다. 나는 이런 상태가 좋았다.

이 절대적인 내 방은 대문간에서 세어서 똑 일곱째 칸이다. 럭키 세븐의 뜻이 없지 않다. 나는 이 일곱이라는 숫자를 훈장처럼 사랑하였다. 이런 이 방이 가운데 장지로 말미암아 두 칸으로 나뉘어 있었다는 그것이 내 운명의 상징이었던 것을 누가 알랴?

아랫방은 그래도 해가 든다. 아침결에 책보만 한 해가 들었다가 오후에 손수건만 해지면서 나가 버린다. 해가 영영 들지 않는 윗방이 즉 내 방인 것은 말할 것도 없다. 이렇게 볕 드는 방이 아내 방이요, 볕 안 드는 방이 내 방이오 하고 아내와 나 둘 중에 누가 정했는지 나는 기억하지 못한다.

그러나 나에게는 불평이 없다.

아내가 외출만 하면 나는 얼른 아랫방으로 와서 그 동쪽으로 난 들창을 열어 놓고 열어 놓으면 들이비치는 볕살이 아내의 화장대를 비쳐 가지각색 병들이 아롱이지면서 찬란하게 빛나고, 이렇게 빛나는 것을 보는 것은 다시없는 내 오락이다. 나는 조그만 돋보기를 꺼내 가지고 아내만이 사용하는 지리가미(휴지)를 꺼내 가지고 끄실려 가면서 불장난을 하고 논다. 평행 광선을 굴절시켜서 한 초점에 모아 가지고 그 초점이 따근따근해지다가, 마지막에는 종이를 끄실리기 시작하고 가느다란 연기를 내면서 드디어 구멍을 뚫어 놓는 데까지에 이르는 고 얼마 안 되는 동안의 초조한 맛이 죽고 싶을 만치 내게는 재미있었다.

이 장난이 싫증이 나면 나는 또 아내의 손잡이 거울을 가지고 여러 가지로 논다. 거울이란 제 얼굴을 비출 때만 실용품이다. 그 외의 경우에는 도무지 장난감인 것이다.

이 장난도 곧 싫증이 난다. 나의 유희심은 육체적인 데서 정신적인 데로 비약한다. 나는 거울을 내던지고 아내의 화장대 앞으로 가까이 가서 나란히 늘어놓인 그

가지각색의 화장품 병들을 들여다본다. 고것들은 세상의 무엇보다도 매력적이다. 나는 그중의 하나만을 골라서 가만히 마개를 빼고 병구멍을 내 코에 가져다 대이고 숨죽이듯이 가벼운 호흡을 하여 본다. 이국적인 센슈얼한(관능적인) 향기가 폐로 스며들면 나는 저절로 스르르 감기는 내 눈을 느낀다. 확실히 아내의 체취의 파편이다. 나는 도로 병마개를 막고 생각해 본다. 아내의 어느 부분에서 요 냄새가 났던가를…… 그러나 그것은 분명하지 않다. 왜? 아내의 체취는 여기 늘어섰는 가지각색 향기의 합계일 것이니까.

아내의 방은 늘 화려하였다. 내 방이 벽에 못 한 개 꽂히지 않은 소박한 것인 반대로 아내 방에는 천장 밑으로 쫙 돌려 못이 박히고 못마다 화려한 아내의 치마와 저고리가 걸렸다. 여러 가지 무늬가 보기 좋다. 나는 그 여러 조각의 치마에서 늘 아내의 동체와, 그 동체가 될 수 있는 여러 가지 포즈를 연상하고 연상하면서 내 마음은 늘 점잖지 못하다.

그렇건만 나에게는 옷이 없었다. 아내는 내게 옷을 주지 않았다. 입고 있는 코르덴• 양복 한 벌이 내 자리옷이었고 통상복과 나들이옷을 겸한 것이었다. 그리고 하이넥의 스웨터가 한 조각 사철을 통한 내 내의다. 그것들은 하나같이 다 빛이 검다. 그것은 내 짐작 같아서는 즉 빨래를 될 수 있는 데까지 하지 않아도 보기 싫지 않게 하기 위한 것이 아닌가 한다. 나는 허리와 두 가랑이 세 군데 다 고무 밴드가 끼어 있는 부드러운 사루마다•를 입고 그리고 아무 소리 없이 잘 놀았다.

어느덧 손수건만 해졌던 볕이 나갔는데 아내는 외출에서 돌아오지 않는다. 나는 요만 일에도 좀 피곤하였고 또 아내가 돌아오기 전에 내 방으로 가 있어야 될 것을 생각하고 그만 내 방으로 건너간다. 내 방은 침침하다. 나는 이불을 뒤집어쓰고 낮잠을 잔다. 한 번도 걷은 일이 없는 내 이부자리는 내 몸뚱이의 일부분처럼 내게는 참 반갑다. 잠은 잘 오는 적도 있다. 그러나 또 전신이 까칫까칫하면서 영 잠이 오

• 코르덴: 누빈 것처럼 골이 지게 짠, 우단과 비슷한 옷감.
• 사루마다: 남자용 팬티를 가리키는 일본말.

지 않는 적도 있다. 그런 때는 아무 제목으로나 제목을 하나 골라서 연구하였다. 나는 내 좀 축축한 이불 속에서 참 여러 가지 발명도 하였고 논문도 많이 썼다. 시도 많이 지었다. 그러나 그것들은 내가 잠이 드는 것과 동시에 내 방에 담겨서 철철 넘치는 그 흐늑흐늑한 공기에 다 비누처럼 풀어져서 온데간데가 없고, 한잠 자고 깨인 나는 속이 무명 헝겊이나 메밀 껍질로 띵띵 찬 한 덩어리 베개와도 같은 한 벌 신경이었을 뿐이고 뿐이고 하였다.

그러기에 나는 빈대가 무엇보다도 싫었다. 그러나 내 방에서는 겨울에도 몇 마리의 빈대가 끊이지 않고 나왔다. 내게 근심이 있었다면 오직 이 빈대를 미워하는 근심일 것이다. 나는 빈대에게 물려서 가려운 자리를 피가 나도록 긁었다. 쓰라리다. 그것은 그윽한 쾌감에 틀림없었다. 나는 혼곤히 잠이 든다.

나는 그러나 그런 이불 속의 사색 생활에서도 적극적인 것을 궁리하는 법이 없다. 내게는 그럴 필요가 대체 없었다. 만일 내가 그런 좀 적극적인 것을 궁리해 내었을 경우에 나는 반드시 내 아내와 의논하여야 할 것이고, 그러면 반드시 나는 아내에게 꾸지람을 들을 것이고 — 나는 꾸지람이 무서웠다느니보다는 성가셨다. 내가 제법 한 사람의 사회인의 자격으로 일을 해 보는 것도 아내에게 사설 듣는 것도. 나는 가장 게으른 동물처럼 게으른 것이 좋았다. 될 수만 있으면 이 무의미한 인간의 탈을 벗어 버리고도 싶었다.

나에게는 인간 사회가 스스러웠다•. 생활이 스스러웠다. 모두가 서먹서먹할 뿐이었다.

아내는 하루에 두 번 세수를 한다. 나는 하루 한 번도 세수를 하지 않는다. 나는 밤중 세 시나 네 시쯤 해서 변소에 갔다 달이 밝은 밤에는 한참씩 마당에 우두커니 섰다가 들어오곤 한다. 그러니까 나는 이 18가구의 아무와도 얼굴이 마주치는 일이 거의 없다. 그러면서도 나는 이 18가구의 젊은 여인네 얼굴들을 거반 다 기억하고

• 스스러웠다: 조심스러웠다.

있었다. 그들은 하나 같이 내 아내만 못하였다.

열한 시쯤 해서 하는 아내의 첫 번 세수는 좀 간단하다. 그러나 저녁 일곱 시쯤 해서 하는 두 번째 세수는 손이 많이 간다. 아내는 낮에보다도 밤에 더 좋고 깨끗한 옷을 입는다. 그리고 낮에도 외출하고 밤에도 외출하였다.

(중략)

어쨌든 나섰다. 나는 좀 야맹증이다. 그래서 될 수 있는 대로 밝은 거리로 돌아다니기로 했다. 그러고는 경성역 일이등 대합실 한곁 티룸에를 들렀다. 그것은 내게는 큰 발견이었다. 거기는 우선 아무도 아는 사람이 안 온다. 설사 왔다가도 곧 돌아가니까 좋다. 나는 날마다 여기 와서 시간을 보내리라 속으로 생각하여 두었다. 제일 여기 시계가 어느 시계보다도 정확하리라는 것이 좋았다. 섣불리 서투른 시계를 보고 그것을 믿고 시간 전에 집에 돌아갔다가 큰 코를 다쳐서는 안 된다.

나는 한 부스에 아무것도 없는 것과 마주 앉아서 잘 끓은 커피를 마셨다. 총총한 가운데 여객들은 그래도 한 잔 커피가 즐거운가 보다. 얼른얼른 마시고 무얼 좀 생각하는 것같이 담벼락도 좀 쳐다보고 하다가 곧 나가 버린다. 서글프다. 그러나 내게는 이 서글픈 분위기가 거리의 티룸들의 그 거추장스러운 분위기보다는 절실하고 마음에 들었다. 이따금 들리는 날카로운 혹은 우렁찬 기적 소리가 모차르트보다도 더 가깝다.

나는 메뉴에 적힌 몇 가지 안 되는 음식 이름을 치읽고 내리읽고 여러 번 읽었다. 그것들은 아물아물한 것이 어딘가 내 어렸을 때 동무들 이름과 비슷한 데가 있었다. 거기서 얼마나 내가 오래 앉았는지 정신이 오락가락하는 중에 객이 슬며시 뜸해지면서 이 구석 저 구석 걷어치우기 시작하는 것을 보면 아마 닫는 시간이 된 모양이다. 열 한 시가 좀 지났구나, 여기도 결코 내 안주의 곳은 아니구나, 어디 가서 자정을 넘길까, 두루 걱정을 하면서 나는 밖으로 나섰다. 비가 온다. 빗발이 제법 굵은 것이 우비도 우산도 없는 나를 고생을 시킬 작정이다. 그렇다고 이런 괴이한 풍모를 차리고 이 홀에서 어물어물하는 수도 없고 에이 비를 맞으면 맞았지 하고 그냥 나서 버렸다.

대단히 선선해서 견딜 수가 없다. 코르덴 옷이 젖기 시작하더니 나중에는 속속들이 스며들면서 처근거린다. 비를 맞아 가면서라도 견딜 수 있는 데까지 거리를 돌아다녀서 시간을 보내려 하였으나, 인제는 선선해서 이 이상은 더 견딜 수가 없다. 오한이 자꾸 일어나면서 이가 딱딱 맞부딪는다.

나는 걸음을 재우치면서 생각하였다. 오늘 같은 궂은 날도 아내에게 내객이 있을라구, 없겠지, 하는 생각이 드는 것이다. 집으로 가야겠다. 아내에게 불행히 내객이 있거든 내 사정을 하리라. 사정을 하면 이렇게 비가 오는 것을 눈으로 보고 알아주겠지.

부리나케 와 보니까 그러나 아내에게는 내객이 있었다. 나는 그만 너무 춥고 척척해서 얼떨김에 노크하는 것을 잊었다. 그래서 나는 보면 아내가 좀 덜 좋아할 것을 그만 보았다. 나는 감발• 자국 같은 발자국을 내면서 덤벙덤벙 아내 방을 디디고 내 방으로 가서 쭉 빠진 옷을 활활 벗어 버리고 이불을 뒤썼다. 덜덜덜덜 떨린다. 오한이 점점 더 심해 들어온다. 여전 땅이 꺼져 들어가는 것만 같았다. 나는 그만 의식을 잃어버리고 말았다.

이튿날 내가 눈을 떴을 때 아내는 내 머리맡에 앉아서 제법 근심스러운 얼굴이다. 나는 감기가 들었다. 여전히 으스스 춥고 또 골치가 아프고 입에 군침이 도는 것이 씁쓸하면서 다리 팔이 척 늘어져서 노곤하다. 아내는 내 머리를 쓱 짚어 보더니 약을 먹어야지 한다. 아내 손이 이마에 선뜩한 것을 보면 신열이 어지간한 모양인데, 약을 먹는다면 해열제를 먹어야지 하고 속 생각을 하자니까 아내는 따뜻한 물에 하얀 정제약 네 개를 준다. 이것을 먹고 한잠 푹 — 자고 나면 괜찮다는 것이다. 나는 널름 받아먹었다. 쌉싸름한 것이 짐작 같아서는 아마 아스피린인가 싶다. 나는 다시 이불을 쓰고 단번에 그냥 죽은 것처럼 잠이 들어 버렸다.

나는 콧물을 훌쩍훌쩍하면서 여러 날을 앓았다. 앓는 동안에 끊이지 않고 그 정제약을 먹었다. 그러는 농안에 감기도 나았다. 그러나 입맛은 여전히 소태처럼 썼다.

• 감발: 발감개. 혹은 발감개를 한 차림새.

나는 차츰 또 외출하고 싶은 생각이 났다. 그러나 아내는 나더러 외출하지 말라고 이르는 것이다. 이 약을 날마다 먹고 그리고 가만히 누워 있으라는 것이다. 공연히 외출을 하다가 이렇게 감기가 들어서 저를 고생시키는 게 아니난다. 그도 그렇다. 그럼 외출을 하지 않겠다고 맹세하고 그 약을 연복하여 몸을 좀 보해 보리라고 나는 생각하였다.

나는 날마다 이불을 뒤집어쓰고 밤이나 낮이나 잤다. 유난스럽게 밤이나 낮이나 졸려서 견딜 수가 없는 것이다. 나는 이렇게 잠이 자꾸만 오는 것은 내가 몸이 훨씬 튼튼해진 증거라고 굳게 믿었다.

나는 아마 한 달이나 이렇게 지냈나 보다. 내 머리와 수염이 좀 너무 자라서 후툿해서 견딜 수가 없어서 내 거울을 좀 보리라고 아내가 외출한 틈을 타서 나는 아내 방으로 가서 아내의 화장대 앞에 앉아 보았다. 상당하다. 수염과 머리가 참 산란하였다. 오늘은 이발을 좀 하리라고 생각하고 겸사겸사 고 화장품 병들 마개를 뽑고 이것저것 맡아 보았다. 한동안 잊어버렸던 향기 가운데서는 몸이 배배 꼬일 것 같은 체취가 전해 나왔다. 나는 아내의 이름을 속으로만 한번 불러 보았다. "연심이— "하고…….

오래간만에 돋보기 장난도 하였다. 거울 장난도 하였다. 창에 든 볕이 여간 따뜻한 것이 아니었다. 생각하면 오월이 아니냐.

나는 커다랗게 기지개를 한 번 켜보고 아내 베개를 내려 베고 벌떡 자빠져서는 이렇게도 편안하고 즐거운 세월을 하느님께 흠씬 자랑하여 주고 싶었다. 나는 참 세상의 아무것과도 교섭을 가지지 않는다. 하느님도 아마 나를 칭찬할 수도 처벌할 수도 없는 것 같다.

그러나 다음 순간, 실로 세상에도 이상스러운 것이 눈에 띄었다. 그것은 최면약 아달린• 갑이었다. 나는 그것을 아내의 화장대 밑에서 발견하고 그것이 흡사 아스피린처럼 생겼다고 느꼈다. 나는 그것을 열어 보았다. 똑 네 개가 비었다.

• 아달린: 최면제나 진정제로 쓰는 약품. 쓴맛이 있고 냄새가 없는 흰색의 가루이다.

나는 오늘 아침에 네 개의 아스피린을 먹은 것을 기억하고 있었다. 나는 잤다. 어제도 그제도 그끄제도 — 나는 졸려서 견딜 수가 없었다. 나는 감기가 다 나았는데도 아내는 내게 아스피린을 주었다. 내가 잠이 든 동안에 이웃에 불이 난 일이 있다. 그때에도 나는 자느라고 몰랐다. 이렇게 나는 잤다. 나는 아스피린으로 알고 그럼 한 달 동안을 두고 아달린을 먹어 온 것이다. 이것은 좀 너무 심하다.

별안간 아뜩하더니 하마터면 나는 까무러칠 뻔하였다. 나는 그 아달린을 주머니에 넣고 집을 나섰다. 그리고 산을 찾아 올라갔다. 인간 세상의 아무것도 보기가 싫었던 것이다. 걸으면서 나는 아무쪼록 아내에 관계되는 일은 일체 생각하지 않도록 노력하였다. 길에서 까무러치기 쉬우니까다. 나는 어디라도 양지가 바른 자리를 하나 골라 자리를 잡아 가지고 서서히 아내에 관하여서 연구할 작정이었다. 나는 길가의 돌창, 핀 구경도 못한 진개나리꽃, 종달새, 돌멩이도 새끼를 까는 이야기, 이런 것만 생각하였다. 다행히 길가에서 나는 졸도하지 않았다.

거기는 벤치가 있었다. 나는 거기 정좌하고 그리고 그 아스피린과 아달린에 관하여 연구하였다. 그러나 머리가 도무지 혼란하여 생각이 체계를 이루지 않는다. 단 오 분이 못 가서 나는 그만 귀찮은 생각이 번쩍 들면서 심술이 났다. 나는 주머니에서 가지고 온 아달린을 꺼내 남은 여섯 개를 한꺼번에 질겅질겅 씹어 먹어 버렸다. 맛이 익살맞다. 그리고 나서 나는 그 벤치 위에 가로 기다랗게 누웠다. 무슨 생각으로 내가 그 따위 짓을 했나, 알 수가 없다. 그저 그러고 싶었다. 나는 게서 그냥 깊이 잠이 들었다. 잠결에도 바위틈으로 흐르는 물소리가 졸졸 하고 언제까지나 귀에 어렴풋이 들려 왔다.

내가 잠을 깨었을 때는 날이 환—히 밝은 뒤다. 나는 거기서 일주야(晝夜)를 잔 것이다. 풍경이 그냥 노—랗게 보인다. 그 속에서도 나는 번개처럼 아스피린과 아달린이 생각났다. 아스피린, 아달린, 아스피린, 아달린, 맑스•, 말사스•, 마도로스, 아스피린, 아달린.

• 맑스: 독일의 철학자 칼 마르크스(1818~1883).
• 말사스: 영국의 경제학자 맬서스(1766~1834).

아내는 한 달 동안 아달린을 아스피린이라고 속이고 내게 먹였다. 그것은 아내 방에서 이 아달린 갑이 발견된 것으로 미루어 증거가 너무나 확실하다.

무슨 목적으로 아내는 나를 밤이나 낮이나 재웠어야 됐나?

나를 밤이나 낮이나 재워 놓고, 그리고 아내는 내가 자는 동안에 무슨 짓을 했나? 나를 조금씩 조금씩 죽이려던 것일까?

그러나 또 생각하여 보면, 내가 한 달을 두고 먹어 온 것이 아스피린이었는지도 모른다. 아내는 무슨 근심되는 일이 있어서 밤이면 잠이 잘 오지 않아서 정작 아내가 아달린을 사용한 것이나 아닌지? 그렇다면 나는 참 미안하다. 나는 아내에게 이렇게 큰 의혹을 가졌다는 것이 참 안됐다.

나는 그래서 부리나케 거기서 내려왔다. 아랫도리가 홰홰 내어저이면서 어찔어찔한 것을 나는 겨우 집을 향하여 걸었다. 여덟 시 가까이였다.

나는 내 잘못된 생각을 죄다 일러바치고 아내에게 사죄하려는 것이다. 나는 너무 급해서 그만 또 말을 잊어버렸다.

그랬더니 이건 참 큰일났다. 나는 내 눈으로 절대로 보아서 안 될 것을 그만 딱 보아 버리고 만 것이다. 나는 얼떨결에 그만 냉큼 미닫이를 닫고 그리고 현기증이 나는 것을 진정시키느라고 잠깐 고개를 숙이고 눈을 감고 기둥을 짚고 섰자니까, 일 초 여유도 없이 홱 미닫이가 다시 열리더니 매무새를 풀어헤친 아내가 불쑥 내밀면서 내 멱살을 잡는 것이다. 나는 그만 어지러워서 게서 그냥 나동그라졌다. 그랬더니 아내는 넘어진 내 위에 덮치면서 내 살을 함부로 물어뜯는 것이다. 아파 죽겠다. 나는 사실 반항할 의사도 힘도 없어서 그냥 넙죽 엎디어 있으면서 어떻게 되나 보고 있자니까 뒤이어 남자가 나오는 것 같더니 아내를 한아름에 덥석 안아 가지고 방으로 들어가는 것이다. 아내는 아무 말 없이 다소곳이 그렇게 안겨 들어가는 것이 내 눈에 여간 미운 것이 아니다. 밉다.

아내는 너 밤새워가면서 도둑질하러 다니느냐, 계집질하러 다니느냐고 발악이다. 이것은 참 너무 억울하다. 나는 어안이 벙벙하여 도무지 입이 떨어지지를 않았다. 너는 그야말로 나를 살해하려던 것이 아니냐고 소리를 한번 꽥 질러 보고도 싶었으나, 그런 긴가민가한 소리를 선불리 입 밖에 내었다가는 무슨 화를 볼는지 알 수 있나. 차라리 억울하지만 잠자코 있는 것이 우선 상책인 듯싶이 생각이 들길래 나는 이것은 또 무슨 생각으로 그랬는지 모르지만 툭툭 털고 일어나서 내 바지 포켓 속에 남은 돈 몇 원 몇십 전을 가만히 꺼내서는 몰래 미닫이를 열고 살며시 문지방 밑에다 놓고 나서는 그냥 줄달음박질을 쳐서 나와 버렸다.

여러 번 자동차에 치일 뻔하면서 나는 그대로 경성역으로 찾아갔다. 빈자리와 마주 앉아서 이 쓰디쓴 입맛을 거두기 위하여 무엇으로나 입가심을 하고 싶었다.

커피! 좋다. 그러나 경성역 홀에 한 걸음 들여놓았을 때 나는 내 주머니에는 돈이 한 푼도 없는 것을, 그것을 깜박 잊었던 것을 깨달았다. 또 아뜩하였다. 나는 어디선가 그저 맥없이 머뭇머뭇하면서 어쩔 줄을 모를 뿐이었다. 얼빠진 사람처럼 그저 이리 갔다 저리 갔다 하면서…….

나는 어디로 어디로 들입다 쏘다녔는지 하나도 모른다. 다만 몇 시간 후에 내가 미쓰꼬시 옥상에 있는 것을 깨달았을 때는 거의 대낮이었다.

나는 거기 아무 데나 주저앉아서 내 자라 온 스물여섯 해를 회고하여 보았다. 몽롱한 기억 속에서는 이렇다는 아무 제목도 불거져 나오지 않았다.

나는 또 내 자신에게 물어 보았다. 너는 인생에 무슨 욕심이 있느냐고, 그러나 있다고도 없다고도 그런 대답은 하기가 싫었다. 나는 거의 나 자신의 존재를 인식하기조차도 어려웠다.

허리를 굽혀서 나는 그저 금붕어를 들여다보고 있었다. 금붕어는 참 잘들도 생겼다. 작은 놈은 작은 놈대로 큰 놈은 큰 놈대로 다 싱싱하니 보기 좋았다. 내려 비치는 오월 햇살에 금붕어들은 그릇 바탕에 그림자를 내려뜨렸다. 지느러미는 하늘하늘 손수건을 흔드는 흉내를 낸다. 나는 이 지느러미 수효를 헤어 보기도 하면서 굽힌 허리를 좀처럼 펴지 않았다. 등이 따뜻하다.

나는 또 오탁•의 거리를 내려다보았다. 거기서는 피곤한 생활이 똑 금붕어 지느러

• 오탁: 더럽고 흐림.

• 변해: 변명과 해명.

미처럼 흐늑흐늑 허우적거렸다. 눈에 보이지 않는 끈적끈적한 줄에 엉켜서 헤어나지 들을 못한다. 나는 피로와 공복 때문에 무너져 들어가는 몸뚱이를 끌고 그 오탁의 거리 속으로 섞여 가지 않는 수도 없다 생각하였다.

나서서 나는 또 문득 생각하여 보았다. 이 발길이 지금 어디로 향하여 가는 것인가를…….

그때 내 눈앞에는 아내의 모가지가 벼락처럼 내려 떨어졌다. 아스피린과 아달린.

우리들은 서로 오해하고 있느니라. 설마 아내가 아스피린 대신에 아달린 정량을 나에게 먹여 왔을까? 나는 그것을 믿을 수는 없다. 아내가 대체 그럴 까닭이 없을 것이니, 그러면 나는 날밤을 새면서 도둑질을, 계집질을 하였나? 정말이지 아니다.

우리 부부는 숙명적으로 발이 맞지 않는 절름발이인 것이다. 내나 아내나 제 거동에 로직(논리)을 붙일 필요는 없다. 변해(辨解)할 필요도 없다. 사실은 사실대로 오해는 오해대로 그저 끝없이 발을 절뚝거리면서 세상을 걸어가면 되는 것이다. 그렇지 않을까?

그러나 나는 이 발길이 아내에게로 돌아가야 옳은가 이것만은 분간하기가 좀 어려웠다. 가야하나? 그럼 어디로 가나?

이때 뚜 — 하고 정오 사이렌이 울렸다. 사람들은 모두 네 활개를 펴고 닭처럼 푸드덕거리는 것 같고 온갖 유리와 강철과 대리석과 지폐와 잉크가 부글부글 끓고 수선을 떨고 하는 것 같은 찰나! 그야말로 현란을 극한 정오다.

나는 불현듯 겨드랑이가 가렵다. 아하, 그것은 내 인공의 날개가 돋았던 자국이다. 오늘은 없는 이 날개. 머릿속에서는 희망과 야심이 말소된 페이지가 딕셔너리(사전) 넘어가듯 번뜩였다.

나는 걷던 걸음을 멈추고 그리고 일어나 한번 이렇게 외쳐 보고 싶었다.

날개야 다시 돋아라.

날자. 날자. 날자. 한 번만 더 날자꾸나.

한 번만 더 날아 보자꾸나.

《조광》(1936)

동백꽃 | 김유정

오늘도 또 우리 수탉이 막 쪼이었다. 내가 점심을 먹고 나무를 하러 갈 양으로 나올 때이었다. 산으로 올라서려니까 등 뒤에서 '푸드덕푸드덕' 하고 닭의 횃소리가 야단이다. 깜짝 놀라서 고개를 돌려 보니 아니나 다르랴, 두 놈이 또 얼리었다.

점순네 수탉(대강이가 크고 똑 오소리같이 실팍하게 생긴 놈)이 덩저리 작은 우리 수탉을 함부로 해내는 것이다. 그것도 그냥 해내는 것이 아니라, 푸드덕 하고 면두•를 쪼고 물러섰다가 좀 사이를 두고 또 푸드덕 하고 모가지를 쪼았다. 이렇게 멋을 부려 가며 여지없이 닦아 놓는다. 그러면 이 못생긴 것은 쪼일 적마다 주둥이로 땅을 받으며 그 비명이 '킥, 킥' 할 뿐이다. 물론, 미처 아물지도 않은 면두를 또 쪼이어 붉은 선혈은 뚝뚝 떨어진다.

이걸 가만히 내려다보자니 내 대강이가 터져서 피가 흐르는 것같이 두 눈에서 불이 번쩍 난다. 대뜸 지게막대기를 메고 달려들어 점순네 닭을 후려칠까 하다가 생각을 고쳐먹고 헛매질로 떼어만 놓았다.

이번에도 점순이가 쌈을 붙여 놨을 것이다. 바짝바짝 내 기를 올리느라고 그랬음에 틀림없을 것이다. 고놈의 계집애가 요새로 들어서서 왜 나를 못 먹겠다고 고렇게 아르렁거리는지 모른다.

• 면두: '볏'의 방언. 꿩이나 닭 같은 조류의 이마 위에 붙은 살 조각.

나흘 전 감자 쪼간만 하더라도 나는 저에게 조금도 잘못한 것은 없다. 계집애가 나물을 캐러 가면 갔지 남 울타리 엮는 데 쌩이질•을 하는 것은 다 뭐냐. 그것도 발소리를 죽여 가지고 등 뒤로 살며시 와서,

"얘! 너 혼자만 일하니?"

하고, 긴치 않는 수작을 하는 것이다.

어제까지도 저와 나는 이야기도 잘 않고 서로 만나도 본척만척하고 이렇게 점잖게 지내던 터이련만, 오늘로 갑작스레 대견해졌음은 웬일인가. 황차 망아지만 한 계집애가 남 일하는 놈 보구…….

"그럼 혼자 하지 떼루 하디?"

내가 이렇게 내배앝는 소리를 하니까,

"너, 일하기 좋니?"

또는,

"한여름이나 되거든 하지 벌써 울타리를 하니?"

잔소리를 두루 늘어놓다가 남이 들을까 봐 손으로 입을 틀어막고는 그 속에서 깔깔대인다. 별로 우스울 것도 없는데, 날씨가 풀리더니 이놈의 계집애가 미쳤나 하고 의심하였다. 게다가 조금 뒤에는 제 집께를 할끔할끔 돌아보더니 행주치마의 속으로 꼈던 바른손을 뽑아서 나의 턱 밑으로 불쑥 내미는 것이다. 언제 구웠는지 아직도 더운 김이 훅 끼치는 굵은 감자 세 개가 손에 뿌듯이 쥐였다.

"느 집엔 이거 없지?"

하고 생색 있는 큰소리를 하고는, 제가 준 것을 남이 알면 큰일 날 테니 여기서 얼른 먹어 버리란다. 그리고 또 하는 소리가

"너, 봄 감자가 맛있단다."

"난 감자 안 먹는다. 너나 먹어라."

나는 고개도 돌리지 않고 일하던 손으로 그 감자를 도로 어깨너머로 쑥 밀어 버

• 쌩이질: 한창 바쁠 때에 쓸데없는 일로 남을 귀찮게 구는 짓.

렸다.

그랬더니 그래도 가는 기색이 없고, 뿐만 아니라 쌔근쌔근하고 심상치 않게 숨소리가 점점 거칠어진다. 이건 또 뭐야 싶어서 그때서야 비로소 돌아다보니 나는 참으로 놀랐다. 우리가 이 동리에 들어온 것은 근 삼 년째 되어 오지만, 여태껏 가무잡잡한 점순이의 얼굴이 이렇게까지 홍당무처럼 새빨개진 법이 없었다. 게다가 눈에 독을 올리고 한참 나를 요렇게 쏘아보더니 나중에는 눈물까지 어리는 것이 아니냐. 그리고 바구니를 다시 집어 들더니 이를 꼭 악물고는 엎어질 듯 자빠질 듯 논둑으로 횡하게 달아나는 것이다.

어쩌다 동리 어른이

"너, 얼른 시집을 가야지?"

하고 웃으면

"염려 마세유. 갈 때 되면 어련히 갈라구……."

이렇게 천연덕스레 받는 점순이었다. 본시 부끄러움을 타는 계집애도 아니거니와 또한 분하다고 눈에 눈물을 보일 얼병이도 아니다. 분하면 차라리 나의 등어리를 바구니로 한번 모질게 후려 때리고 달아날지언정.

그런데 고약한 그 꼴을 하고 가더니 그 뒤로는 나를 보면 잡아먹으려 기를 복복 쓰는 것이다.

설혹 주는 감자를 안 받아먹은 것이 실례라 하면, 주면 그냥 주었지 "느 집엔 이거 없지?"는 다 뭐냐. 그렇잖아도 저희는 마름•이고 우리는 그 손에서 배재•를 얻어 땅을 부치므로 일상 굽실거린다. 우리가 이 마을에 처음 들어와 집이 없어서 곤란으로 지낼 제, 집터를 빌리고 그 위에 집을 또 짓도록 마련해 준 것도 점순네의 호의였다. 그리고 우리 어머니 아버지도 농사 때 양식이 달리면 점순네한테 가서 부지런히 꾸어다 먹으면서, 인품 그런 집은 다시 없으리라고 침이 마르도록 칭찬하곤 하는

• 마름: 지주를 대리하여 소작권을 관리하는 사람.
• 배재: '배지'의 속어인 듯함. 여기서는 마름과 소작인 사이에 교환한 소작권 위임 문서, 즉 소작권의 뜻으로 쓰임.

것이다. 그러면서도 열일곱씩이나 된 것들이 수군수군하고 붙어 다니면 동네의 소문이 사납다고 주의를 시켜 준 것도 또 어머니였다. 왜냐하면 내가 점순이하고 일을 저질렀다가는 점순네가 노할 것이고, 그러면 우리는 땅도 떨어지고 집도 내쫓기고 하지 않으면 안 되는 까닭이었다.

그런데 이놈의 계집애가 까닭 없이 기를 복복 쓰며 나를 말려 죽이려고 드는 것이다.

눈물을 흘리고 간 담날 저녁나절이었다. 나무를 한 짐 잔뜩 지고 산을 내려오려니까 어디서 닭이 죽는 소리를 친다. 이거 뉘 집에서 닭을 잡나 하고 점순네 울 뒤로 돌아오다가 나는 고만 두 눈이 뚱그레졌다. 점순이가 저희 집 봉당에 홀로 걸터앉았는데, 이게 치마 앞에다 우리 씨암탉을 꼭 붙들어 놓고는

"이놈의 닭! 죽어라, 죽어라."

요렇게 암팡스레 패 주는 것이 아닌가. 그것도 대가리나 치면 모른다마는 아주 알도 못 낳으라고 그 볼기짝께를 주먹으로 콕콕 쥐어박는 것이다.

나는 눈에 쌍심지가 오르고 사지가 부르르 떨렸으나, 사방을 한 번 휘돌아보고야 그제서 점순이 집에 아무도 없음을 알았다. 잡은 참 지게막대기를 들어 울타리의 중턱을 후려치며

"이놈의 계집애! 남의 닭 알 못 낳으라구 그러니?"
하고 소리를 빽 질렀다.

그러나 점순이는 조금도 놀라는 기색이 없고 그대로 의젓이 앉아서 제 닭 가지고 하듯이 또 죽어라, 죽어라, 하고 패는 것이다. 이걸 보면 내가 산에서 내려올 때를 겨냥해 가지고 미리부터 닭을 잡아 가지고 있다가 너 보란 듯이 내 앞에서 줴지르고 있음이 확실하다.

그러나 나는 그렇다고 남의 집에 뛰어 들어가 계집애하고 싸울 수도 없는 노릇이고, 형편이 썩 불리함을 알았다. 그래 닭이 맞을 적마다 지게막대기로 울타리나 후려칠 수밖에 별 도리가 없다. 왜냐하면 울타리를 치면 칠수록 울섶이 물러앉으며 뼈대만 남기 때문이다. 허나, 아무리 생각하여도 나만 밑지는 노릇이다.

"야, 이년아! 남의 닭 아주 죽일 터이냐?"

내가 도끼눈을 뜨고 다시 꽥 호령을 하니까, 그제야 울타리께로 쪼르르 오더니 울 밖에 섰는 나의 머리를 겨누고 닭을 내팽개친다.

"에이, 더럽다! 더럽다!"

"더러운 걸 널더러 입때 끼고 있으랬니? 망할 계집애 년 같으니."
하고 나도 더럽단 듯이 울타리께를 힝하게 돌아내리며 약이 오를 대로 다 올랐다, 라고 하는 것은 암탉이 풍기는 서슬에 나의 이마빼기에다 물찌똥을 찍 갈겼는데, 그걸 본다면 알집만 터졌을 뿐 아니라 골병은 단단히 든 듯싶다.

그리고 나의 등 뒤를 향하여 나에게만 들릴 듯 말 듯한 음성으로

"이 바보 녀석아!"

"얘! 너 배냇병신이지?"

그만도 좋으련만

"얘! 너 느 아버지가 고자라지?"

"뭐? 울 아버지가 그래 고자야?"
할 양으로 열벙거지가 나서 고개를 홱 돌리어 바라봤더니, 그때까지 울타리 위로 나와 있어야 할 점순이의 대가리가 어디 갔는지 보이지를 않는다. 그러나 돌아서서 오자면 아까 한 욕을 울 밖으로 또 퍼붓는 것이다. 욕을 이토록 먹어 가면서도 대거리 한마디 못 하는 걸 생각하니 돌부리에 채이어 발톱 밑이 터지는 것도 모를 만치 분하고, 급기야는 두 눈에 눈물까지 불끈 내솟는다.

그러나 점순이의 침해는 이것뿐이 아니다.

사람들이 없으면 틈틈이 제집 수탉을 몰고 와서 우리 수탉과 쌈을 붙여 놓는다. 제집 수탉은 썩 험상궂게 생기고 쌈이라면 홰를 치는 고로 으레 이길 것을 알기 때문이다. 그래서 툭하면 우리 수탉이 면두며 눈깔이 피로 흐드르하게 되도록 해 놓는다. 어떤 때에는 우리 수탉이 나오지를 않으니까 요놈의 계집애가 모이를 쥐고 와

• 울섶: 울타리를 만드는 데 쓰는 나뭇가지.

• 배냇병신: 태어날 때부터의 병신.

서 꾀어내다가 쌈을 붙인다.

이렇게 되면 나도 다른 배차를 차리지 않을 수 없었다. 하루는 우리 수탉을 붙들어 가지고 넌지시 장독께로 갔다. 쌈닭에게 고추장을 먹이면, 병든 황소가 살모사를 먹고 용을 쓰는 것처럼 기운이 뻗친다 한다. 장독에서 고추장 한 접시를 떠서 닭 주둥아리께로 들이밀고 먹여 보았다. 닭도 고추장에 맛을 들였는지 거스르지 않고 거진 반 접시 턱이나 곧잘 먹는다.

그리고 먹고 금세는 용을 못 쓸 터이므로 얼마쯤 기운이 들도록 홰 속에다 가두어 두었다.

밭에 두엄을 두어 짐 져 내고 나서 쉴 참에 그 닭을 안고 밖으로 나왔다. 마침 밖에는 아무도 없고 점순이만 저희 울 안에서 헌 옷을 뜯는지 혹은 솜을 터는지 웅크리고 앉아서 일을 할 뿐이다.

나는 점순네 수탉이 노는 밭으로 가서 닭을 내려놓고 가만히 맥을 보았다. 두 닭은 여전히 얼리어 쌈을 하는데 처음에는 아무 보람이 없다. 멋지게 쪼는 바람에 우리 닭은 또 피를 흘리고 그러면서도 날갯죽지만 푸드덕푸드덕 하고 올라 뛰고 뛰고 할 뿐으로 제법 한 번 쪼아 보지도 못한다.

그러나 한번은 어쩐 일인지 용을 쓰고 펄쩍 뛰더니 발톱으로 눈을 하비고 내려오며 면두를 쪼았다. 큰 닭도 여기에는 놀랐는지 뒤로 멈씰하며 물러난다. 이 기회를 타서 작은 우리 수탉이 또 날쌔게 덤벼들어 다시 면두를 쪼니 그제서는 감때사나운 그 대강이에서도 피가 흐르지 않을 수 없었다.

옳다, 알았다, 고추장만 먹이면 되는구나 하고 나는 속으로 아주 쟁그러워 죽겠다. 그때에는 뜻밖에 내가 닭쌈을 붙여 놓는 데 놀라서, 울 밖으로 내다보고 섰던 점순이도 입맛이 쓴지 눈살을 찌푸렸다.

나는 두 손으로 볼기짝을 두드리며 연방

"잘한다! 잘한다!"

하고 신이 머리끝까지 뻗치었다.

그러나 얼마 되지 않아서 나는 넋이 풀리어 기둥같이 묵묵히 서 있게 되었다. 왜

냐하면 큰 닭이 한 번 쪼인 앙갚음으로 호들갑스레 연거푸 쪼는 서슬에 우리 수탉은 찔끔 못 하고 막 곯는다. 이걸 보고서 이번에는 점순이가 깔깔거리고 되도록 이쪽에서 많이 들으라고 웃는 것이다.

나는 보다 못하여 덤벼들어서 우리 수탉을 붙들어 가지고 도로 집으로 들어왔다. 고추장을 좀 더 먹였더라면 좋았을 걸 너무 급하게 쌈을 붙인 것이 퍽 후회가 난다. 장독께로 돌아와서 다시 턱 밑에 고추장을 들이댔다. 흥분으로 말미암아 그런지 당최 먹질 않는다. 나는 하릴없이 닭을 반듯이 눕히고 그 입에다 궐련 물부리를 물리었다. 그리고 고추장 물을 타서 그 구멍으로 조금씩 들이부었다. 닭은 좀 괴로운지 킥킥 하고 재채기를 하는 모양이나, 그러나 당장의 괴로움은 매일같이 피를 흘리는 데 댈 게 아니라 생각하였다.

그러나 한 두어 종지가량 고추장 물을 먹이고 나서는 나는 고만 풀이 죽었다. 싱싱하던 닭이 왜 그런지 고개를 살며시 뒤틀고는 손아귀에서 빠드러지는 것이 아닌가. 아버지가 볼까 봐서 얼른 홰에다 감추어 두었더니 오늘 아침에서야 겨우 정신이 든 모양 같다.

그랬던 걸 이렇게 오다 보니까 또 쌈을 붙여 놓으니 이 망할 계집애가 필연 우리 집에 아무도 없는 틈을 타서 제가 들어와 홰에서 꺼내 가지고 나간 것이 분명하다.

나는 다시 닭을 잡아다 가두고, 염려는 스러우나 그렇다고 산으로 나무를 하러 가지 않을 수도 없는 형편이었다.

소나무 삭정이를 따며 가만히 생각해 보니 암만해도 고년의 목쟁이를 돌려놓고 싶다. 이번에 내려가면 망할 년 등줄기를 한번 되게 후려치겠다 하고 싱둥겅둥 나무를 지고는 부리나케 내려왔다.

거지반 집에 다 내려와서 나는 호드기• 소리를 듣고 발이 딱 멈추었다. 산기슭에 널려 있는 굵은 바윗돌 틈에 노란 동백꽃•이 소보록하니 깔리었다. 그 틈에 끼어 앉

• 호드기: 봄철에 물 오른 버드나무 가지를 비틀어 뽑은 통껍질이나 밀짚 토막으로 만든 피리.
• 동백꽃: 이 작품의 동백꽃은 흔히 말하는 빨간 동백꽃이 아니다. 강원도 지방에서 잘 자라는 둥근잎생강나무의 꽃으로, 꽃은 3월에 노란색으로 피며, 열매는 공 모양으로 9월에 검게 익는다.

아서 점순이가 청승맞게스리 호드기를 불고 있는 것이다. 그보다도 더 놀란 것은 그 앞에서 또 푸드덕푸드덕 하고 들리는 닭의 횃소리다. 필연코 요년이 나의 약을 올리느라고 또 닭을 집어내다가 내가 내려올 길목에다 쌈을 시켜 놓고 저는 그 앞에 앉아서 천연스레 호드기를 불고 있음에 틀림없으리라.

나는 약이 오를 대로 다 올라서 두 눈에서 불과 함께 눈물이 픽 쏟아졌다. 나무 지게도 벗어 놀 새 없이 그대로 내동댕이치고는 지게막대기를 뻗치고 허둥지둥 달려들었다.

가까이 와 보니, 과연 나의 짐작대로 우리 수탉이 피를 흘리고 거의 빈사지경에 이르렀다. 닭도 닭이려니와 그러함에도 불구하고 눈 하나 깜짝 없이 고대로 앉아서 호드기만 부는 그 꼴에 더욱 치가 떨린다. 동네에서도 소문이 났거니와 나도 한때는 걱실걱실히 일 잘하고 얼굴 예쁜 계집애인 줄 알았더니, 시방 보니까 그 눈깔이 꼭 여우 새끼 같다.

나는 대뜸 달려들어서 나도 모르는 사이에 큰 수탉을 단매로 때려 엎었다. 닭은 푹 엎어진 채 다리 하나 꼼짝 못하고 그대로 죽어 버렸다. 그리고 나는 멍하니 섰다가 점순이가 매섭게 눈을 홉뜨고 닥치는 바람에 뒤로 벌렁 나자빠졌다.

"이놈아! 너 왜 남의 닭을 때려죽이니?"

"그럼 어때?"

하고 일어나다가

"뭐, 이 자식아! 누 집 닭인데?"

하고 복장•을 떼미는 바람에 다시 벌렁 자빠졌다. 그러고 나서 가만히 생각하니 분하기도 하고 무안도 스럽고, 또 한편 일을 저질렀으니 인젠 땅이 떨어지고 집도 내쫓기고 해야 될는지 모른다.

나는 비슬비슬 일어나며 소맷자락으로 눈을 가리고는 얼김에 엉 하고 울음을 놓았다. 그러다 점순이가 앞으로 다가와서

• 복장: 가슴의 한복판.

"그럼, 너 이담부턴 안 그럴 테냐?"

하고 물을 때에야 비로소 살 길을 찾은 듯싶었다. 나는 눈물을 우선 씻고 뭘 안 그러는지 명색도 모르건만

"그래!"

하고 무턱대고 대답하였다.

"요담부터 또 그래 봐라, 내 자꾸 못살게 굴 테니."

"그래 그래, 인젠 안 그럴 테야."

"닭 죽은 건 염려 마라, 내 안 이를 테니."

그리고 뭣에 떠다밀렸는지 나의 어깨를 짚은 채 그대로 퍽 쓰러진다. 그 바람에 나의 몸뚱이도 겹쳐서 쓰러지며 한창 피어 퍼드러진 노란 동백꽃 속으로 폭 파묻혀 버렸다.

알싸한 그리고 향긋한 그 냄새에 나는 땅이 꺼지는 듯이 온 정신이 고만 아찔하였다.

"너 말 마라."

"그래!"

조금 있더니 요 아래서

"점순아! 점순아! 이년이 바느질을 하다 말구 어딜 갔어?"

하고 어딜 갔다 온 듯싶은 그 어머니가 역정이 대단히 났다.

점순이가 겁을 잔뜩 집어먹고 꽃 밑을 살금살금 기어서 산 아래로 내려간 다음, 나는 바위를 끼고 엉금엉금 기어서 산 위로 치빼지 않을 수 없었다.

《조광》(1936)

메밀꽃 필 무렵 | 이효석

여름 장이란 애시당초에 글러서, 해는 아직 중천에 있건만 장판은 벌써 쓸쓸하고 더운 햇발이 벌여 놓은 전• 휘장 밑으로 등줄기를 훅훅 볶는다. 마을 사람들은 거지반 돌아간 뒤요, 팔리지 못한 나무꾼 패가 길거리에 궁싯거리고들 있으나 석유병이나 받고 고기 마리나 사면 족할 이 축들을 바라고 언제까지든지 버티고 있을 법은 없다. 츱츱스럽게 날아드는 파리 떼도, 장난꾼 각다귀•들도 귀찮다. 얼금뱅이•요 왼손잡이인 드팀전•의 허 생원은 기어코 동업의 조 선달을 나꾸어 보았다.

"그만 걷을까?"

"잘 생각했네. 봉평 장에서 한 번이나 흐붓하게• 사 본 일 있었을까. 내일 대화 장에서나 한몫 벌어야겠네."

"오늘 밤은 밤을 새서 걸어야 될걸."

"달이 뜨렷다."

절렁절렁 소리를 내며 조 선달이 그날 산 돈을 따지는 것을 보고, 허 생원은 말뚝에서 넓은 휘장을 걷고, 벌여 놓았던 물건을 거두기 시작하였다. 무명필과 주단

• 전: 물건을 벌여 놓고 파는 가게.
• 각다귀: 남을 착취하여 먹고 사는 사람을 비유하여 이르는 말. 여기서는 '못 살게 구는 이' 정도의 뜻.
• 얼금뱅이: 얼굴에 마마 자국이 얽은 사람.
• 드팀전: 온갖 옷감을 파는 가게.
• 흐붓하게: 넉넉하고 푸근하게.

바리가 두 고리짝에 꼭 찼다. 멍석 위에는 천 조각이 어수선하게 남았다.

다른 축들도 벌써 거진 전들을 걷고 있었다. 약빠르게 떠나는 패도 있었다. 어물 장수도 땜장이도 엿장수도 생강 장수도 꼴들이 보이지 않았다. 내일은 진부와 대화에 장이 선다. 축들은 그 어느 쪽으로든지 밤을 새며 육칠십 리 밤길을 타박거리지 않으면 안 된다. 장판은 잔치 뒷마당같이 어수선하게 벌어지고 술집에서는 싸움이 터져 있었다. 주정꾼 욕지거리에 섞여 계집의 앙칼진 목소리가 찢어졌다. 장날 저녁은 정해놓고 계집의 고함 소리로 시작되는 것이다.

"생원, 시침을 떼두 다 아네. ……충줏집 말야."

계집 목소리로 문득 생각난 듯이 조 선달은 비죽이 웃는다.

"화중지병(畵中之餠)•이지. 면소 패들을 적수로 하구야 대거리가 돼야 말이지."

"그렇지두 않을걸. 축들이 사족을 못 쓰는 것두 사실은 사실이나 아무리 그렇다군 해두 왜 그 동이 말일세. 감쪽같이 충줏집을 후린 눈치거든."

"무어 그 애숭이가? 물건 가지고 나꾸었나 부지. 착실한 녀석인 줄 알었더니."

"그 길만은 알 수 있나. ……궁리 말구 가 보세나그려. 내 한턱 씀세."

그다지 마음이 당기지 않는 것을 쫓아갔다. 허 생원은 계집과는 연분이 멀었다. 얼금뱅이 상판을 쳐들고 대어 설 숫기도 없었으나 계집 편에서 정을 보낸 적도 없었고, 쓸쓸하고 뒤틀린 반생이었다. 충줏집을 생각만 하여도 철없이 얼굴이 붉어지고 발밑이 떨리고 그 자리에 소스라쳐 버린다. 충줏집 문을 들어서 술좌석에서 짜장 동이를 만났을 때에는 어찌 된 서슬엔지 빨끈 화가 나버렸다. 상 위에 붉은 얼굴을 쳐들고 제법 계집과 농탕치는 것을 보고서야 견딜 수 없었던 것이다. 녀석이 제법 난질꾼인데 꼴사납다. 머리에 피도 안 마른 녀석이 낮부터 술 처먹고 계집과 농탕이야. 장돌뱅이 망신만 시키고 돌아다니누나. 그 꼴에 우리들과 한몫 보자는 셈이지. 동이 앞에 막아서면서부터 책망이었다. 걱정두 팔자요 하는 듯이 빤히 쳐다보는 상기된 눈망울에 부딪힐 때, 결김에 따귀를 하나 갈겨 주지 않고는 배길 수 없었

• 화중지병: 그림의 떡.

다. 동이도 화를 쓰고 팩하게 일어서기는 하였으나, 허 생원은 조금도 동색하는• 법 없이 마음먹은 대로는 다 지껄였다. — 어디서 주워 먹은 선머슴인지는 모르겠으나, 네게도 애비 에미 있겠지. 그 사나운 꼴 보문 맘 좋겠다. 장사란 탐탁하게 해야 되지 계집이 다 무어야, 나가거라, 냉큼 꼴 치워.

그러나 한마디도 대거리하지 않고 하염없이 나가는 꼴을 보려니, 도리어 측은히 여겨졌다. 아직도 서름서름한 사인데 너무 과하지 않았을까 하고 마음이 섬짓해졌다. 주제도 넘지, 같은 술손님이면서두 아무리 젊다고 자식 낳게 되는 것을 붙들고 치고 닦아세울 것은 무어야, 원. 충줏집은 입술을 쫑긋하고 술 붓는 솜씨도 거칠었으나, 젊은 애들한테는 그것이 약이 된다나 하고 그 자리는 조 선달이 얼버무려 넘겼다. 너 녀석한테 반했지, 애숭이를 빨문 죄 된다, 한참 법석을 친 후이다. 맘도 생긴데다가 웬일인지 흠뻑 취해 보고 싶은 생각도 있어서 허 생원은 주는 술잔이면 거의 다 들이켰다. 거나해짐을 따라 계집 생각보다도 동이의 뒷일이 한결같이 궁금해졌다. 내 꼴에 계집을 가로채서는 어떡할 작정이었누 하고 어리석은 꼬락서니를 모질게 책망하는 마음도 한편에 있었다. 그러기 때문에 얼마나 지난 뒤인지 동이가 헐레벌떡거리며 황급히 부르러 왔을 때에는 마시던 잔을 그 자리에 던지고 정신없이 허덕이며 충줏집을 뛰어나간 것이었다.

"생원 당나귀가 바•를 끊구 야단이에요."

"각다귀들 장난이지 필연코."

짐승도 짐승이려니와 동이의 마음씨가 가슴을 울렸다. 뒤를 따라 장판을 달음질하려니 게슴츠레한 눈이 뜨거워질 것 같다.

"부락스런• 녀석들이라 어쩌는 수 있어야죠."

"나귀를 몹시 구는 녀석들은 그냥 두지는 않을걸."

반평생을 같이 지내 온 짐승이었다. 같은 주막에서 잠자고, 같은 달빛에 젖으면서

•동색하는: 얼굴빛이 변하는.
•바: 볏짚이나 삼으로 가닥을 꼬아 굵다랗게 드린 줄.
•부락스런: 말을 잘 듣지 않는.

장에서 장으로 걸어 다니는 동안에 이십 년의 세월이 사람과 짐승을 함께 늙게 하였다. 까스러진 목 뒤 털은 주인의 머리털과도 같이 바스러지고, 개진개진 젖은 눈은 주인의 눈과 같이 눈곱을 흘렸다. 몽당비처럼 짧게 쓸리운 꼬리는 파리를 쫓으려고 기껏 휘저어 보아야 벌써 다리까지는 닿지 않았다. 닳아 없어진 굽을 몇 번이나 도려내고 새 철을 신겼는지 모른다. 굽은 벌써 더 자라나기는 틀렸고 닳아버린 철 사이로는 피가 빼짓이 흘렀다. 냄새만 맡고도 주인을 분간하였다. 호소하는 목소리로 야단스럽게 울며 반겨한다.

어린아이를 달래드키 목덜미를 어루만져 주니 나귀는 코를 벌름거리고 입을 투르르거렸다. 콧물이 튀었다. 허 생원은 짐승 때문에 속도 무던히는 썩였다. 아이들의 장난이 심한 눈치여서 땀 배인 몸뚱어리가 부들부들 떨리고 좀체 흥분이 식지 않는 모양이었다. 굴레가 벗어지고 안장도 떨어졌다. 요 몹쓸 자식들, 하고 허 생원은 호령을 하였으나, 패들은 벌써 줄행랑을 논 뒤요 몇 남지 않은 아이들이 호령에 놀라 비슬비슬 멀어졌다.

"우리들 장난이 아니우. 암놈을 보고 저 혼자 발광이지."

코흘리개 한 녀석이 멀리서 소리를 쳤다.

"고 녀석 말투가."

"김 첨지 당나귀가 가 버리니까 왼통 흙을 차고 거품을 흘리면서 미친 소같이 날뛰는걸. 꼴이 우스워 우리는 보고만 있었다우. 배를 좀 보지."

아이는 앵돌아진 투로 소리를 치며 깔깔 웃었다. 허 생원은 모르는 결에 낯이 뜨거워졌다. 뭇 시선을 막으려고 그는 짐승의 배 앞을 가려 서지 않으면 안 되었다.

"늙은 주제에 암샘•을 내는 셈야, 저놈의 짐승이."

아이의 웃음소리에 허 생원은 주춤하면서 기어코 견딜 수 없어 채찍을 들더니 아이를 쫓았다.

"쫓으려거든 쫓아 보지. 왼손잡이가 사람을 때려."

• 암샘: 수컷이 암컷에게 욕정을 느끼는 행위.

줄달음에 달아나는 각다귀에는 당하는 재주가 없었다. 왼손잡이는 아이 하나도 후릴 수 없다. 그만 채찍을 던졌다. 술기도 돌아 몸이 유난스럽게 화끈거렸다.

"그만 떠나세. 녀석들과 어울리다가는 한이 없어. 장판의 각다귀들이란 어른보다도 더 무서운 것들인걸."

조 선달과 동이는 각각 제 나귀에 안장을 얹고 짐을 싣기 시작하였다. 해가 꽤 많이 기울어진 모양이었다.

드팀전 장돌림을 시작한 지 이십 년이나 되어도 허 생원은 봉평 장을 빼논 적은 드물었다. 충주, 제천 등의 이웃 군에도 가고, 멀리 영남 지방도 헤매기는 하였으나, 강릉쯤에 물건 하러 가는 외에는 처음부터 끝까지 군내를 돌아다녔다. 닷새만큼씩의 장날에는 달보다도 확실하게 면에서 면으로 건너간다. 고향이 청주라고 자랑삼아 말하였으나 고향에 돌보러 간 일도 있는 것 같지는 않았다. 장에서 장으로 가는 길의 아름다운 강산이 그대로 그에게는 그리운 고향이었다. 반날 동안이나 뚜벅뚜벅 걷고 장터 있는 마을에 거지반 가까웠을 때 지친 나귀가 한바탕 우렁차게 울면…… 더구나 그것이 저녁녘이어서 등불들이 어둠 속에 깜박거릴 무렵이면 늘 당하는 것이건만 허 생원은 변치 않고 언제든지 가슴이 뛰놀았다.

젊은 시절에는 알뜰하게 벌어 돈푼이나 모아 본 적도 있기는 있었으나, 읍내에 백중•이 열린 해 호탕스럽게 놀고 투전을 하고 하여 사흘 동안에 다 털어 버렸다. 나귀까지 팔게 된 판이었으나 애끓는 정분에 그것만은 이를 물고 단념하였다. 결국 도로아미타불로 장돌이를 다시 시작할 수밖에는 없었다. 짐승을 데리고 읍내를 도망해 나왔을 때에는 너를 팔지 않기 다행이었다고 길가에서 울면서 짐승의 등을 어루만졌던 것이었다. 빚을 지기 시작하니 재산을 모을 염은 당초에 틀리고 간신히 입에 풀칠을 하러 장에서 장으로 돌아다니게 되었다.

호탕스럽게 놀았다고는 하여도 계집 하나 후려 보지는 못하였다. 계집이란 좀 쌀

• 백중: 음력 7월 보름날. 근래 민간에서는 이날 과실과 음식을 마련하여 먹고 놀았다.

쌀하고 매정한 것이었다. 평생 인연이 없는 것이라고 신세가 서글퍼졌다. 일신에 가까운 것이라고는 언제나 변함없는 한 필의 당나귀였다.

그렇다고는 하여도 꼭 한 번의 첫 일을 잊을 수는 없었다. 뒤에도 처음에도 없는 단 한 번의 괴이한 인연. 봉평에 다니기 시작한 젊은 시절의 일이었으나 그것을 생각할 적만은 그도 산 보람을 느꼈다.

"달밤이었으나 어떻게 해서 그렇게 됐는지 지금 생각해두 도무지 알 수 없어."

허 생원은 오늘 밤도 또 그 이야기를 끄집어내려는 것이다. 조 선달은 친구가 된 이래 귀에 못이 박이도록 들어왔다. 그렇다고 싫증을 낼 수도 없었으나 허 생원은 시침을 떼고 되풀이할 대로는 되풀이하고야 말았다.

"달밤에는 그런 이야기가 격에 맞거든."

조 선달 편을 바라는 보았으나 물론 미안해서가 아니라 달빛에 감동하여서였다. 이지러는 졌으나 보름을 갓 지난 달은 부드러운 빛을 흔붓이 흘리고 있다. 대화까지는 칠십 리의 밤길, 고개를 둘이나 넘고 개울을 하나 건너고 벌판과 산길을 걸어야 된다. 길은 지금 긴 산허리에 걸려 있다. 밤중을 지난 무렵인지 죽은 듯이 고요한 속에서 짐승 같은 달의 숨소리가 손에 잡힐 듯이 들리며, 콩 포기와 옥수수 잎새가 한층 달에 푸르게 젖었다. 산허리는 온통 메밀밭이어서 피기 시작한 꽃이 소금을 뿌린 듯이 흐뭇한 달빛에 숨이 막혀 하얬다. 붉은 대궁이 향기같이 애잔하고 나귀들의 걸음도 시원하다. 길이 좁은 까닭에 세 사람은 나귀를 타고 외줄로 늘어섰다. 방울 소리가 시원스럽게 딸랑딸랑 메밀밭께로 흘러간다. 앞장선 허 생원의 이야기 소리는 꽁무니에 선 동이에게는 확적히는 안 들렸으나 그는 그대로 개운한 제멋에 적적하지는 않았다.

"장 선 꼭 이런 날 밤이었네. 객줏집 토방이란 무더워서 잠이 들어야지. 밤중은 돼서 혼자 일어나 개울가에 목욕하러 나갔지. 봉평은 지금이나 그제나 마찬가지나 보이는 곳마다 메밀밭이어서 개울가가 어디 없이 하얀 꽃이야. 돌밭에 벗어도 좋을 것을, 달이 너무도 밝은 까닭에 옷을 벗으러 물방앗간으로 들어가지 않었나. 이상한 일도 많지. 거기서 난데없는 성 서방네 처녀와 마조쳤단 말이네. 봉평서야 제일가는

일색이었지."

"팔자에 있었나 부지."

아무렴 하고 응답하면서 말머리를 아끼는 듯이 한참이나 담배를 빨 뿐이었다. 구수한 자줏빛 연기가 밤기운 속에 흘러서는 녹았다.

"날 기다린 것은 아니었으나 그렇다고 달리 기다리는 놈팽이가 있은 것두 아니었네. 처녀는 울고 있단 말야. 짐작은 대고 있었으나 성 서방네는 한창 어려워서 들고날 판인 때였지. 한집안 일이니 딸에겐들 걱정이 없을 리 있겠나. 좋은 데만 있으면 시집도 보내련만 시집은 죽어도 싫다지……. 그러나 처녀란 울 때같이 정을 끄는 때가 있을까. 처음에는 놀라기도 한 눈치였으나 걱정 있을 때는 누그러지기도 쉬운 듯해서 이럭저럭 이야기가 되었네……. 생각하면 무섭고도 기막힌 밤이었어."

"제천인지로 줄행랑을 놓은 건 그 다음날이렸다."

"다음 장도막에는 벌써 윈 집안이 사라진 뒤였네. 장판은 소문에 발끈 뒤집혀 고작해야 술집에 팔려 가기가 상수라고 처녀의 뒷공론이 자자들 하단 말이야. 제천 장판을 몇 번이나 뒤졌겠나. 허나 처녀의 꼴은 꿩 궈 먹은 자리야. 첫날밤이 마지막 밤이었지. 그때부터 봉평이 마음에 든 것이 반평생을 두고 다니게 되었네. 평생인들 잊을 수 있겠나."

"수 좋았지. 그렇게 신통한 일이란 쉽지 않어. 항용 못난 것 얻어 새끼 낳고, 걱정 늘고 생각만 해두 진저리나지. ……그러나 늘그막바지까지 장돌뱅이로 지내기도 힘드는 노릇 아닌가. 난 가을까지만 하구 이 생애와두 하직하려네. 대화쯤에 조그만 전방이나 하나 벌이구 식구들을 부르겠어. 사시장철 뚜벅뚜벅 걷기란 여간이래야지."

"옛 처녀나 만나면 같이나 살까…… 난 거꾸러질 때까지 이 길 걷고 저 달 볼 테야."

산길을 벗어나니 큰길로 틔어졌다. 꽁무니의 동이도 앞으로 나서 나귀들은 가로 늘어섰다.

"총각두 젊겠다, 지금이 한창 시절이렷다. 충줏집에서는 그만 실수를 해서 그 꼴이 되었으나 설게 생각 말게."

"처 천만에요. 되려 부끄러워요. 계집이란 지금 웬 제격인가요. 자나 깨나 어머니 생각뿐인데요."

허 생원의 이야기로 실심해한 끝이라 동이의 어조는 한풀 수그러진 것이었다.

"애비 에미란 말에 가슴이 터지는 것도 같았으나 제겐 아버지가 없어요. 피붙이라고는 어머니 하나뿐인걸요."

"돌아가셨나."

"당초부터 없어요."

"그런 법이 세상에."

생원과 선달이 야단스럽게 껄껄들 웃으니 동이는 정색하고 우길 수밖에는 없었다.

"부끄러워서 말하지 않으려 했으나 정말예요. 제천 촌에서 달도 차지 않은 아이를 낳고 어머니는 집을 쫓겨났죠. 우스운 이야기나 그러기 때문에 지금까지 아버지 얼굴도 본 적 없고 있는 고장도 모르고 지내와요."

고개가 앞에 놓인 까닭에 세 사람은 나귀를 내렸다. 둔덕은 험하고 입을 벌리기도 대근하여 이야기는 한동안 끊겼다. 나귀는 건듯하면 미끄러졌다. 허 생원은 숨이 차 몇 번이고 다리를 쉬지 않으면 안 되었다. 고개를 넘을 때마다 나이가 알렸다. 동이 같은 젊은 축이 그지없이 부러웠다. 땀이 등을 한바탕 쪽 씻어 내렸다.

고개 너머는 바로 개울이었다. 장마에 흘러 버린 널다리가 아직도 걸리지 않은 채로 있는 까닭에 벗고 건너야 되었다. 고의를 벗어 띠로 등에 얽어매고 반벌거숭이의 우스꽝스러운 꼴로 물속에 뛰어들었다. 금방 땀을 흘린 뒤였으나 밤 물은 뼈를 찔렀다.

"그래, 대체 기르긴 누가 기르구."

"어머니는 하는 수 없이 의부를 얻어 가서 술장사를 시작했죠. 술이 고주래서 의부라고 전망나니•예요. 철들어서부터 맞기 시작한 것이 하룬들 편한 날 있었을까. 어머니는 말리다가 채이고 맞고 칼부림을 당하곤 하니 집 꼴이 무어겠소. 열여덟 살 때 집을 뛰어나와서부터 이 짓이죠."

"총각 낫세론 심이 무던하다고 생각했드니 듣고 보니 딱한 신세로군."

물은 깊어 허리까지 채였다. 속 물살도 어지간히 세인데다가 발에 채이는 돌멩이도 미끄러워 금시에 휩칠 듯하였다. 나귀와 조 선달은 재빨리 거의 건넜으나 동이는 허 생원을 붙드느라고 두 사람은 훨씬 떨어졌다.

"모친의 친정은 원래부터 제천이었든가?"

"웬걸요, 시원스리 말은 안 해 주나 봉평이라는 것만은 들었죠."

"봉평. 그래 그 아비 성은 무엇인구."

"알 수 있나요. 도모지 듣지를 못했으니까."

그 그렇겠지, 하고 중얼거리며 흐려지는 눈을 까물까물하다가 허 생원은 경망하

• 전망나니: 돈이라면 사족을 못 쓰고 못된 짓을 하는 사람을 가리키는 말.

게도 발을 빗디뎠다. 앞으로 고꾸라지기가 바쁘게 몸째 풍덩 빠져 버렸다. 허우적거릴수록 몸을 건잡을 수 없어 동이가 소리를 치며 가까이 왔을 때에는 벌써 퍽이나 흘렀었다. 옷째 쫄딱 젖으니 물에 젖은 개보다도 참혹한 꼴이었다. 동이는 물속에서 어른을 해깝게 업을 수 있었다. 젖었다고는 하여도 여윈 몸이라 장정 등에는 오히려 가벼웠다.

"이렇게까지 해서 안됐네. 내 오늘은 정신이 빠진 모양이야."

"염려하실 것 없어요."

"그래, 모친은 아비를 찾지는 않는 눈치지."

"늘 한번 만나고 싶다고는 하는데요."

"지금 어디 계신가."

"의부와도 갈라져 제천에 있죠. 가을에는 봉평에 모셔 오려고 생각 중인데요. 이를 물고 벌면 이럭저럭 살아갈 수 있겠죠."

"아무렴, 기특한 생각이야. 가을이랬다."

동이의 탐탁한 등어리가 뼈에 사무쳐 따뜻하다. 물을 다 건넜을 때에는 도리어 서글픈 생각에 좀 더 업혔으면도 하였다.

"진종일 실수만 하니 웬일이오, 생원."

조 선달은 바라보며 기어코 웃음이 터졌다.

"나귀야. 나귀 생각하다 실족을 했어. 말 안 했던가. 저 꼴에 제법 새끼를 얻었단 말이지. 읍내 강릉집 피마•에게 말일세. 귀를 쫑긋 세우고 달랑달랑 뛰는 것이 나귀 새끼같이 귀여운 것이 있을까. 그것 보러 나는 일부러 읍내를 도는 때가 있다네."

"사람을 물에 빠치울 젠 딴은 대단한 나귀 새끼군."

허 생원은 젖은 옷을 웬만큼 짜서 입었다. 이가 덜덜 갈리고 가슴이 떨리며 몹시도 추웠으나 마음은 알 수 없이 둥실둥실 가벼웠다.

• 피마: 다 자란 암말.

"주막까지 부지런히들 가세나. 뜰에 불을 피우고 훗훗이 쉬어. 나귀에겐 더운물을 끓여 주고. 내일 대화 장 보고는 제천이다."

"생원도 제천으로."

"오래간만에 가 보고 싶어. 동행하려나, 동이."

나귀가 걷기 시작하였을 때 동이의 채찍은 왼손에 있었다. 오랫동안 아둑시니•같이 눈이 어둡던 허 생원도 요번만은 동이의 왼손잡이가 눈에 띄지 않을 수 없었다.

걸음도 해깝고 방울 소리가 밤 벌판에 한층 청청하게 울렸다.

달이 어지간히 기울어졌다.

《조광》(1936)

•아둑시니: '어둠의 귀신'을 뜻하는 방언으로, '눈이 어두워 사물을 제대로 분간하지 못하는 사람'을 가리킴.

화수분 | 전영택

1

첫 겨울 추운 밤은 고요히 깊어 간다. 뒤뜰 창 바깥에 지나가는 사람 소리도 끊어지고, 이따금 찬바람 부는 소리가 '휙 — 우수수' 하고 바깥의 춥고 쓸쓸한 것을 알리면서 사람을 위협하는 듯하다.

"만주노 호야 호오야."

길게 그리고도 힘없이 외치는 소리가 보지 않아도 추워서 수그리고 웅크리고 가는 듯한 사람이 몹시 처량하고 가엾어 보인다. 어린애들은 모두 잠들고 학교 다니는 아이들은 눈에 졸음이 잔뜩 몰려서 입으로만 소리를 내어 글을 읽는다. 나는 누워서 손만 내놓아 신문을 들고 소설을 보고, 아내는 이불을 들쓰고 어린애 저고리를 짓고 있다.

"누가 우나?"

일하던 아내가 말하였다.

"아니야요. 그 절름발이가 지나가며 무슨 소리를 지껄이면서 그러나 보아요."

공부하던 애가 말한다. 우리들은 잠시 그 소리를 들으려고 귀를 기울였으나, 다시 각각 그 하던 일을 계속하여 다시 주의도 하지 아니하였다. 그러다가 우리는 모두 잠이 들어 버렸다.

나는 자다가 꿈결같이 '으으으으으으' 하는 소리를 들었다. 잠깐 잠이 반쯤 깨었으나 다시 잠들었다. 잠이 들려고 하다가 또 깜짝 놀라서 깨었다. 그리고 아내에게 물었다.

"저게 누가 울지 않소?"

"아범이구려."

나는 벌떡 일어나서 귀를 기울였다. 과연 아범의 우는 소리다. 행랑에 있는 아범의 우는 소리다.

'어찌하여 우는가. 사나이가 어찌하여 우는가. 자기 시골서 무슨 슬픈 상사(喪事)의 기별을 받았나? 무슨 원통한 일을 당하였나?' 나는 생각하였다. 어이 어이 느껴 우는 소리를 들으면서 아내에게 물었다.

"아범이 왜 울까?"

"글쎄요, 왜 울까요?"

2

아범은 금년 9월에 그 아내와 어린 계집애 둘을 데리고 우리 집 행랑방에 들었다. 나이는 한 서른 살쯤 먹어 보이고 머리에 상투가 그냥 달라붙어 있고, 키가 늘씬하고 얼굴은 기름하고 누르퉁퉁하고, 눈은 좀 큰데 사람이 퍽 순하고 착해 보였다. 주인을 보면 어느 때든지 그 방에서 고달픈 몸으로 밥을 먹다가도 얼른 일어나서 허리를 굽혀 절한다. 나는 그것이 너무 미안해서 그러지 말라고 이르려고 하면서 늘 그냥 지내었다. 그 아내는 키가 자그마하고 몸이 똥똥하고, 이마가 좁고 항상 입을 다물고 아무 말이 없다. 적은 돈은 회계할 줄을 알아도 원이나 백 냥 넘는 돈은 회계할 줄을 모른다.

그리고 어멈은 날짜 회계할 줄을 모른다. 그러기에 저 낳은 아이들의 생일을 아범이 그 전날 내일이 생일이라고 일러 주지 않으면 모른다고 한다. 그러나 결코 속일 줄을 모르고, 무슨 일이든지 하라는 대로 하기는 하나 얼른 대답을 시원히 하지 않고, 꾸물꾸물 오래 하는 것이 흠이다. 그래도 아침에는 일찍이 일어나서 기름을 발라 머리를 곱게 빗고, 빨간 댕기를 드려 쪽을 찌고 나온다.

그들에게는 지금 입고 있는 단벌 홑옷과 조그만 냄비 하나밖에 아무 것도 없다. 세간도 없고, 물론 입을 옷도 없고 덮을 이부자리도 없고, 밥 담아 먹을 그릇도 없고 밥 먹을 숟가락 한 개가 없다. 있는 것이라고는 보기 싫게 생긴 딸 둘과 작은 애를 업는 홑누더기와 띠, 아범이 벌이하는 지게가 하나 — 이것뿐이다. 밥은 우선 주인집에서 내어간 사발과 숟가락으로 먹고, 물은 역시 주인집 어린애가 먹고 비운 가루 우유통을 갖다가 떠먹는다.

아홉 살 먹은 큰 계집애는 몸이 좀 뚱뚱하고 얼굴은 컴컴한데, 이마는 어미 닮아서 좁고, 볼은 애비 닮아서 축 늘어졌다. 그리고 이르는 말은 하나도 듣는 법이 없다. 그 어미가 아무리 욕하고 때리고 하여도 볼만 부어서 까딱없다. 도리어 어미를 욕한다. 꼭 서서 어미보고 눈을 부르대고 "조 깍쟁이가 왜 야단이야." 하고 욕을 한다. 먹을 것이 생기면 자식 먹이고 남편 대접하고, 자기는 늘 굶는 어미가 헛입 노릇이라도 하는 것을 보게 되면 "저 망할 계집년이 무얼 혼자만 처먹어?" 하고 욕을 한다. 다만 자기 어미나 아비의 말을 아니 들을 뿐 아니라, 주인 마누라나 주인 나리가 무슨 말을 일러도 아니 듣는다. 먼 데 있는 것을 가까이 오게 하려면 손수 붙들어 와야 하고, 가까이 있는 것을 비키게 하려면 붙들어다 치워야 한다.

다음에 작은 계집애는 돌을 지나 세 살 먹은 것인데, 눈이 커다랗고 입술이 삐죽 나오고, 걸음은 겨우 빼뚤빼뚤 걷는다. 그러나 여태 말도 도무지 못하고, 새벽부터 하루 종일 붙들어 매어 끌려가는 돼지 소리 같은 크고 흉한 소리를 내어 울어서 해를 보낸다.

울지 않는 때라고는 먹는 때와 자는 때뿐이다. 그러나 먹기는 썩 잘 먹는다. 먹을 것이라고 눈앞에 보이기만 하면 죄다 빼앗아다가 두 다리 사이에 넣고, 다리와 팔로 웅크리고 '웅웅' 소리를 내면서 혼자서 먹는다. 그렇게 심술 사나운 큰 계집애도 다 빼앗기고 졸연(猝然)• 해서 얻어먹지 못한다. 이렇기 때문에 작은 것은 늘 어미 뒷잔등에 업혀 있다. 만일 내려놓아 버려두면 그냥 땅바닥을 벗은 몸으로 두 다리를 턱

• 졸연: 갑작스럽게.

내뻗치고, 묶여 가는 돼지 소리로 동리가 요란하도록 냅다 지른다.

그래서 어멈은 밤낮 작은 것을 업고 큰 것과 싸움을 하면서 얻어먹지도 못하고, 물 긷고 걸레질 치고 빨래하고 서서 돌아간다. 작은 것에게는 젖을 먹이고, 큰 것의 욕을 먹고 성화받고, 사나이에게 '웅얼웅얼' 하는 잔말을 듣는다. 밥 지을 쌀도 없는데, 밥 안 짓는다고 욕을 한다. 그리고 아범은 밝기도 전에 지게를 지고 나갔다가 밤이 어두워서 들어오지만 하루에 두 끼니를 못 끓여 먹고, 대개는 벌이가 없어서 새벽에 나갔다가도 오정때나 되면 일찍 들어온다. 들어와서는 흔히 잔다. 이런 때는 온종일 그 이튿날 아침까지 굶는다. 그때마다 말 없던 어멈이 옹알옹알 바가지 긁는 소리가 들린다. 어멈이 그 애들 때문에 그렇게 애쓰고, 그들의 살림이 그렇게 어려운 것을 보고, 나는 이따금 이렇게 생각하였다.

아내에게 말도 한다.

"저 애들을 누구를 주기나 하지."

위에 말한 것은 아범과 그 식구의 대강한 정형이다. 그러나 밤중에 그렇게 섧게 운 까닭은 무엇인가?

3

그 이튿날 아침이다. 마침 일요일이기 때문에 내게는 한가한 틈이 있어서 어멈에게서 그 내용을 들을 기회가 있었다.

"지난밤에 아범이 왜 그렇게 울었나?"
하는 아내의 말에 어멈의 대답은 대강 이러하였다.

"어멈이 늘 쌀을 팔러 댕겨서 저 뒤의 쌀가게 마누라를 알지요. 그 마누라가 퍽 고맙게 굴어서 이따금 앉아서 이야기도 했어요. 때때로 '그 애들을 데리고 어떻게나 지내나.' 하고 물어요. 그럴 적마다 '죽지 못해 살지요.' 하고 아무 말도 아니 했어요. 그러는데 한번은 가니까 큰 애를 누구를 주면 어떠냐고 그래요. 그래서 '제가 데리고 있다가 먹이면 먹이고 죽이면 죽이고 하지, 제 새끼를 어떻게 남을 줍니까? 그리고 워낙 못생기고 아직 철이 없어서 에미 애비나 기르다가 죽이더래도 남은 못 주어요. 남이 가져갈 게 못 됩니다. 그것을 데려가시는 댁에서는 길러 무엇합니까. 돼지면 잡아나 먹지요.' 하고 저는 줄 생각도 아니 했어요. 그래도 그 마누라는 '어린 것이 다 그렇지 어떤가. 어서 좋은 댁에서 달라니 보내게. 잘 길러 시집보내 주신다네. 그리고 젊은이들이 벌어먹고 살아야지. 애들을 다 데리고 있다가 인제 차차 날도 추워 오는데 모두 한꺼번에 굶어 죽지 말고……' 하시면서 여러 말로 대구 권하셔요. 말을 들으니까 그랬으면 좋을 듯도 하기에 '그럼 저의 아범 보고 말을 해 보지요.' 했지요. 그랬더니 그 마누라가 부쩍 달라 붙어서 '내일 그 댁 마누라가 우리 집으로 오실 터이니 그 애를 데리고 오게.' 하셔요. 해서 저는 '글쎄요.' 하고 돌아왔지요. 돌아와서 그 날 밤에, 그제 밤이올시다. 그젯밤 아니라 어제 아침이올시다. 요새 저는 정신이 하나 없어요. 그래 밤에는 들어와서 반찬 없다고 밥도 안 먹고, 곤해서 쓰러져 자길래 그런 말을 못 하고, 어제 아침에야 그 이야기를 했지요. 그랬더니 '내가 아나, 임자 마음대로 하게 그려.' 그리고 일어서 지게를 지고 나가 버리겠지요. 그러고는 저 혼자서 온종일 이리저리 생각을 해 보았지요. 아무러나 제 자식을 남을 주고 싶지는 않지만 어떻게 합니까. 아씨 아시듯이 이제 새끼 또 하나 생깁니다그려. 지금도 어려운데 어떻게 둘씩 셋씩 기릅니까. 그래서 차마 발길이 안 나가는 것을 오정 때가 되어서 데리고 갔지요. 짐승 같은 계집애는 아무런 것도 모르고 따라나서요. 앞서 가는 것을 뒤로 보면서 생각을 하니까 어째 마음이 안 되었어요."
하면서 어멈은 울먹울먹한다. 눈물이 핑 돈다.

"그런 것을 데리고 갔더니 참말 알지 못하는 마누라님이 앉아 계셔요. 그 마누라가 이걸 호떡이라 군밤이라 감이라 먹을 것을 사다 주면서, 나하고 우리 집에 가 살자. 이쁜 옷도 해 주고 맛난 밥도 먹고 좋지, 나하고 가자 가자. 하시니까 이것은 먹기에 미쳐서 대답도 아니 하고 앉았어요.

이 말을 들을 때에 나는 그 계집애가 우리 마루 끝에 서서 우리 집 어린애가 감 먹는 것을 바라보다가, 내비린 감꼭지를 쳐다보면서 집어 가지고 나기던 것이 생각났다.

어멈은 다시 이야기를 이어,

"그래, 제가 어쩌나 볼려고, '그럼 너 저 마님 따라가 살련? 나는 집에 갈 터이니.' 했더니 저는 본체만체하고 머리를 끄떡끄떡해요. 그래도 미심해서 '정말 갈 테야. 가서 울지 않을 테야?' 하니까, 저를 한 번 흘끗 노려보더니, '그래, 걱정 말고 가요.' 하겠지요. 하도 어이가 없어서 내버리고 집으로 돌아왔지요. 그러고 돌아와서 저 혼자 가만히 생각하니까, 아범이 또 무어라고 할는지 몰라 어째 안 되었어요. 그래, 바삐 아범이 일하러 댕기는 데를 찾아갔지요. 한 번 보기나 하랄려고, 염춘교 다리로 남대문통으로 아무리 찾아야 있어야지요. 몇 시간을 애써 찾아댕기다가 할 수 없이 그 댁으로 도루 갔지요. 갔더니 계집애도 그 마누라도 벌써 떠나가 버렸겠지요. 그 댁 마님 말씀이 저녁 여섯 시 차에 광핸지 광한지로 떠났다고 하셔요. 가시면서 보고 싶으면 설 때에나 와 보고 와 살려면 농사짓고 살라고 하셨대요. 그래, 하는 수가 있습니까. 그냥 돌아왔지요. 와서 아무 생각이 없어서 아범 저녁 지어 줄 생각도 아니 하고 공연히 밤에 나가서 왔다갔다 돌아댕기다가 들어왔지요. 저는 눈물도 안 나요. 그러다가 밤에 아범이 들어왔기에 그 말을 했더니, 아무 말도 아니하고 그렇게 통곡을 했답니다. 저녁도 안 먹고 우는 것이 가이없기에 좁쌀 한 줌 있던 것 끓이고, 댁에서 주신 찬밥, 어린 것 먹다가 남은 것을 먹으라고 했더니 그것도 아니 먹고 돌아앉아서 그렇게 울었답니다. 여북하면 제 자식을 꿈에도 보두 못하던 사람에게 주겠어요. 할 수가 없어서 그렇지요. 집에 두고 굶기는 것보다 나을까 해서 그랬지요. 아범이 본래를 저렇게는 못 살지는 않았답니다. 저희 아버지 살았을 때는 벼 백 석이나 하고, 삼 형제가 양평 시골서 남부럽지 않게 살았답니다. 이름들도 모두 좋지요. 맏형은 '장자'요, 둘째는 '거부'요, 아범이 셋짼데 '화수분'이랍니다. 그런 것이 제가 간 후부터 시아버님이 돌아가시고, 그리고 맏아들이 죽고, 농사 밑천인 소 한 마리를 도적맞고 하더니, 차차 못 살게 되기 시작해서 종내 저렇게 거지가 되었답니다. 지금도 시골 큰댁엘 가면 굶지나 아니할 것을 부끄럽다고 저러고 있지요. 사내 못생긴 건 할 수가 없어요."

우리는 이제야 비로소 아범이 어제 울던 까닭을 알았고, 이때에 나는 비로소 아범의 이름이 '화수분'인 것을 알았고, 양평 사람인 줄로 알았다.

4

그런 지 며칠이 지난 어느 날 아침이다. 화수분은 새 옷을 입고 갓을 쓰고, 길 떠날 행장을 차리고 안으로 들어온다. 그것을 보니까 지난밤에 아내에게서 들은 말이 생각난다. 시골 있는 형 '거부'가 일하다가 발을 다쳐서 일을 못 하고 누워 있기 때문에 가뜩이나 흉년인데다가 일을 못 해서 굶어 죽을 지경이니, 아범을 오라고 하니 가 보아야 하겠다는 말을 듣고, 나는 '가 보아야겠군.' 하니까, 아내는 '김장이나 해 주고 가야 할 터인데.' 하기에, '글쎄, 그럼 그렇게 이르지.' 한 일이 있었다. 아범은 뜰에서 허리를 한 번 굽히고 말한다.

"나리, 댕겨오겠습니다. 제 형이 일하다가 도끼로 발을 찍어서 일을 못 하고 누웠다니까 가 보아야겠습니다. 가서 추수나 해 주고는 곧 오겠습니다. 거저 나리 댁만 믿고 갑니다."

나는 어떻게 대답했으면 좋을지 몰라서,

"잘 댕겨오게."

하였다.

아범은 다시 한 번 절을 하고,

"안녕히 계십시오."

하면서 돌아서 나갔다.

"저렇게 내버리고 가면 어떡합니까? 우리도 살기 어려운데 어떻게 불 때 주고 먹이고 입히고 할 테요? 그렇게 곧 오겠소?"

이렇게 걱정하는 아내의 말을 듣고 나는 바삐 나가서 화수분을 불러서,

"곧 댕겨오게, 겨울을 나서는 안 되네."

하였다.

"암 댕겨옵지요."

화수분은 뒤를 돌아보고 이렇게 대답을 하고 달아난다.

5

화수분은 간 지 일주일이 되고 열흘이 되고 보름이 지나도 아니 온다. 어멈은 아범이 추수해서 쌀말이나 가지고 돌아오기를 밤낮 기다려도 종내 오지 아니하였다. 김장때가 다 지나고 입동이 지나고 정말 추운 겨울이 되었다. 하루 저녁은 바람이 몹시 불고, 그 이튿날 새벽에는 하얀 눈이 펑펑 내려 쌓였다.

아침에 어멈이 들어와서 화수분의 동네 이름과 번지 쓴 종이 조각을 내어 놓으면서, 오지 않으면 제가 가겠다고, 편지를 달라고 하기에 곧 써서 부쳐까지 주었다.

그 다음 날부터는 며칠 동안 날이 풀려서 꽤 따뜻하였다. 그래도 화수분의 소식은 없다. 어멈은 본래 어린애가 달려서 일을 잘 못 하는데다가, 다릿병이 있어 다리를 잘 못 쓰고, 더구나 며칠 전에 손가락을 다쳐서 일을 하지 못하는 것을 퍽 미안하게 생각한다.

그리고 추운 겨울에 혼자 살아갈 길이 막연하여, 종내 아범을 따라 시골로 가기로 결심을 한 모양이다.

"그만, 아씨, 시골로 가겠습니다."

"몇 리나 되나?"

"몇 린지 사나이들은 일찍 떠나면 하루에 간다고 해두, 저는 이틀에나 겨우 갈걸요."

"혼자 가겠나?"

"물어 가면 가기야 가지요."

아내와 이런 문답이 있은 다음 날 아침, 바람 몹시 불고 추운 날 아침에 어멈은 어린 것을 업고 돌아볼 것도 없는 행랑방을 한 번 돌아보면서 아창아창 떠나갔다.

그날 밤에도 몹시 추웠다. 우리는 문을 꼭꼭 닫고 문틈을 헝겊으로 막고 이불을 둘씩 덮고 꼭꼭 붙어서 일찍 잤다.

나는 자면서 '잘 갔나, 얼어 죽지나 않았나.' 하는 생각이 났다.

화수분도 가고, 어멈도 하나 남은 어린 것을 업고 간 뒤에는 대문간은 깨끗해지고 시꺼먼 행랑방 방문은 닫혀 있었다. 그리고 우리 집에는 다시 행랑 사람도 안 들이고 식모도 아니 두었다. 그래서 몹시 추운 날, 아내는 손수 어린 것을 등에 지고 이웃집의 우물에 가서 배추와 무를 씻어서 김장을 대강 하였다. 아내는 혼자서 김장을 하면서 눈물을 흘리고 어멈 생각을 하였다.

6

김장을 다 마친 어떤 날, 추위가 풀려서 따뜻한 날 오후에, 동대문 밖에 출가해 사는 동생 S가 오래간만에 놀러 왔다. S에게 비로소 화수분의 소식을 듣고 우리는 놀랐다. 그들은 본래 S의 시댁에서 천거해 보낸 것이다. 그 소식은 대강 이렇다.

화수분이 시골 간 후에, 형 거부는 꼼짝 못 하고 누워 있기 때문에, 형 대신 겸 두 사람의 일을 하다가 몸이 지쳐 몸살이 나서 넘어졌다. 열이 몹시 나서 정신없이 앓았다. 정신없이 앓으면서도 귀동이(서울 강화 사람에게 준 큰 계집애)를 부르고 늘 울었다.

"귀동아, 귀동아, 어델 갔니? 잘 있니……."

그러다가는 흐득흐득 느끼면서,

"그렇게 먹고 싶어 하는 사탕 한 알 못 사 주고 연시 한 개 못 사 주고……."
하고 소리를 내어 '어이어이' 운다.

그럴 때에 어멈의 편지가 왔다. 뒷집 기와집 진사 댁 서방님이 읽어 주는 편지 사연을 듣고,

"아이구 옥분아(작은 계집애 이름), 옥분이 에미!"
하고 또 '어이어이' 운다. 울다가 펄떡 일어나서 서울서 넝마전에서 사 입고 간 새 옷을 입고 갓을 썼다. 집안사람들이 굳이 말리는 것을 뿌리치고 화수분은 서울을 향하여 어멈을 데리러 떠났다. 싸리문 밖에를 나가 화수분은 나는 듯이 달아났다.

화수분은 양평서 오정이 거의 되어서 떠나서, 해져 갈 즈음 해서 백 리를 거의 와서 어떤 높은 고개를 올라섰다. 칼날 같은 바람이 뺨을 친다. 그는 고개를 숙여 앞을 내려다보다가, 소나무 밑에 희끄무레한 사람의 모양을 보았다. 그것을 곧 달려가 보았다. 가 본즉 그것은 옥분과 그의 어머니다. 나무 밑 눈 위에 나뭇가지를 깔

고, 어린 것 업는 헌 누더기를 쓰고 한 끝으로 어린 것을 꼭 안아 가지고 웅크리고 떨고 있다. 화수분은 왁 달려들어 안았다. 어멈은 눈은 떴으나 말은 못 한다. 화수분도 말을 못 한다. 어린 것을 가운데 두고 그냥 껴안고 밤을 지낸 모양이다.

이튿날 아침에 나무장수가 지나다가, 그 고개에 젊은 남녀의 껴안은 시체와, 그 가운데 아직 막 자다 깨인 어린애가 등에 따뜻한 햇볕을 받고 앉아서, 시체를 툭툭 치고 있는 것을 발견하여 어린 것만 소에 싣고 갔다.

《조선문단》(1925)

우리들의 일그러진 영웅 | 이문열

(전략)

그때껏 서울에서 내가 겪었던 급장들은 하나같이 힘과는 거리가 멀었다. 집안이 넉넉하거나 운동을 잘해 거기서 얻은 인기로 급장이 되는 수도 있었으나 대개는 성적순으로 급장 부급장이 결정되었고, 그 역할도 급장이란 직책이 가지는 명예를 빼면 우리와 선생님 사이의 심부름꾼에 가까웠다. 드물게 힘까지 센 아이가 있어도 그걸로 아이들을 억누르거나 부리려고 드는 법은 거의 없었다. 다음 선거가 있을 뿐만 아니라, 아이들도 그런 걸 참아 주지 않는 까닭이었다. 그런데 나는 그날 새로운 성질의 급장을 만나게 된 것이었다.

"급장이 부르면 다야? 급장이 부르면 언제든 달려가서 대령해야 하느냐구?"

그래도 나는 서울내기다운 강단으로 마지막 저항을 해 보았다. 그때 알 수 없는 일이 벌어졌다. 그런 말이 떨어지자마자 구경하고 있던 아이들이 갑자기 큰 소리로 웃어댔다. 내가 무슨 바보 같은 소리를 했다는 듯, 그때껏 나를 을러대던 두 녀석과 엄석대까지를 포함한 쉰 몇 명 모두가 홍소(哄笑)•였다. 나는 어리둥절했다. 겨우 정신을 가다듬어 내가 한 말 어디가 그들을 웃게 만들었는지를 생각해 보고 있는데 미화부장이라는 녀석이 웃음을 참으며 물었다.

• 홍소: 입을 크게 벌리고 웃거나 떠들썩하게 웃음. 또는 그 웃음.

"그럼, 급장이 부르는데 안 가? 어디 학교야? 어디서 왔어? 너희 반에는 급장도 없었어?"

그런데 그 무슨 어이없는 의식의 굴절이었을까. 나는 문득 무엇인가 큰 잘못을 하고 있다는 느낌, 특히 담임선생님이 부르시는데 뻗대고 있었던 것과 흡사한 착각이 일었다. 어쩌면 그때까지도 멈춰지지 않고 있던 아이들의 왁자한 웃음에 압도된, 굴종에의 미필적 고의(未必的故意) 섞인 착각이었는지도 모르겠다.

내가 머뭇머뭇 그에게 다가가자 엄석대는 그동안의 웃음을 사람 좋아 뵈는 미소로 바꾸며 물었다.

"나한테 잠깐 오기가 그렇게도 힘들어?"

목소리도 전과 달리 정이 뚝뚝 묻어나는 듯했다. 나는 그 너그러움에 하마터면 감격해 펄쩍 뛰며 머리를 저을 뻔했다. 의식 밑바닥으로 가라앉기는 해도 아직은 나를 강하게 지배하고 있는 어떤 거부감이 겨우 그런 채신머리없는 짓거리를 막아 주었다.

엄석대는 확실히 놀라운 아이였다. 그는 잠깐 동안에 내가 그에게 억지로 끌려갔다는 느낌을 깨끗이 씻어 주었을 뿐만 아니라 내가 담임선생님에게 품었던 야속함까지도 풀어 주었다.

"서울 무슨 국민학교랬지? 얼마나 커? 물론 우리 학교와는 댈 수 없을 만큼 좋겠지?"

먼저 그렇게 물어 주어 3학년은 스무 반도 넘고 육십 년 가까운 전통이 있으며 그해 입시에서는 경기중학교(京畿中學校)만도 구십 명이나 들어간 서울의 학교를 자랑할 수 있게 해주었다.

"공부는 어땠어? 거기서 몇 등이나 했지? 다른 건 뭘 잘해?"

그렇게 물어 줌으로써 내가 4학년 때 국어 과목에서 우등상을 탄 것이며(그때 이미 그 학교는 과목별로 우등상을 주었다), 또한 그 전해 가을 경복궁에서 열린 어린이 미술대회에서 특선한 걸 자연스럽게 자랑할 수 있도록 해주었다.

그것만도 아니었다. 마치 내 속을 읽었기나 한 듯 석대는 내 아버지의 직업과 우리 집안의 살림살이도 물어 주었다. 그 덕분에 나는 또한 특별히 내세운다는 느낌을 아이들에게 주지 않고도 군청에서 군수 다음가는 자리에 있는 내 아버지와 라디오가 있고 시계는 기둥 시계까지 셋이나 되는 우리집의 넉넉함을 아이들 앞에 드러낼 수 있었다.

"좋오아 — 그럼……."

이런저런 얘기를 다 듣고 난 엄석대는 어른처럼 팔짱을 끼고 무언가를 생각하는 눈치더니 제 줄 앞의 앞에 자리를 가리키며 말했다.

"너는 저기 앉도록 해. 저게 네 자리야."

그 갑작스런 지시에 나는 약간 정신이 들었다.

"선생님이 저기 앉으라고 하셨는데……."

문득 되살아나는 서울에서의 기억으로 그렇게 대꾸했지만, 얼마 전의 투지는 되살아나지 않았다. 엄석대는 내 말을 못 들은 척 넘어갔다.

"어이, 김영수, 여기 이 한병태와 자리 바꿔."

석대가 그 자리에 앉았던 아이에게 그렇게 말하자 그 아이는 두말없이 책가방을 챙겼다. 그 아이의 철저한 복종이 다시 묘한 힘으로 나를 몰아, 잠시 머뭇거린 것으로 저항에 갈음하고 나도 자리를 옮겼다.

(중략)

아마도 그 해 12월 초순의 일이었던 걸로 기억된다. 일제 고사를 친 날이었는데, 시험을 공정하게 보인다는 뜻에서 이례적으로 자리를 막 뒤섞는 바람에 내 곁에는 박원하라는 공부 잘하는 아이가 앉게 되었다. 여러 과목 중에서도 특히 산수가 뛰어난 아이로 석대와 가깝기로도 열 손가락 안에 들었다. 언제나 산수가 모자라 걱정인 내게는 그 아이가 내 곁에 앉은 게 든든하게 느껴졌다.

그런데 두 시간째 산수 시험 기간이 되어 나는 우연히 박원하가 이상한 짓을 하는 걸 보게 되었다. 응용문제 하나가 막힌 내가 꼭 커닝을 하겠다는 뜻에서라기보다 그 애는 답을 썼나 안 썼나가 궁금해 힐끗 훔쳐보니, 이미 답안지를 다 채운 그 애가 이름을 지우개로 지우고 있었다. 나는 문득 수상쩍은 느낌이 들었다. 답이야지웠다 새로 쓰는 수도 있지만 자기 이름을 잘못 써서 지우는 수는 없었기 때문이었다.

그 바람에 나는 시간이 얼마 안 남았다는 것도 잊고 박원하가 하는 짓을 유심히 살폈다. 그 애는 힐끔힐끔 시험 감독을 나온 딴 반(班) 담임을 훔쳐보며 방금 말끔히 지운 곳에 얼른 이름을 다 써넣었는데 놀랍게도 그 이름은 엄석대의 것이었다. 이름을 써넣고야 겨우 여유를 찾은 그 애가 사방을 슬그머니 돌아보다 나와 눈이 마주치자 찔끔했다. 그러나 그 눈꼬리에 곧 웃음기가 비치는 게 나를 경계하거나 두려워하는 것 같지는 않았다.

"너 아까 뭘 했니?" 쉬는 시간이 되자마자 나는 박원하에게 가만히 물어 보았다. 원하가 비실비실 웃으며 대답했다.

"이번에는 산수가 내 차례였어."

"산수가 네 차례라니? 그럼 다른 과목도 누가 그러는 거야?"

나는 놀랍고도 어이없어 다시 그렇게 물었다. 박원하가 잠깐 사방을 둘러보더니 소리를 낮춰 말했다.

"몰랐어? 지난 시간 국어 시험은 아마도 황영수가 했을걸."

"뭐야? 그럼 너희들은……."

"엄석대의 점수를 받는 거지 뭐. 너는 미술을 대신 그려 주니까 눈치 봐서 두 장을 그려 내면 되지만 시험은 그게 안 되잖아? 석대하고 점수를 바꾸는 수밖에……."

그제서야 나는 엄석대가 그토록 놀라운 평균 점수를 얻어 내는 비결을 알아차렸다. 내가 별 생각 없이 그려 준 그림도 사실은 석대의 전 과목 수(秀)를 돕고 있었다는 것도.

"전 과목 모두 시험마다 그래?"

나는 놀란 가슴을 진정시키며 다시 물었다. 박원하는 공범자끼리의 은근한 말투로 내가 묻는 대로 숨김없이 대답해 주었다.

"전 과목 모두는 아니야. 대개 두 과목쯤은 제 스스로 공부해 오지, 이번에는 자연과 사회만 진짜 엄석대의 실력이야. 그러나 시험마다 그 과목도 바꾸고 대신 이름을 써 낼 아이도 바뀌."

"그럼, 그 두 과목을 뺀 나머지 시험에서 엄석대가 받은 점수는 어때?"

"한 팔십 점 안팎일 거야."

"그렇다면 이번 산수 시험의 경우 너는 십오 점 이상 손해 보잖아?"

"할 수 없지 뭐. 다른 애들도 다 그러니까. 거기다가 석대는 차례를 공정하게 돌리기 때문에 손해는 모두 비슷해. 따라서 석대만 빼면 우리끼리의 성적순은 실력대로야. 너같이 재수 좋은 애가 우리 앞에 끼어들지 않는다면 말이야."

원하가 우리라고 하는 것은 석대가 특별히 우대하는 예닐곱을 가리키는 말이었다.

공부로는 반에서 가장 윗길인 동아리로 끼어든지 얼마 되지는 않지만 나도 그중의 하나였다.

"그런데…… 아직 석대가 그걸 네게 말해 주지 않았어? 이상한데……."

그 엄청난 비밀이 준 충격으로 멍해 있는 나를 보다가 원하가 갑자기 걱정스런 얼굴이 되어 물었다. 그러다가 이내 스스로를 안심시키듯 덧붙였다.

"뭐, 이제야 말해 줘도 괜찮겠지. 너도 석대의 그림을 대신 그려 주고 있으니까. 그건 미술 실기 시험 대신 쳐 주는 셈이잖아. 거기다가 곧 석대와 시험지를 바꿔야 할지도 모르고 ……."

하지만 그때, 이미 나는 갑작스럽고도 세찬 유혹에 휘말려 제정신이 아니었다.

그 유혹이란 방금 알아낸 이 엄청난 비밀로, 어느 누구도 용서할 리 없는 무서운 비행(非行)의 이 움직일 수 없는 증거로, 이미 끝난 석대와의 싸움을 뒤집어 보자는 것이었다. 담임선생이 아무리 무정하고 성의 없다 해도 석대의 그 같은 비행까지는 묵인하지 않을 것 같았다. 그리하여 석대를 잡기만 한다면 지금껏 그를 두둔해 온 담임선생에게 멋진 앙갚음이 될 뿐만 아니라, 나를 믿지 않고, 윽박지르기만 한 아버지, 어머니에게도 멋진 앙갚음이 될 것이었다. 억눌려 참고는 있어도 실은 괴로워하고 있음에 틀림없는 아이들에게 나는 새로운 영웅으로 떠오를 것이고, 쓰라림으로 포기해야 했던 자유와 합리의 지배가 되살아날 것에 대해서는 나는 분명 가슴 두근거렸다.

그러나 다시 수업 시작을 알리는 종소리가 나고 시험 감독으로 들어온 담임선생의 얼굴을 보게 되면서부터 들떠 있던 내 마음은 조금씩 가라앉기 시작했다. 이미 있는 것은 모두가 심드렁하고 새로움과 변화는 오직 귀찮고 성가실 뿐이라는 듯한 그의 표정에서 라이터 사건 때의 참담한 실패가 떠오른 까닭이었다. 움직일 수 없는 증거를 코앞에 들이대지 않는 한 그의 둔감과 무관심의 벽을 허물 수 있는 일은 아무것도 없을 성싶었다.

거기서 나는 다시 아이들을 돌아보았다. 움직일 수 없는 증거가 돼 줄 수 있는 것은 그들이었으나, 그들이 갑자기 내 편이 되어 그때껏 묵인하고 협조해 오던 석대의 그 같은 비행(非行)을 담임선생에게 밝혀 주리라는 보장 또한 그리 많아 보이지는 않았다. 거기다가, 어떤 의미에서도 그들도 석대의 공범자들이 아닌가. 석대와 힘을 합쳐 담임선생의 공정한 채점을 방해해 오지 않았는가 하는 생각이 들자 나는 더욱 자신이 없어졌다. 그 때 분명히 석대에게 라이터를 빼앗겨 놓고도 담임선생이 묻자 빌려 주었을 뿐이라며 시치미를 떼던 병조의 얼굴이 머릿속에 생생히 떠오르고, 모처럼 석대를 마음 놓고 고발할 기회를 주었건만 오히려 내 자신의 자질구레한 잘못들만 가득 적혀 있던 시험지들이 섬뜩하게 눈앞에 되살아났다.

그때는 이미 두 달 가까이나 맛들인 굴종의 단 열매나 영악스런 타산도 나를 말렸다. 사실 이런저런 어른들 식의 정신적인 허영을 빼면 석대의 질서 아래 있다고 해서 내게 불리할 것은 아무것도 없었다. 이미 말했듯, 나의 끈질기고 오랜 저항은 오히려 훈장이 되어 내게 여러 가지 특전으로 되돌아온 까닭이었다. 어떤 면에서 나는 어린이 자치회와 다수결의 지배를 받았던 서울에서보다 더 많은 자유를 누렸고, 반(班) 아이들에 대한 영향력에서도 서울에서의 내 위치였던 분단장급보다 크면 컸지 적지는 않았다. 성적도 — 석대가 그런 식으로 계속 다른 아이들의 발목을 잡아 주는 게 내게 유리할 수도 있었다. 1등을 넘보지 않는 한 2등은 그리 힘들이지 않고도 내 차지가 될 것이기 때문이었다.

(후략)

《세계의 문학》(1987)

⁝ 소음 공해

| 오정희

집에 돌아오자마자, 뜨거운 물로 샤워를 하고 실내복으로 갈아입었다. 목요일, 심신 장애자 시설에서 자원봉사자로 일하는 날은 몸이 젖은 솜처럼 무겁고 피곤하다. 그래도 뇌성마비나 선천적 기능 장애로 사지가 뒤틀리고 정신마저 온전치 못한 아이들을 씻기고 함께 놀이를 하고 휠체어를 밀어 산책을 시키는 등 시중을 들다 보면, 나를 요구하는 곳에서 시간과 힘을 내어 일한다는 뿌듯함이 있다. 고등학생인 두 아들은 아침에 도시락을 두 개씩 싸 들고 갔으니 밤 11시나 되어야 올 것이고, 남편은 3박 4일의 출장 중이니 날이 저물어도 서두를 일이 없었다. 더욱이 나는 한나절 심신이 지치게 일을 한 뒤라 당당히 휴식을 즐길 권리가 있다. 아이들이 올 때까지의 서너 시간은 오로지 내 시간인 것이다. 아이들은 머리가 커져 치마폭에 감기거나 귀찮게 치대는 일이 없이 "다녀왔습니다." 한마디로 문 닫고 제 방에 들어앉게 마련이지만, 가족들이 집에 있을 때는 아무리 거실이나 방에 혼자 있어도 혼자 있다는 기분을 갖기 어려웠다. 사방 문 열린 방에서 두 손 모아 쥐고 전전긍긍 24시간 대기하고 있는 형국이었다.

거실 탁자의 갓등을 켜고 커피를 진하게 끓여 마시며 슈베르트의 아르페지오네 소나타를 들었다. 첼로의 감미로운 선율이 흐르고, 나는 어슴푸레하고 아득한 공간, 먼 옛날로 돌아가는 듯한 기분에 잠겨 들었다. 몽상과 시와 꿈과 불투명한 미래가 약간은 불안하게, 그러나 기대와 신비한 예감으로 존재하던 시절, 내가 이러한 모습으로 살아가리라는 것은 상상할 수도 없었던 시절로……. 사람이 단돈 몇 푼 잃는 것은 금세 알아도 본질적인 것을 잃어 가는 것에는 무감하다던가? "드르륵드르륵." 눈을 감고 하염없이 소나타의 음률에 따라 흐르던 나는 그 감미롭고 슬픔에 찬 흐름을 압도하며 끼어든 불청객에 사납게 눈을 치떴다. 무거운 수레를 끄는 듯 둔탁한 그 소리는 중년 여자의 부질없는 회한과 감상을 비웃듯 천장 위에서 쉼 없이 들려왔다. 십 분, 이십 분, 초침까지 헤아리며 천장을 노려보다가 나는 신경질적으로 전축을 껐다. 그 사실적이고 무지한 소리에 피아노와 첼로의 멜로디는 이미 소음에 지나지 않았다.

하루 이틀의 일이 아니었다. 위층 주인이 바뀐 이래 한 달 전부터 나는 그 정체 모를 소리에 밤낮없이 시달려 왔다. 진공청소기 소리인가? 운동 기구를 들여 놓았나? 가내 공장을 차렸나? 식구들마다 온갖 추측을 해 보았으나 도시 알 수 없는 일이었다.

"도깨비가 사나 봐요. 롤러스케이트를 타는 도깨비."

아들 녀석이 머리에 뿔을 만들어 보이며 처음에는 시시덕거렸으나, 자정 넘도록 들려오는 그 소리에 나중에는 짜증을 내기 시작했다. 좀체 남의 험구를 하지 않는 남편도

"한 지붕 아래 함께 못 살 사람들이군."

하는 말로 공동생활의 기본적인 수칙을 모르는 이웃을 나무랐다.

일주일을 참다가 나는 인터폰을 들었다. 인터폰으로 직접 위층을 부르거나 면대하지 않고 경비원을 통해 이쪽 의사를 전달하는 간접적인 방법을 택하는 것은 나로서는 자신의 품위와 상대방에 대한 예절을 지키기 위해서였던 것이다. 나는 자주 경비실에 전화를 걸어, 한밤중에 조심성 없이 화장실 물을 내리는 옆집이나 때 없이 두들겨 대는 피아노 소리, 자정 넘어까지 조명등 쳐들고 비디오 찍어 가며 고래고래 악을 써 삼동네•에 잠을 깨우는 함진아비의 행태 따위가 얼마나 교양 없고 몰상식

• 삼동네: 양옆과 앞에 이웃하여 있는 가까운 동네.

한 짓인가, 소음 공해와 공동생활의 수칙에 대해 주의를 줄 것을, 선의의 피해자들을 대변해서 말하곤 했었다.

위층의 소리는 멈추지 않았다. 드르륵거리는 소리에 머리털이 진저리를 치며 곤두서는 것 같았다. 철없고 상식 없는 요즘 젊은 엄마들이 아이들에게 집 안에서 자전거나 스케이트보드 따위를 타게도 한다는데, 아무래도 그런 것 같았다. 인터폰의 수화기를 들자, 경비원의 응답이 들렸다. 내 목소리를 알아채자마자 길게 말꼬리를 늘이며 지레 짚었다. 귀찮고 성가셔 하는 표정이 눈앞에 역력히 떠올랐다.

"위층이 또 시끄럽습니까? 조용히 해 달라고 말씀드릴까요?"

잠시 후 인터폰이 울렸다.

"충분히 주의하고 있으니 염려 마시랍니다."

경비원의 전갈이었다. 염려 마시라고? 다분히 도전적인 저의가 느껴지는 전언이었다. 게다가 드르륵드르륵 소리는 여전하지 않은가? 이젠 한판 싸워 보자는 얘긴가? 나는 인터폰을 들어 다짜고짜 909호를 바꿔 달라고 말했다. 신호음이 서너 차례 울린 후에야 신경질적인 젊은 여자의 응답이 들렸다.

"아래층인데요. 댁이 그런 식으로 말할 건 없잖아요? 나도 참을 만큼 참았다고요. 공동 주택에는 지켜야 할 규칙들이 있잖아요. 난 그 소리 때문에 병이 날 지경이에요."

"여보세요. 난 날아다니는 나비나 파리가 아니에요. 내 집에서 맘대로 움직이지도 못하나요? 해도 너무하시네요. 이틀거리로 전화를 해대시니 저도 피가 마르는 것 같아요. 저더러 어쩌라는 거예요?"

"하여튼 아래층 사람 고통도 생각하시고 주의해 주세요."

나는 거칠게 수화기를 내려놓았다.

"뻔뻔스럽긴. 이젠 순 배짱이잖아?"

소리 내어 욕실을 퍼부어도 화가 가라앉지 않았다. 그렇다고 인제까지 경비원을 사이에 두고 '하랍신다', '하신다더라' 하며 신경전을 펼 수도 없는 일이었다. 화가 날수록 침착하고 부드럽게 처신해야 한다는 것은 나이가 가르친 지혜였다. 지난 겨울 선물로 받은, 아직 쓰지 않은 실내용 슬리퍼에 생각이 미친 것은 스스로도 신통했다. 선물도 무기가 되는 법. 발소리를 죽이는 푹신한 슬리퍼를 선물함으로써 소리를 죽이라는 메시지와 함께, 소리 때문에 고통 받는 내 심정을 간접적으로 나타낼 수 있으리라. 사려 깊고 양식 있는 이웃으로서 공동생활의 규범에 대해 조곤조곤 타이르리라.

위층으로 올라가 벨을 눌렀다. 안쪽에서 "누구세요?" 묻는 소리가 들리고도 십 분 가까이 지나 문이 열렸다. '이웃사촌이라는데 아직 인사도 없이……' 등등 준비했던 인사말과 함께 포장한 슬리퍼를 내밀려던 나는 첫마디를 뗄 겨를도 없이 우두망찰•했다. 좁은 현관을 꽉 채우며 휠체어에 앉은 젊은 여자가 달갑잖은 표정으로 나를 올려다보았다.

"안 그래도 바퀴를 갈아 볼 작정이었어요. 소리가 좀 덜 나는 것으로요. 어쨌든 죄송해요. 도와주는 아줌마가 지금 안 계셔서 차 대접할 형편도 안 되네요."

여자의 텅 빈, 허전한 하반신을 덮은 화사한 빛깔의 담요와 휠체어에서 황급히 시선을 떼며 나는 할 말을 잃은 채 부끄러움으로 얼굴만 붉히며 슬리퍼 든 손을 등 뒤로 감추었다.

《술꾼의 아내》(1993)

• 우두망찰: 정신이 얼떨떨하여 어찌할 바를 모르는 모양.

⁝ 그 여자네 집 | 박완서

지난 여름 작가 회의에서 북한 동포 돕기 시 낭송회를 한 적이 있다. 시인들만 참여하는 줄 알았더니 각계 원로들도 자기가 평소 애송하던 시를 낭송하는 순서가 있다고, 나한테도 한 편 낭송해 달라고 했다. 내가 원로 소리를 듣게 된 것이 당혹스러웠지만, 북한 돕기라는 데 핑계를 둘러대고 빠질 만큼 빤질빤질하지는 못했나 보다. 하겠다고 했다. 그러나 거역할 수 없는 명분보다 더 중요한 것은 낭송하고 싶은 시가 있었다는 게 아니었을까. 그 무렵 나는 김용택의 '그 여자네 집'이라는 시에 사로잡혀 있었다. 김용택은 내가 좋아하는 시인 중의 한 사람일 뿐 가장 좋아하는 시인이라고는 말 못 하겠다. 마찬가지로 '그 여자네 집'이 그의 많은 시 중 빼어난 시에 속하는지 아닌지도 잘 모르겠다.

'그 여자네 집'은 다음과 같다.

가을이면 은행나무 은행잎이 노랗게 물드는 집
해가 저무는 날 먼 데서도 내 눈에 가장 먼저 뜨이는 집
생각하면 그리웁고
바라보면 정다운 집
어디 갔다가 늦게 집에 가는 밤이면
불빛이, 따뜻한 불빛이 검은 산 속에 살아 있는 집

그 불빛 아래 앉아 수를 놓으며 앉아 있을
그 여자의 까만 머릿결과 어깨를 생각만 해도
손길이 따뜻해져 오는 집

살구꽃이 피는 집
봄이면 살구꽃이 하얗게 피었다가
꽃잎이 하얗게 담 너머까지 날리는 집
살구꽃 떨어지는 살구나무 아래로
물을 길어오는 그 여자 물동이 속에
꽃잎이 떨어지면 꽃잎이 일으킨 물결처럼 가 닿고
싶은 집

샛노란 은행잎이 지고 나면
그 여자
아버지와 그 여자
큰 오빠가
지붕에 올라가
하루 종일 노랗게 지붕을 이는 집
노란 집

어쩌다가 열린 대문 사이로 그 여자네 집 마당이 보이고
그 여자가 마당을 왔다 갔다 하며
무슨 일이 있는지 무슨 말인가 잘 알아들을 수 없는 말소리와
옷자락이 언뜻언뜻 보이면
그 마당에 들어가서 나도 그 일에 참여하고 싶은 집

마당에 햇살이 노란 집
저녁 연기가 곧게 올라가는 집
뒤안에 감이 붉게 익은 집
참새 떼가 지저귀는 집
눈 오는 집
아침 눈이 하얗게 처마 끝을 지나
마당에 내리고
그 여자가 몸을 웅숭그리고
아직 쓸지 않은 마당을 지나
뒤안으로 김치를 내러 가다가 "하따, 눈이 참말로 이쁘게도 온다이이." 하며
눈이 가득 내리는 하늘을 바라보다가
속눈썹에 걸린 눈을 털며
김칫독을 열 때
하얀 눈송이들이 김칫독 안으로
내리는 집
김칫독에 엎드린 그 여자의 등허리에
하얀 눈송이들이 하얗게 하얗게 내리는 집
내가 목화송이 같은 눈이 되어 내리고 싶은 집
밤을 새워, 몇 밤을 새워 눈이 내리고
아무도 오가는 이 없는 늦은 밤
그 여자의 방에서만 따뜻한 불빛이 새어나오면
발자국을 숨기며 그 여자네 집 마당을 지나 그 여자의 방 앞
뜰방에 서서 그 여자의 눈 맞은 신을 보며
머리에, 어깨에 쌓인 눈을 털고
가만히, 내리는 눈송이들도 들리지 않는 목소리로
가만 가만히 그 여자를 부르고 싶은 집

그

여

자

네 집

어느 날인가
그 어느 날인가 못밥을 머리에 이고 가다가 나와 딱
마주쳤을 때
"어머나" 깜짝 놀라며 뚝 멈추어 서서 두 눈을 똥그랗게 뜨고
나를 쳐다보며 반가움을 하나도 감추지 않고
환하게, 들판에 고봉으로 담아놓은 쌀밥같이,
화아안하게 하얀 이를 다 드러내며 웃던 그
여자 함박꽃 같던 그
여자

그 여자가 꽃 같은 열아홉 살까지 살던 집
우리 동네 바로 윗동네 가운데 고샅 첫 집
내가 밖에서 집으로 갈 때
차에서 내리면 제일 먼저 눈길이 가는 집
그 집 앞을 다 지나도록 그 여자 모습이 보이지 않으면
저절로 발걸음이 느려지는 그 여자네 집
지금은 아, 지금은 이 세상에 없는 그 집
내 마음 속에 지어진 집
눈 감으면 살구꽃이 바람에 하얗게 날리는 집
눈 내리고, 아, 눈이, 살구나무 실가지 사이로
목화송이 같은 눈이 사흘이나

내리던 집
그 여자네 집
언제나 그 어느 때나 내 마음이 먼저
가
있던 집
그
여자네
집
생각하면, 생각하면, 생. 각. 을. 하. 면……

내가 '녹색 평론'에서 그 시를 처음 읽고 깜짝 놀란 것은, 이건 바로 우리 고향 마을과 곱단이와 만득이 이야기다 싶었기 때문이다. 지금은 칠순이 훨씬 넘은 장만득 씨는 아직도 문학청년 기질을 가지고 있다. 불과 몇 년 전까지만 해도 신춘문예 철만 되면 가슴이 울렁거린다고 했다. 가슴이 울렁거린 게 아니라 응모도 해 봤으리라고 나는 넘겨짚고 있다. 그 울렁거림이 얼마나 참을 수 없는 울렁거림이라는 걸 알고 있기 때문이다. 만일 그 시가 김용택이라는 유명한 시인의 시가 아니라 처음 들어 보는 시인의 시였다면 나는 장만득 씨가 가명으로 등단을 했으리란 걸 의심치 않았을 것이다. 나는 그 시를 읽고 또 읽었다. 처음에 희미했던 영상이 마치 약물에 담근 인화지처럼 점점 선명해졌다. 숨어 있던 수줍은 아름다움까지 주체할 수가 없어서 혼자서 느릿느릿 포도주 한 병을 비웠다.

곱단이는 범강장달이• 같은 아들을 내리 넷이나 둔 집의 막내딸이자 고명딸이었다. 부지런한 농사꾼 아버지와 착실한 아들들은 가을이면 우리 마을에서 제일 먼저 이엉을 이었다. 다섯 장정이 휘딱 해치울 일이건만 제일 먼저 곱단이네 지붕에

• 범강장달이: 키가 크고 우락부락하게 생긴 사람을 이르는 말.

올라앉아 부산을 떠는 건 만득이였다. 만득이는 우리 동네의 유일한 읍내 중학생이라 품앗이 일에서는 저절로 제외되곤 했건만 곱단이네가 일손이 모자라는 집도 아닌데 제일 먼저 달려들곤 했다. 곱단이 작은 오빠하고 만득이는 친구 사이였다. 그래도 마을 사람들은 만득이가 곱단이네 집 일이라면 발 벗고 나서고 싶어 하는 게 친구네 집이라서가 아니라 그 여자, 곱단이네 집이기 때문이라는 걸 알고 있었다. 부엌에서 더운 점심을 짓느라 연기가 곧게 올라가는 따뜻한 가을날, 곱단이네 지붕에 제일 먼저 뛰어올라 깃발처럼 으스대는 만득이를 보고 동네 노인들은 제 색시가 고우면 처갓집 말말뚝•에도 절을 한다더니만, 하고 혀를 찼지만 그건 곧 만득이가 곱단이 신랑이 되리라는 걸 온 동네가 다 공공연하게 인정하고 있다는 증거였다.

둘 사이는 그들보다 어린 우리 또래들 사이에도 선망의 대상이었다. 우리들은 그들 사이를 연애를 건다고 말하면서 야릇하게 마음 설레곤 했다. 40년대의 보수적인 시골 마을에서도 젊은 남녀가 부모 몰래 사랑을 나누는 일이 아주 없었던 건 아니었나보다. 누가 누구하고 바람이 났다던가, 눈이 맞았다던가, 심지어는 배가 맞았다는 소문까지 날 적이 있었다. 그건 부모가 얼굴을 못 들고 다닐 만한 스캔들이었고, 그 뒤끝도 거의 다 너절하거나 께적지근한 것이었다.

곱단이하고 만득이가 좋아하는 것을 바람났다고 말하지 않고, 연애 건다고 말한 것은 그런 스캔들과 차별짓고 싶은 마음에서였을 것이다. 마을 사람들로서는 일종의 애정이요 동경이었다. 남자들은 서당에서 한문 공부를 하고, 여자들은 어깨 너머로 언문을 해독할 수 있을 정도로 까막눈은 면했다 하나 읍에서 이십여 리나 떨어진 이 마을에서 신식 학교 교육은 아직 먼 풍문이었다. 그러나 기회만 닿으면 자식에게만은 시켜 보고 싶은 거였다. 연애에 대해서도 비슷한 생각을 가졌던 것 같다. 도시에서 배운 사람들이 하는 개화된 풍속에 대한 거역할 수 없는 호기심을 가지고 있었다. 젊은 사람들 사이에서뿐만 아니라 사사건건 트집잡기 좋아하는 노인네들한테까지 그들의 연애는 일찌거니 인정받은 거나 다름없었다. 왜냐하면 그들이

• 말말뚝: 말을 매기 위해 땅에 박은 말뚝.

미처 연정을 느끼기 전부터 둘이 짝이 된다면 얼마나 보기 좋은 한 쌍이 될까 눈을 가느스름히 뜨고 상상하는 것만으로 즐거워한 게 노인들이었기 때문이다. 만득이나 곱단이네나 일 년 계량•하기에 모자라지도 넘치지도 않을 만한 토지를 가진 자작농이었고, 인품이 후하여 어려운 사람 살필 줄 아는 집안이었다. 만득이는 위로 누나들만 있고, 곱단이는 오빠들만 있어서, 기다리던 귀한 아들딸이었다. 제집에서 귀히 여기는 자식은 남들도 한 번 볼 거 두 번 보면서 덕담을 아끼지 않는 법이다. 그들 또한 그러하였다.

곱단이는 시골 아이답지 않게 살갗이 희고, 맑은 눈에 속눈썹이 길었다. 나는 그녀의 속눈썹이 얼마나 길었는지 표현할 말을 몰랐었는데 김용택의 시 중에서 마침내 가장 알맞은 말을 찾아냈다. 함박눈이 내려앉아서 쉴 만큼 길었다. 함박눈은 녹아 이슬방울이 되고 촉촉이 젖은 눈썹이 그녀의 검은 눈동자에 그늘을 드리우면, 목석의 애간장이라도 녹일 듯 애틋한 표정이 되곤 했다. 만득이는 총명하여 하나를 가르치면 열을 알았고, 생긴 것 또한 관옥• 같았다. 촌구석에서는 드문 인물들이었다. 만득이가 개천에서 난 용이라면 곱단이는 진흙탕에 핀 연꽃이었다. 누가 먼저랄 것도 없이 둘이 장차 신랑 각시가 되면 얼마나 어여쁜 한 쌍이 될까 하는 소리가 저절로 나왔다. 이구동성으로 두 사람의 천생연분을 점친 것이다. 양가의 처지 또한 서로 기울지도 넘치지도 않았고, 어른들은 소박하고 정직하여 남들이 사윗감 며느릿감으로 점찍어 준 아이들을 어려서부터 눈여겨보며 아름답고 늠름하게 자라는 걸 서로 기특해하며 귀여워하였다. 곱단이와 만득이는 우리 마을의 화초요 꿈이었다.

(중략)

'그 여자네 집'을 읽으면서 돌이켜보니 행촌리의 그 흔한 살구나무 중에서도 곱단이네 살구나무는 특별났던 것 같다. 다 같은 초가집 중에서도 만득이에겐 곱단이네 지붕이 유난히 샛노랬던 것처럼, 그 흔해빠진 꽈리나무 중에서 곱단이네 꽈리나무

• 계량: 한 해 추수한 곡식으로 다음 해 추수할 때까지 양식을 이어 감.
• 관옥: 남자의 아름다운 얼굴을 비유적으로 이르는 말.

만이 특별났던 것처럼.

곱단이네는 행촌리 윗말 첫 집이었다. 뒷동산에서 흘러내린 개울물이 곱단이네를 휘돌아 아랫말로 흐르면서 만득이네 문전옥답• 논배미를 지나게 돼 있었다. 곱단이네 살구나무는 곱단이 아버지가 딸과 딸의 동무들을 위해 튼튼한 그네를 매 줄 정도로 큰 나무였다. 만득이는 아마 개울물이 하얗게 하얗게 실어나르는 살구꽃을 연서처럼 울렁거리며 바라보았을 것이다.

1945년 봄에도 행촌리에 살구꽃 피고, 싸리꽃, 오랑캐꽃, 자운영이 피었을까. 그럴 리 없건만 괜히 안 피고 말았을 거 같다. 그 꽃들이 피어나기 전에 만득이와 곱단이의 연애도 끝나고 말았을까. 만학이었던 만득이는 읍내의 사 년제 중학교를 졸업하자마자 징병으로 끌려나갔다. 며칠간의 여유는 있었고, 양가에서는 그 사이에 혼사를 치르려고 했다. 연애 못 걸어 본 총각도 씨라도 남기려고 서둘러 혼처를 구해 혼사를 치르는 일이 흔할 때였다. 더군다나 만득이는 외아들이었고, 사주단자•는 건네지 않았어도 서로 연애 건다는 걸 온 동네가 다 아는 각싯감이 있었다. 그러나 그는 한사코 혼사 치르기를 거부했다. 그건 그의 사랑법이었을 것이다. 남들이 다 안 알아 줘도 곱단이한테만은 그의 사랑법을 이해시키려고, 잔설이 아직 남아 있는 이른 봄의 으스름 달밤을 새벽닭이 울 때까지 곱단이를 끌고 다녔다고 한다. 곱단이가 그의 제안에 마음으로부터 승복했는지 아닌지는 알 길이 없다. 그러나 끌려 다니지를 않고 어디 방앗간 같은 데서 밤을 지냈다고 해도 만득이의 손길이 곱단이의 젖가슴도 범하질 못하였으리라는 걸 곱단이의 부모도, 마을 사람들도 믿었다. 그런 시대였다. 순결한 시대였는지, 바보 같은 시대였는지는 모르지만 그때 우리가 존중한 법도라는 건 그런 거였다.

만득이네 대문에 일본 깃대와 출정 군인의 집이라는 깃발이 만장•처럼 처량히 휘날리고, 그 집 사랑에서 며칠씩 술판이 벌어져도 밀주 단속에도 안 걸리고…… 그렇

• 문전옥답: 집 가까이에 있는 기름진 논.
• 사주단자: 혼인이 정해진 뒤 신랑 집에서 신부 집으로 신랑의 사주를 적어서 보내는 종이.
• 만장: 죽은 이를 슬퍼하여 지은 글. 또는 그 글을 비단이나 종이에 적어 기(旗)처럼 만든 것.

게 그까짓 열흘 눈 깜박할 새가 지나가 만득이는 마침내 입영을 하게 됐다. 만득이가 꼭 살아 돌아올 테니 기다리라고 곱단이를 설득하기는 어렵지 않았을 것이다. 곱단이가 딴 데 시집갈 아이도 아니거니와 식구들 역시 딴 데 시집보낼 엄두라도 낼 사람들이 아니었으므로, 설득에 그렇게 오랜 시간이 걸린 것은, 그럴 것이면 왜 혼사를 치르고 나서 떠나면 안 되냐는 곱단이의 지당한 생각 때문이었을 것이다. 곱단이는 이름처럼 마음씨도 비단결 같은 처녀였지만 옳다고 생각하는 걸 굽힐 만큼 호락호락하진 않았으니까. 사위스러워서• 아무도 입에 올리진 않았지만 마을 사람들은 만득이가 사지(死地)로 가고 있다는 걸 알기 때문에 곱단이를 과부 안 만들려는 그의 깊은 마음을 내심 여간 대견히 여기는 게 아니었다. 만득이와 곱단이는 요샛말로 하면 마을의 마스코트라고나 할까. 둘 다 행복해지지 않으면 재앙이라도 내릴 것처럼 지켜주고 싶어 했고, 만득이의 처사는 그런 소박한 인심에도 거슬리지 않는 최선의 것이었다.

만득이가 떠난 후에도 마을 청년들은 앞서거니 뒤서거니 징병이나 징용으로 끌려가 마을에 남자라고는 중늙은이 이상만 남게 되었다. 곱단이 오빠들도 도시로 나가 공장에 취직한 셋째 오빠와 부모님을 모시는 큰 오빠 빼고 두 오빠가 징용으로 나가 아들 부잣집이 허룩해졌다. 장정만 데려가는 게 아니라 양식 공출도 극악해져 그 풍요하던 마을도 앞으로 넘길 보릿고개 걱정이 태산 같았다. 궂은 날 부침질만 해도 서로 나누느라 한 채반은 부쳐야 했던 인심도 스스로 금가기 시작할 무렵이었다. 아주 나쁜 소식이 염병보다 더 흉흉하고 걷잡을 수 없이 온 동네를 휩쓸었다. 전에도 여자 정신대에 대해서 아주 모르고 있었던 것은 아니다. 일본 본토나 남양 군도에 가서 일하고 싶은 처녀들은 지원하면 보내 주고 나중에 집에 송금도 할 수 있다는 면사무소의 공문이 한바탕 돈 후였지만 그럴 생각이 있는 집은 한 집도 없었고, 설마 돈벌이를 강제로 보내리라고는 아무도 짐작을 못했다. 그러나 들려오는 소문은 그게 아니어서 몇 사람씩 배당을 받은 면사무소 노무과 서기들과 순사들이

• 사위스러워서: 마음에 불길한 느낌이 들고 꺼림칙하여.

과년한 딸 가진 집을 위협도 하고 다짜고짜 끌어가는 일까지 있다고 했다. 설마설마 하는 사이에 더 나쁜 일이 생겼다. 그건 같은 면 내에서 생긴 일이기 때문에 소문이 아니라 실제 상황이었다. 동구 밖에서 감춰 놓은 곡식을 뒤지려고 나타난 면서기와 순사를 보고 정신대를 뽑으러 오는 줄 지레짐작을 한 부모가 딸애를 헛간 짚더미 속에 숨겼다고 했다. 공출 독려반들은 날카로운 창이 달린 장대로 곡식을 숨겨 두었음직한 곳이면 닥치는 대로 찔러 보는 게 상례였다. 헛간에 짚가리로 창을 들이대는 것과 그 부모네들이 안 된다고 비명을 지른 것은 거의 동시였다. 창 끝에 처녀의 살점이 묻어나왔다고도 하고, 꿰진 창자가 묻어 나왔다고도 하고, 처녀는 그 자리에서 죽었다고도 하고, 피를 많이 흘리면서 달구지로 읍내 병원으로 실려 갔는데 죽었는지 살았는지 모른다고도 했다. 아무튼 그 소문의 파문은 온 면내의 딸 가진 집을 주야로 가위눌리게 했다. 끔찍한 일이었다.

도시에서 군수 공장에 다니는 곱단이 오빠가 종아리에 각반을 차고 징 달린 구두를 신은 중년 남자를 데리고 내려왔다. 신의주에 있는 중요한 공사판에서 측량 기사로 있는, 한 번 장가갔던 남자라고 했다. 곱단이 부모로부터 그 흉흉한 소문을 듣고 급하게 구해 온 곱단이 신랑감이었다. 첫 장가 든 부인이 십 년이 가깝도록 아이를 못 낳아 내치고, 새장가를 든다는 그는 곱단이의 그 고운 얼굴보다는 별로 크지 않은 엉덩이만 유심히 보면서, 글쎄, 아이를 잘 낳을 수 있을까? 연방 고개를 갸우뚱, 그닥 탐탁치 않아 했다고 한다. 그러나 워낙 총각이 씨가 마른 시대였다. 게다가 지금 그 늙은 신랑감이 하고 있는 일은 군사적인 중요한 일이라 징용은 절로 면제된다고 한다. 곱단이네는 그 고운 딸을 번갯불에 콩 궈 먹듯이 그 재취 자리로 보내 버렸다.

곱단이가 어떤 심정으로 그 혼사에 응했는지는 알 길이 없다. 피를 보면 멀쩡한 사람도 정신이 회까닥해진다고 하지 않는가? 피 묻은 소문도 마찬가지였다. 곱단이네 식구뿐 아니라 마을 사람들도 이성을 잃고 말았다. 만득이와 곱단이의 연애를 어여삐 여기고, 스스로 증인이 된 마을 어른들도 이제 곱단이를 위해 할 수 있는 일은 일본군한테 내주지 않는 일뿐이었다. 더군다나 곱단이 어머니는 피가 무서워 닭

모가지 하나 못 비트는 착하디 착한 위인이었다. 그 피 묻은 소문에 살이 떨려 우두망찰•했을 것이다. 곱단이는 만득이와의 언약을 저버리고 딴 데로 시집을 가느니 차라리 죽고 싶었을 것이다. 그러나 그녀도 스스로 제 목숨을 끊을 만큼 모질지는 못했다. 죽은 것과 마찬가지로 넋을 놓아 버리는 게 고작이었을 것이다. 곱단이네서 혼사를 치르고 사흘 만에 신랑을 따라 집을 떠나는 곱단이는 사자(死者)를 분단장해 놓은 것처럼 섬뜩하니 표정이라곤 없었다.

멀고 먼 신의주로 시집가 첫 근친도 오기 전에 해방이 되었다. 그녀는 열아홉에 떠난 지붕 노란 집에 다시 돌아오지 못했다. 우리 고장은 아슬아슬하게 38 이남이 되어 북조선의 신의주와는 길이 막히고 말았다. 만득이는 살아서 돌아왔다. 그 이듬 해 봄 만득이는 같은 행촌리 처녀인 순애와 혼사를 치렀다. 순애는 투덕투덕 복 있게 생긴 처녀였지만 곱단이에겐 댈 것도 아니었다. 혼삿날 마을 풍속대로 신랑을 달았는데 군대나 징용 갔다가 심성이 거칠 대로 거칠어져 돌아온 청년들이 어찌나 호되게 신랑 발바닥을 때렸던지 만득이가 엉엉 울었다고 한다. 만득이 또한 군대 가서 고초를 겪을 만큼 겪었는데 그까짓 장난삼아 치는 매를 못 견디어 울었을까? 울고 싶어, 실컷 울고 싶었을 것 같다. 이렇게 만득이의 일거수일투족을 곱단이와 연관 지어 생각하고 싶은 게 아직도 두 사람의 어여쁜 사랑을 못 잊어 하는 마을 사람들의 심정이었으니 그리로 시집간 순애의 마음도 편치는 않았을 것이다. 그러나 두 사람은 마을 사람들이 금실을 확인해 볼 겨를도 없이 곧 서울로 세간을 냈다. 외아들이었지만 서울 누나가 동생의 일자리를 구해 놓고 데려갔다.

6·25동란 후 38선 대신 그어진 휴전선은 행촌리를 휴전선 이북 땅으로 만들어 놓았다. 그동안 서로 만나지는 못했어도 귀향길에 만득이가 순애하고 곧잘 산다는 소식 정도는 들을 수 있었는데 그나마 못 듣게 되었다. 6·25 때 죽지 않았으면 같은 서울 하늘 밑 어디메 살아 있겠거니, 문득문득 생각이 나던 것도 잠시 만득이는 내 기억 속에서 아주 사라져 버렸다. 서울살이라는 게 촌수 닿는 친척도 결혼 청첩장

• 우두망찰: 정신이 얼떨떨하여 어찌할 바를 모르는 모양.

이나 부고나 받아야 마지못해 챙길 정도로, 이해관계가 닿지 않는 인간관계는 지딱지딱 잊게 돼 있었다.

만득이를 서울에서 다시 만난 지는 채 십 년도 안 된다. 지금은 돌아가셨지만 그때까지는 생존해 계시던 삼촌이 우리 고향 군민회에 가 보고 싶다고 하셔서 모시고 간 자리에서였다. 실향민들이 마음을 달래려는 자리가 흔히 그렇듯이 노인네들 천지였다. 매년 열리는 군민회라지만 삼촌처럼 처음 간 분은 서로 알아보는 데도 한참 시간이 걸렸다. 알아보는 걸 도와주려는 주최측의 배려로 면 단위로 나눠서 자리를 잡았고, 우리끼리 다시 리 단위로 무리를 만들었다. 행촌리는 나하고 삼촌하고 낯 모르는 노부부 네 사람밖에 없었다. 그 이듬해 돌아가신 삼촌은 그때도 이미 여든 가까운 연세셔서 고향의 흙냄새 대신 고향 사람 체취라도 맡고 싶은 마음에 느닷없이 군민회 나들이를 하고 싶어 한 것 같다. 죽을 날이 가까우면 안 하던 짓을 하게 되는 걸 자손들은 가벼운 망령 정도로 취급했다. 오죽해야 조카가 모시고 가게 됐을까. 행촌리 노신사도 삼촌을 알아보는 것 같지 않았다. 그냥 어른 대접으로 행촌리 살던 아무개라고 공손하게 인사를 했지만 나는 별로 귀담아듣지 않아 못 알아들었다. 나중에 그가 나에게 명함을 주며 인사를 청하지 않았으면 아마 끝까지 못 알아보았을 것이다. 무슨 전업사 대표 장만득으로 돼 있는 명함을 보고 나서야 뭔가 이상해서 다시 한 번 쳐다보니, 젊은 날의 그가 어디 숨어 있다가 고개를 내밀듯이 분명하게 떠올랐다. 몸집도 별로 불지 않고 얼굴도 잘 늙지 않는 동안이었다. 나하고 그는 그닥 친한 사이가 아니었다. 그는 곱단이 것이었으므로 당시의 우리 또래들은 다들 그를 소 닭 보듯 하는 걸 예절로 알았다. 그건 장만득 씨도 마찬가지였을 것이다. 그는 워낙 마을에서 유명했지만, 유명 인사가 팬을 알아보란 법은 없다. 나는 그에게 하나도 안 변했다고 말하고 나서 쑥스럽게 웃었다. 한참 동안 못 알아본 주제에 그건 말도 안 되는 소리였기 때문이다.

(중략)

그를 우연히 만난 것은 그가 상처하고 나서도 이삼 년 후 엉뚱하게 정신대 할머니를 돕기 위한 모임에서였다. 뜻밖이었지만, 생전의 그의 아내로부터 귀에 못이 박이게 주입된 선입관이 있는지라 그가 그 모임에 나타난 것도 곱단이하고 연결지어서 생각되는 걸 어쩔 수가 없었다. 모임이 끝난 후 그가 보이지 않자 나는 마치 범인을 뒤쫓듯이 허겁지겁 행사장을 빠져나와 저만치 어깨를 축 늘어뜨리고 걸어가는 그를 불러 세웠다. 그리고 다짜고짜 따지듯이 재취 장가를 들었느냐고 물었다. 그는 아니라고 말하고 나서 앞으로도 할 생각이 없다고, 묻지도 않은 말까지 덧붙이는 것이었다.

왜요? 곱단이를 못 잊어서요? 여긴 왜 왔어요? 정신대에 그렇게 한이 맺혔어요? 고작 한 여자 때문에. 정신대만 아니었으면 둘이서 혼인했을 텐데 하구요? 참 대단하십니다.

내 퍼붓는 말에 그는 대답 대신 앞장서서 근처 찻집으로 갔다. 그 나이에 아직도 싱그러움이 남아 있는 노인을 나는 마치 순애의 넋이 씐 것처럼 꼬부장한 마음으로 바라다보았다. 그가 나직나직 말했다.

내가 곱단이를 아직도 잊지 못한다는 건 순전히 우리 집사람이 지어 낸 생각이에요. 난 지금 곱단이 얼굴도 생각이 안 나요. 우리 집 사람이 줄기차게 이르집어 주지 않았으면 아마 이름도 잊어버렸을 거예요. 내가 곱단이를 그리워했다면 그건 아마 누구에게나 있을 수 있는 젊은 날에 대한 아련한 향수였겠지요. 아름다운 내 고향에서 보낸 젊은 날을 문득문득 그리워하는 것도 죄가 되나요. 내가 유람선상에서 운 것도 저게 정말 북한 땅일까? 남의 나라에서 바라보니 이렇게 지척인데 내 나라에선 왜 그렇게 멀었을까? 그게 서럽고 부끄러워 나도 모르게 눈물이 복받친 거지, 거기가 신의주라는 건 별로 중요하지 않았어요. 오늘 여기 오게 된 것도, 글쎄요, 내가 한 짓도 내가 설명할 수 있을 것 같지 않지만 …… 아마 얼마 전 우연히 일본 잡지에서 정신대 문제를 애써 대수롭게 여기지 않으려는 일본 사람들의 생각을 읽고 분통이 터진 것과 관계가 있겠죠. 강제였다는 증거가 있느냐? 수적으로 한국에서 너무 부풀려 말한다. 뭐 이런 투였어요. 범죄 의식이 전혀 없더군요. 그걸 참을 수가 없었어요. 비록 곱단이의 얼굴은 생각나지 않지만 나는 지금도 생생하게 느낄 수가 있어요. 곱단이가 딴 데로 시집가면서 느꼈을, 분하고 억울하고 절망적인 심정을요. 나는 정신대 할머니처럼 직접 당한 사람들의 원한에다 그걸 면한 사람들의 한까지 보태고 싶었어요. 당한 사람이나 면한 사람이나 똑같이 그 제국주의적 폭력의 희생자였다고 생각해요. 면하긴 했지만 면하기 위해 어떻게들 했나요? 강도의 폭력을 피하기 위해 얼떨결에 십 층에서 뛰어내려 죽었다고 강도는 죄가 없고 자살이 되나요? 삼천 리 강산 방방곡곡에서 사랑의 기쁨, 그 향기로운 숨결을 모조리 질식시켜 버리니 그 천인공노할 범죄를 잊어버린다면 우리는 사람도 아니죠. 당한 자의 한에다가 면한 자의 분노까지 보태고 싶은 내 마음 알겠어요?

장만득 씨의 눈에 눈물이 그렁해졌다.

《창작과 비평사》(1998)

:

별을 노래하는 마음으로
모든 죽어가는 것을 사랑해야지.
그리고 나한테 주어진 길을
걸어가야겠다.

오늘 밤에도 별이 바람에 스치운다.

2부

내 학창시절의 시

서시(序詩) | 윤동주

죽는 날까지 하늘을 우러러
한 점 부끄럼이 없기를,
잎새에 이는 바람에도
나는 괴로워했다.
별을 노래하는 마음으로
모든 죽어가는 것을 사랑해야지.
그리고 나한테 주어진 길을
걸어가야겠다.

오늘 밤에도 별이 바람에 스치운다.

《하늘과 바람과 별과 시》(1948)

⁝ 별 헤는 밤 | 윤동주

계절(季節)이 지나가는 하늘에는
가을로 가득 차 있습니다.

나는 아무 걱정도 없이
가을 속의 별들을 다 헤일 듯합니다.

가슴 속에 하나둘 새겨지는 별을
이제 다 못 헤는 것은
쉬이 아침이 오는 까닭이요,
내일(來日) 밤이 남은 까닭이요,
아직 나의 청춘(青春)이 다하지 않은 까닭입니다.

별 하나에 추억(追憶)과
별 하나에 사랑과
별 하나에 쓸쓸함과
별 하나에 동경(憧憬)과
별 하나에 시(詩)와
별 하나에 어머니, 어머니,

어머님, 나는 별 하나에 아름다운 말 한마디씩 불러 봅니다. 소학교(小學校) 때 책상(冊床)을 같이했던 아이들의 이름과, 패(佩), 경(鏡), 옥(玉) 이런 이국(異國) 소녀(少女)들의 이름과, 벌써 아기 어머니 된 계집애들의 이름과, 가난한 이웃 사람들의 이름과, 비둘기, 강아지, 토끼, 노새, 노루, '프랑시스 잠', '라이너 마리아 릴케', 이런 시인(詩人)의 이름을 불러 봅니다.

이네들은 너무나 멀리 있습니다.
별이 아슬히 멀 듯이,

어머님,
그리고 당신은 멀리 북간도(北間島)에 계십니다.

나는 무엇인지 그리워
이 많은 별빛이 나린 언덕 우에
내 이름자를 써 보고,
흙으로 덮어 버리었습니다.

딴은 밤을 새워 우는 벌레는
부끄러운 이름을 슬퍼하는 까닭입니다.

그러나 겨울이 지나고 나의 별에도 봄이 오면
무덤 우에 파란 잔디가 피어나듯이
내 이름자 묻힌 언덕 우에도
자랑처럼 풀이 무성할 게외다.

《하늘과 바람과 별과 시》(1948)

자화상 | 윤동주

산모퉁이를 돌아 논가 외딴 우물을 홀로 찾아가선 가만히 들여다봅니다.

우물 속에는 달이 밝고 구름이 흐르고 하늘이 펼치고 파아란 바람이 불고 가을이 있습니다.

그리고 한 사나이가 있습니다.
어쩐지 그 사나이가 미워져 돌아갑니다.

돌아가다 생각하니 그 사나이가 가엾어집니다.
도로 가 들여다보니 사나이는 그대로 있습니다.

다시 그 사나이가 미워져 돌아갑니다.
돌아가다 생각하니 그 사나이가 그리워집니다.

우물 속에는 달이 밝고 구름이 흐르고 하늘이 펼치고 파아란 바람이 불고 가을이 있고 추억(追憶)처럼 사나이가 있습니다.

《하늘과 바람과 별과 시》(1948)

청포도 | 이육사

내 고장 칠월은
청포도가 익어 가는 시절.

이 마을 전설이 주저리주저리 열리고
먼 데 하늘이 꿈꾸며 알알이 들어와 박혀,

하늘 밑 푸른 바다가 가슴을 열고
흰 돛단배가 곱게 밀려서 오면,

내가 바라는 손님은 고달픈 몸으로
청포(靑袍)를 입고 찾아온다고 했으니,

내 그를 맞아 이 포도를 따 먹으면
두 손을 함뿍 적셔도 좋으련.

아이야, 우리 식탁엔 은쟁반에
하이얀 모시 수건을 마련해 두렴.

《문장》(1939)

광야(曠野) | 이육사

까마득한 날에
하늘이 처음 열리고
어데 닭 우는 소리 들렸으랴.

모든 산맥(山脈)들이
바다를 연모(戀慕)해 휘달릴 때에도
차마 이곳을 범(犯)하던 못하였으리라.

끊임없는 광음(光陰)을
부지런한 계절(季節)이 피어선 지고
큰 강물이 비로소 길을 열었다.

지금 눈 나리고
매화(梅花) 향기(香氣) 홀로 아득하니
내 여기 가난한 노래의 씨를 뿌려라.

다시 천고(千古)의 뒤에
백마(白馬) 타고 오는 초인(超人)이 있어
이 광야(曠野)에서 목놓아 부르게 하리라.

《육사시집》(1946)

진달래꽃 | 김소월

나 보기가 역겨워
가실 때에는
말없이 고이 보내 드리우리다.

영변(寧邊)에 약산(藥山)
진달래꽃
아름 따다 가실 길에 뿌리우리다.

가시는 걸음걸음
놓인 그 꽃을
사뿐히 즈려 밟고 가시옵소서.

나 보기가 역겨워
가실 때에는
죽어도 아니 눈물 흘리우리다.

《개벽》(1922)

접동새 | 김소월

접동
접동
아우래비 접동.

진두강(津頭江) 가람 가에 살던 누나는
진두강 앞마을에
와서 웁니다.

옛날, 우리나라
먼 뒤쪽의
진두강 가람 가에 살던 누나는
의붓어미 시샘에 죽었습니다.

누나라고 불러 보랴
오오 불설워•
시새움에 몸이 죽은 우리 누나는
죽어서 접동새가 되었습니다.

아홉이나 남아 되던 오랩동생•을
죽어서도 못 잊어 차마 못 잊어
야삼경(夜三更) 남 다 자는 밤이 깊으면
이 산 저 산 옮아가며 슬피 웁니다.

《배재》(1923)

• 불설워: 평안도 사투리로 '몹시 서러워'의 뜻.
• 오랩동생: '오라비 동생'의 준말로, 남동생이라는 뜻.

모란이 피기까지는 | 김영랑

모란이 피기까지는,
나는 아직 나의 봄을 기다리고 있을 테요.
모란이 뚝뚝 떨어져 버린 날,
나는 비로소 봄을 여읜 설움에 잠길 테요.
오월 어느 날, 그 하루 무덥던 날,
떨어져 누운 꽃잎마저 시들어 버리고는
천지에 모란은 자취도 없어지고,
뻗쳐오르던 내 보람 서운케 무너졌느니,
모란이 지고 말면 그뿐, 내 한 해는 다 가고 말아,
삼백예순 날 하냥 섭섭해 우옵내다.
모란이 피기까지는,
나는 아직 기다리고 있을 테요, 찬란한 슬픔의 봄을.

《문학》(1934)

돌담에 속삭이는 햇발 | 김영랑

돌담에 속삭이는 햇발같이
풀 아래 웃음 짓는 샘물같이
내 마음 고요히 고운 봄 길 위에
오늘 하루 하늘을 우러르고 싶다.

새악시 볼에 떠오는 부끄럼같이
시(詩)의 가슴에 살포시 젖는 물결같이
보드레한 에메랄드 얇게 흐르는
실비단 하늘을 바라보고 싶다.

《시문학》(1930)

향수(鄕愁) | 정지용

넓은 벌 동쪽 끝으로
옛 이야기 지줄대는 실개천이 휘돌아 나가고,
얼룩백이 황소가
해설피• 금빛 게으른 울음을 우는 곳,

— 그곳이 차마 꿈엔들 잊힐 리야.

질화로에 재가 식어지면
비인 밭에 밤바람 소리 말을 달리고,
엷은 졸음에 겨운 늙으신 아버지가
짚베개를 돋아 고이시는 곳,

— 그곳이 차마 꿈엔들 잊힐 리야.

흙에서 자란 내 마음
파아란 하늘빛이 그리워
함부로 쏜 화살을 찾으려
풀섶 이슬에 함추름• 휘적시던 곳,

— 그곳이 차마 꿈엔들 잊힐 리야.

전설 바다에 춤추는 밤 물결 같은
검은 귀밑머리 날리는 어린 누이와
아무렇지도 않고 예쁠 것도 없는

사철 발 벗은 아내가
따가운 햇살을 등에 지고 이삭 줍던 곳,

— 그곳이 차마 꿈엔들 잊힐 리야.

하늘에는 성근 별•
알 수도 없는 모래성으로 발을 옮기고,
서리 까마귀 우지짖고 지나가는 초라한 지붕,
흐릿한 불빛에 돌아앉아 도란도란거리는 곳,

— 그곳이 차마 꿈엔들 잊힐 리야.

《조선지광》(1927)

•해설피: 소리가 느릿하고 길며, 약간 슬픈 느낌이 드는 것을 가리키는 말.
•함추름: '함초롬'의 사투리. 담뿍 젖어 촉촉함.
•성근 별: 드문드문 돋아난 별.

유리창1 | 정지용

유리(琉璃)에 차고 슬픈 것이 어른거린다.
열없이• 붙어 서서 입김을 흐리우니
길들은 양 언 날개를 파다거린다.
지우고 보고 지우고 보아도
새까만 밤이 밀려나가고 밀려와 부딪치고,
물먹은 별이 반짝, 보석(寶石)처럼 백힌다.
밤에 홀로 유리를 닦는 것은
외로운 황홀한 심사이어니,
고흔 폐혈관(肺血管)이 찢어진 채로
아아, 늬는 산(山)ㅅ새처럼 날아갔구나!

《조선지광》(1930)

• 열없이: 맥없이. 속절없이.

거울 | 이상

거울속에는소리가없소
저렇게까지조용한세상은참없을것이오

거울속에도내게귀가있소
내말을못알아듣는딱한귀가두개나있소

거울속의나는왼손잡이오
내악수(握手)를받을줄모르는 — 악수를모르는왼손잡이오

거울때문에나는거울속의나를만져보지를못하는구료마는
거울이아니었던들내가어찌거울속의나를만나보기만이라도했겠소

나는지금거울을안가졌소마는거울속에는늘거울속의내가있소
잘은모르지만외로된•사업(事業)에골몰할게요

거울속의나는참나와는반대(反對)요마는
또꽤닮았소
나는거울속의나를근심하고진찰(診察)할수없으니퍽섭섭하오

《가톨릭 청년》(1934)

• 외로된: 한쪽으로 치우친. 어떤 일에 골몰한.

오감도(烏瞰圖) | 이상

– 시 제1호 –

13인의아해(兒孩)가도로로질주하오.
(길은막다른골목이적당하오.)

제1의아해가무섭다고그리오./ 제2의아해도무섭다고그리오.
제3의아해도무섭다고그리오./ 제4의아해도무섭다고그리오.
제5의아해도무섭다고그리오./ 제6의아해도무섭다고그리오.
제7의아해도무섭다고그리오./ 제8의아해도무섭다고그리오.
제9의아해도무섭다고그리오./ 제10의아해도무섭다고그리오.

제11의아해가무섭다고그리오.
제12의아해도무섭다고그리오.
제13의아해도무섭다고그리오.
13인의아해는무서운아해와무서워하는아해와그렇게뿐이모였소.
(다른사정은없는것이차라리나았소.)

그중에1인의아해가무서운아해라도좋소.
그중에2인의아해가무서운아해라도좋소.
그중에2인의아해가무서워하는아해라도좋소.
그중에1인의아해가무서워하는아해라도좋소.

(길은뚫린골목이라도적당하오.)
13인의아해가도로로질주하지아니하여도좋소.

《조선중앙일보》(1934)

승무(僧舞) | 조지훈

얇은 사(紗) 하이얀 고깔은 고이 접어서 나빌레라.

파르라니 깎은 머리 박사(薄紗) 고깔에 감추오고,
두 볼에 흐르는 빛이 정작으로 고와서 서러워라.

빈 대(臺)에 황촉(黃燭)불이 말없이 녹는 밤에
오동잎 잎새마다 달이 지는데,

소매는 길어서 하늘은 넓고,
돌아설 듯 날아가며 사뿐히 접어 올린 외씨버선이여.

까만 눈동자 살포시 들어
먼 하늘 한 개 별빛에 모두오고,

복사꽃 고운 뺨에 아롱질 듯 두 방울이야
세사(世事)에 시달려도 번뇌(煩惱)는 별빛이라.

휘어져 감기우고 다시 접어 뻗는 손이
깊은 마음 속 거룩한 합장(合掌)인 양하고,

이 밤사 귀뚜리도 지새우는 삼경(三更)인데,
얇은 사(紗) 하이얀 고깔은 고이 접어서 나빌레라.

《문장》(1939)

나그네 | 박목월

강나루 건너서
밀밭 길을

구름에 달 가듯이
가는 나그네.

길은 외줄기
남도 삼백 리.

술 익는 마을마다
타는 저녁놀.

구름에 달 가듯이
가는 나그네.

《상아탑》(1946)

꽃 | 김춘수

내가 그의 이름을 불러 주기 전에는
그는 다만
하나의 몸짓에 지나지 않았다.

내가 그의 이름을 불러 주었을 때
그는 나에게로 와서
꽃이 되었다.

내가 그의 이름을 불러 준 것처럼
나의 이 빛깔과 향기에 알맞은
누가 나의 이름을 불러 다오.
그에게로 가서 나도
그의 꽃이 되고 싶다.

우리들은 모두
무엇이 되고 싶다.
너는 나에게 나는 너에게
잊혀지지 않는 하나의 눈짓이 되고 싶다.

《현대문학》(1955)

국화 옆에서 | 서정주

한 송이의 국화꽃을 피우기 위해
봄부터 소쩍새는
그렇게 울었나 보다.

한 송이의 국화꽃을 피우기 위해
천둥은 먹구름 속에서
또 그렇게 울었나 보다.

그립고 아쉬움에 가슴 조이던
머언 먼 젊음의 뒤안길에서
인제는 돌아와 거울 앞에 선
내 누님같이 생긴 꽃이여.

노오란 네 꽃잎이 피려고
간밤엔 무서리가 저리 내리고
내게는 잠도 오지 않았나 보다.

《경향신문》(1947)

추천사(鞦韆詞) | 서정주

향단(香丹)아 그넷줄을 밀어라.
머언 바다로
배를 내어밀듯이,
향단아.

이 다소곳이 흔들리는 수양버들나무와
배갯모에 놓이듯 한 풀꽃더미로부터,
자잘한 나비 새끼 꾀꼬리들로부터,
아주 내어밀듯이, 향단아.

산호(珊瑚)도 섬도 없는 저 하늘로
나를 밀어 올려 다오.
채색(彩色)한 구름같이 나를 밀어 올려 다오.
이 울렁이는 가슴을 밀어 올려 다오!

서(西)으로 가는 달같이는
나는 아무래도 갈 수가 없다.

바람이 파도(波濤)를 밀어 올리듯이
그렇게 나를 밀어 올려 다오.
향단아.

《서정주 시선》(1955)

알 수 없어요 | 한용운

바람도 없는 공중에 수직(垂直)의 파문(波紋)을 내이며 고요히 떨어지는 오동잎은 누구의 발자취입니까?

지리한 장마 끝에 서풍(西風)에 몰려가는 무서운 검은 구름의 터진 틈으로, 언뜻언뜻 보이는 푸른 하늘은 누구의 얼굴입니까?

꽃도 없는 깊은 나무에 푸른 이끼를 거쳐서, 옛 탑(塔) 위의 고요한 하늘을 스치는 알 수 없는 향기는 누구의 입김입니까?

근원은 알지도 못할 곳에서 나서 돌부리를 울리고, 가늘게 흐르는 작은 시내는 굽이굽이 누구의 노래입니까?

연꽃 같은 발꿈치로 가이없는 바다를 밟고, 옥 같은 손으로 끝없는 하늘을 만지면서, 떨어지는 해를 곱게 단장(丹粧)하는 저녁놀은 누구의 시(詩)입니까?

타고 남은 재가 다시 기름이 됩니다. 그칠 줄을 모르고 타는 나의 가슴은 누구의 밤을 지키는 약한 등불입니까?

《님의 침묵》(1926)

님의 침묵 | 한용운

님은 갔습니다. 아아, 사랑하는 나의 님은 갔습니다.

푸른 산빛을 깨치고 단풍나무 숲을 향하여 난 작은 길을 걸어서, 차마 떨치고 갔습니다.

황금(黃金)의 꽃같이 굳고 빛나던 옛 맹서(盟誓)는 차디찬 티끌이 되어서 한숨의 미풍(微風)에 날아갔습니다.

날카로운 첫 키스의 추억(追憶)은 나의 운명의 지침(指針)을 돌려놓고, 뒷걸음쳐서 사라졌습니다.

나는 향기로운 님의 말소리에 귀먹고, 꽃다운 님의 얼굴에 눈멀었습니다.

사랑도 사람의 일이라, 만날 때에 미리 떠날 것을 염려하고 경계하지 아니한 것은 아니지만, 이별은 뜻밖의 일이 되고, 놀란 가슴은 새로운 슬픔에 터집니다.

그러나 이별을 쓸데없는 눈물의 원천(源泉)을 만들고 마는 것은, 스스로 사랑을 깨치는 것인 줄 아는 까닭에, 걷잡을 수 없는 슬픔의 힘을 옮겨서 새 희망의 정수박이에 들어부었습니다.

우리는 만날 때에 떠날 것을 염려하는 것과 같이, 떠날 때에 다시 만날 것을 믿습니다.

아아, 님은 갔지마는 나는 님을 보내지 아니하였습니다.

제 곡조를 못 이기는 사랑의 노래는 님의 침묵을 휩싸고 돕니다.

《님의 침묵》(1926)

산 너머 남촌에는 | 김동환

1
산 너머 남촌에는 누가 살길래
해마다 봄바람이 남으로 오네.

꽃 피는 사월이면 진달래 향기
밀 익는 오월이면 보리 내음새.

어느 것 한 가진들 실어 안 오리
남촌서 남풍 불 제 나는 좋데나.

2
산 너머 남촌에는 누가 살길래
저 하늘 저 빛깔이 저리 고울까.

금잔디 너른 벌엔 호랑나비 떼
버들밭 실개천엔 종달새 노래.

어느 것 한 가진들 들려 안 오리
남촌서 남풍 불 제 나는 좋데나.

3
산 너머 남촌에는 배나무 있고
배나무 꽃 아래엔 누가 섰다기,

그리운 생각에 재에 오르니
구름에 가리어 자취 안 뵈나.

끊었다 이어오는 가는 노래는
바람을 타고서 고요히 들리네.

《조선문단》(1927)

남으로 창을 내겠소 | 김상용

남으로 창을 내겠소.
밭이 한참갈이
괭이로 파고
호미론 풀을 매지요.

구름이 꼬인다 갈 리 있소.
새 노래는 공으로 들으랴오.
강냉이가 익걸랑
함께 와 자셔도 좋소.

왜 사냐건
웃지요.

《문학》(1934)

추일 서정(秋日抒情) | 김광균

낙엽은 폴란드 망명 정부의 지폐
포화(砲火)에 이지러진
도룬 시의 가을 하늘을 생각케 한다.
길은 한 줄기 구겨진 넥타이처럼 풀어져
일광(日光)의 폭포 속으로 사라지고
조그만 담배 연기를 내뿜으며
새로 두 시의 급행열차가 들을 달린다.
포플라나무의 근골(筋骨) 사이로
공장의 지붕은 흰 이빨을 드러내인 채
한 가닥 구부러진 철책(鐵柵)이 바람에 나부끼고
그 위에 셀로판지로 만든 구름이 하나.
자욱한 풀벌레 소리 발길로 차며
호올로 황량(荒凉)한 생각 버릴 곳 없어
허공에 띄우는 돌팔매 하나.
기울어진 풍경의 장막(帳幕) 저쪽에
고독한 반원(半圓)을 긋고 잠기어 간다.

《인문평론》(1940)

• 도룬 시: 폴란드의 도시 이름.
• 근골(筋骨): 줄기와 가지.

즐거운 편지 | 황동규

1

내 그대를 생각함은 항상 그대가 앉아 있는 배경에서 해가 지고 바람이 부는 일처럼 사소한 일일 것이나 언젠가 그대가 한없이 괴로움 속을 헤매일 때에 오랫동안 전해 오던 그 사소함으로 그대를 불러 보리라.

2

진실로 진실로 내가 그대를 사랑하는 까닭은 내 나의 사랑을 한없이 잇닿은 그 기다림으로 바꾸어 버린 데 있었다. 밤이 들면서 골짜기엔 눈이 퍼붓기 시작했다. 내 사랑도 어디쯤에선 반드시 그칠 것을 믿는다. 다만, 그때 내 기다림의 자세를 생각하는 것뿐이다. 그동안에 눈이 그치고 꽃이 피어나고 낙엽이 떨어지고 또 눈이 퍼붓고 할 것을 믿는다.

《현대문학》(1958)

세월이 가면 | 박인환

지금 그 사람 이름은 잊었지만
그 눈동자 입술은
내 가슴에 있어.

바람이 불고
비가 올 때도
나는 저 유리창 밖
가로등 그늘의 밤을 잊지 못하지.

사랑은 가고
과거는 남는 것.
여름날의 호숫가
가을의 공원
그 벤치 위에
나뭇잎은 떨어지고,
나뭇잎은 흙이 되고
나뭇잎에 덮여서
우리들 사랑이 사라진다 해도

지금 그 사람 이름은 잊었지만
그 눈동자 입술은
내 가슴에 있어
내 서늘한 가슴에 있건만.

《목마와 숙녀》(1976)

살구꽃 핀 마을 | 이호우

살구꽃 핀 마을은 어디나 고향 같다.
만나는 사람마다 등이라도 치고지고
뉘 집을 들어서면은 반겨 아니 맞으리.

바람 없는 밤을 꽃그늘에 달이 오면
술 익는 초당마다 정이 더욱 익으리니
나그네 저무는 날에도 마음 아니 바빠라.

《이호우 시조집》(1955)

눈 | 김수영

눈은 살아 있다.
떨어진 눈은 살아 있다.
마당 위에 떨어진 눈은 살아 있다.

기침을 하자.
젊은 시인(詩人)이여 기침을 하자.
눈 위에 대고 기침을 하자.
눈더러 보라고 마음놓고 마음놓고
기침을 하자.

눈은 살아 있다.
죽음을 잊어버린 영혼(靈魂)과 육체(肉體)를 위하여
눈은 새벽이 지나도록 살아 있다.

기침을 하자.
젊은 시인이여 기침을 하자.
눈을 바라보며
밤새도록 고인 가슴의 가래라도
마음껏 뱉자.

《문학예술》(1957)

눈 오는 밤에

| 김용호

오누이들의
정다운 얘기에
어느 집 질화로엔
밤알이 토실토실 익겠다.

콩기름불
실고추처럼 가늘게 피어나던 밤

파묻은 불씨를 헤쳐
잎담배를 피우며

"고놈, 눈동자가 초롱 같애."
내 머리를 쓰다듬어 주시던 할머니.

바깥엔 연방 눈이 내리고,
오늘 밤처럼 눈이 내리고.

다만 이제 나 홀로
눈을 밟으며 간다.

오우버 자락에
구수한 할머니의 옛 얘기를 싸고,
어린 시절의 그 눈을 밟으며 간다.

오누이들의

정다운 얘기에

어느 집 질화로엔

밤알이 토실토실 익겠다.

《시원 산책》(1964)

봄비 | 이수복

이 비 그치면
내 마음 강나루 긴 언덕에
서러운 풀빛이 짙어 오것다.

푸르른 보리밭길
맑은 하늘에
종달새만 무어라고 지껄이것다.

이 비 그치면
시새워 벙글어질 고운 꽃밭 속
처녀애들 짝하여 새로이 서고,

임 앞에 타오르는
향연(香煙)과 같이
땅에선 또 아지랑이 타오르것다.

《봄비》(1969)

행복 | 유치환

— 사랑하는 것은
사랑을 받느니보다 행복하나니라.
오늘도 나는
에메랄드빛 하늘이 환히 내다뵈는
우체국 창문 앞에 와서 너에게 편지를 쓴다.

행길을 향한 문으로 숱한 사람들이
제각기 한 가지씩 생각에 족한 얼굴로 와선
총총히 우표를 사고 전보지를 받고
먼 고향으로 또는 그리운 사람께로
슬프고 즐겁고 다정한 사연들을 보내나니.

세상의 고달픈 바람결에 시달리고 나부끼어
더욱더 의지 삼고 피어 흥클어진 인정의 꽃밭에서
너와 나의 애틋한 연분도
한망울 연연한 진홍빛 양귀비꽃인지도 모른다.

— 사랑하는 것은
사랑을 받느니보다 행복하나니라.
오늘도 나는 너에게 편지를 쓰나니
— 그리운 이여, 그러면 안녕!

설령 이것이 이 세상 마지막 인사가 될지라도
사랑하였으므로 나는 진정 행복하였네라. 《문예》(1953)

저녁에 | 김광섭

저렇게 많은 중에서
별 하나가 나를 내려다본다.
이렇게 많은 사람 중에서
그 별 하나를 쳐다본다.

밤이 깊을수록
별은 밝음 속에 사라지고,
나는 어둠 속에 사라진다.

이렇게 정다운
너 하나 나 하나는
어디서 무엇이 되어
다시 만나랴.

《월간중앙》(1969)

가난한 사랑 노래 | 신경림

가난하다고 해서 외로움을 모르겠는가,
너와 헤어져 돌아오는
눈 쌓인 골목길에 새파랗게 달빛이 쏟아지는데.
가난하다고 해서 두려움이 없겠는가,
두 점을 치는 소리,
방범대원의 호각 소리, 메밀묵 사려 소리에
눈을 뜨면 멀리 육중한 기계 굴러가는 소리.
가난하다고 해서 그리움을 버렸겠는가,
어머님 보고 싶소 수없이 뇌어 보지만,
집 뒤 감나무에 까치밥으로 하나 남았을
새빨간 감 바람 소리도 그려 보지만.
가난하다고 해서 사랑을 모르겠는가,
내 볼에 와 닿던 네 입술의 뜨거움,
사랑한다고 사랑한다고 속삭이던 네 숨결,
돌아서는 내 등 뒤에 터지던 네 울음.
가난하다고 해서 왜 모르겠는가,
가난하기 때문에 이것들을
이 모든 것들을 버려야 한다는 것을.

《가난한 사랑 노래》(1988)

우리가 눈발이라면 | 안도현

우리가 눈발이라면
허공에서 쭈빗쭈빗 흩날리는
진눈깨비는 되지 말자.
세상이 바람 불고 춥고 어둡다 해도
사람이 사는 마을
가장 낮은 곳으로
따뜻한 함박눈이 되어 내리자.
우리가 눈발이라면
잠 못 든 이의 창문가에서는
편지가 되고
그이의 깊고 붉은 상처 위에 돋는
새살이 되자.

《그대에게 가고 싶다》(1991)

모든 순간이 꽃봉오리인 것을 | 정현종

나는 가끔 후회한다.
그때 그 일이
노다지였을지도 모르는데……
그때 그 사람이
그때 그 물건이
노다지였을지도 모르는데……
더 열심히 파고들고
더 열심히 말을 걸고
더 열심히 귀기울이고
더 열심히 사랑할걸……

반벙어리처럼
귀머거리처럼
보내지는 않았는가
우두커니•처럼……
더 열심히 그 순간을
사랑할 것을……

모든 순간이 다아
꽃봉오리인 것을
내 열심에 따라 피어날
꽃봉오리인 것을!

《사랑할 시간이 많지 않다》(1989)

• 우두커니: '아무런 말 없이 멍하니 있는 사람'이란 뜻의 경기도 사투리.

삶이 그대를 속일지라도

| A. S. 푸슈킨

삶이 그대를 속일지라도
슬퍼하거나 노여워하지 마라.
슬픈 날들을 참고 견디면
기쁨의 날 반드시 오리라.

마음은 미래에 사는 것,
오늘은 한없이 우울한 것.
모든 것 덧없이 지나가지만
사라진 것들 소중한 날 오리라.

이니스프리 호수 섬 | W. B. 예이츠

나 지금 일어나, 이니스프리•로 가리라.
가서 거기 진흙과 볏단으로 조그마한 오두막집을 지으리.
아홉 이랑 콩밭 일구고 꿀벌 통 하나 두고
꿀벌 소리 요란한 숲에서 나 혼자 살리라.

그러면 거기서 얼마쯤 평화를 누릴 수 있으리라, 평화는 천천히,
아침의 너울에서부터 귀뚜라미 우는 곳까지 방울져 내리나니.
그곳의 한밤은 흐릿한 빛으로, 대낮은 자줏빛으로 반짝이고,
저녁은 홍방울새 날개 소리로 가득하리라.

나 지금 일어나 가리라, 밤이나 낮이나
호숫가에 나직나직 철썩이는 물결 소리 들려오니,
내가 길 한복판이나 잿빛 보도 위에 서 있을 때면
내 가슴 속 깊은 곳에서 그 물결 소리 들려오리라.

《시집(poems)》(1895)

• 이니스프리(Innisfree): 시인의 고향인 아일랜드 서북부의 슬라이고(Sligo)에 있는 호수.

눈 내리는 저녁 숲가에 서서

| R. L. 프로스트

이 숲이 누구네 숲인지 알 듯도 하다.
하지만 그의 집은 마을에 있으니,
그는 보지 못하리라, 나 여기 서서
그의 숲에 눈이 쌓이는 모습을 바라보는 것을.

내 작은 말은 기이하게 여기겠지,
한 해 중에서도 가장 어두운 저녁
숲과 얼어붙은 호수 사이
가까이 농가도 없는 곳에서 멈추는 것을.

말은 짤랑짤랑 방울을 흔들어 대네,
무슨 잘못이라도 있나 하고.
그 밖엔 느리게 스쳐가는 바람소리와
부드럽게 내리는 솜털 같은 눈송이뿐.

숲은 아름답고 어둡고 깊다.
그러나 나는 지켜야 할 약속이 있어,
잠들기 전에 가야 할 먼 길이 있다,
잠들기 전에 가야 할 먼 길이 있다.

가지 않은 길 | R. L. 프로스트

노란 숲 속에 두 갈래 길이 있었습니다.
나는 몸이 하나라 두 길을 가지 못하여
안타까워하면서, 오랫동안 서서
낮은 덤불로 꺾여 내려가는 한쪽 길을
바라다볼 수 있는 데까지 멀리 바라다보았습니다.

그리고 다른 길을 택했습니다, 그 길은 똑같이 아름답고,
아마 더 걸어야 될 길이라고 생각했던 것이지요.
풀이 더 우거지고 사람의 발길을 부르는 듯했으니까요.
하지만 그 길도 걷다 보면 지나간 자취로
두 길이 거의 같아질 것입니다만,

그날 아침 두 길은 똑같이 놓여 있었고
낙엽을 밟은 자취 없이 묻혀 있었습니다.
아, 나는 훗날을 위해 한쪽 길을 남겨 두었습니다.
길이란 다른 길에 이어져 끝이 없으므로
내가 다시 여기 돌아올 수 없으리라 여기면서요.

오랜 세월이 지난 훗날에 어디에선가
나는 한숨을 쉬며 이야기할 것입니다.
숲 속에 두 갈래 길이 갈라져 있었다고.
나는 사람이 적게 간 길을 택하였다고,
그리고 그것이 내 모든 것을 바꾸어 놓았다고.

가을날 | R. M. 릴케

주여, 때가 되었습니다. 지난 여름은 참으로 위대했습니다.
해시계 위에 당신의 그림자를 얹으시고
들판에다 바람을 많이 놓아 주십시오.

이틀만 더 남국(南國)의 햇볕을 베푸시어
마지막 과실들이 영글도록 명하시고,
그들을 완성시켜 마지막 단맛이
무거운 포도송이 속에 스미게 하십시오.

지금 집이 없는 사람은 이제 더는 집을 짓지 않습니다.
지금 고독한 사람은 이후로도 오래도록 고독하게 살아
잠자지 않고, 읽고, 그리고 긴 편지를 쓸 것입니다.
그러다가 나뭇잎이 바람에 날려 떨어져 뒹굴면
이리저리 가로수 길을 불안스레 헤맬 것입니다.

:

그리워하는데도
한 번 만나고는 못 만나게 되기도 하고,
일생을 못 잊으면서도 아니 만나고 살기도 한다.
아사코와 나는 세 번 만났다.
세 번째는 아니 만났어야 좋았을 것이다.

3부

내 학창시절의 수필

인연 | 피천득

지난 사월, 춘천에 가려고 하다가 못 가고 말았다. 나는 성심 여자 대학에 가 보고 싶었다. 그 학교에, 어느 가을 학기, 매주 한 번씩 출강한 일이 있다. 힘드는 출강을 한 학기 하게 된 것은, 주 수녀님과 김 수녀님이 내 집에 오신 것에 대한 예의도 있었지만, 나에게는 사연이 있었다.

수십 년 전, 내가 열일곱 되던 봄, 나는 처음 도쿄에 간 일이 있다. 어떤 분의 소개로 사회 교육가 미우라 선생 댁에 유숙(留宿)•을 하게 되었다. 시바쿠에 있는 그 집에는 주인 내외와 어린 딸, 세 식구가 살고 있었다. 하녀도 서생도 없었다. 눈이 예쁘고 웃는 얼굴을 하는 아사코는 처음부터 나를 오빠같이 따랐다. 아침에 낳았다고 아사코라는 이름을 지어 주었다고 하였다. 그 집 뜰에는 큰 나무들이 있었고, 일년초 꽃도 많았다. 내가 간 이튿날 아침, 아사코는 '스위트피'를 따다가 화병에 담아, 내가 쓰게 된 책상 위에 놓아 주었다. '스위트피'는 아사코같이 어리고 귀여운 꽃이라고 생각하였다.

성심 여학원 소학교 1학년인 아사코는 어느 토요일 오후, 나와 같이 저희 학교에까지 산보를 갔었다. 유치원부터 학부까지 있는 가톨릭 교육 기관으로 유명한 이 여학원은, 시내에 있으면서 큰 목장까지 가지고 있었다. 아사코는 자기 신장을 열고, 교실에서 신는 하얀 운동화를 보여 주었다.

내가 도쿄를 떠나던 날 아침, 아사코는 내 목을 안고 내 뺨에 입을 맞추고, 제가 쓰던 작은 손수건과 제가 끼던 작은 반지를 이별의 선물로 주었다. 옆에서 보고 있던 선생 부인은 웃으면서 "한 십 년 지나면 좋은 상대가 될 거예요." 하였다. 나의 얼

• 유숙: 남의 집에서 묵음.

굴이 더워지는 것을 느꼈다. 나는 아사코에게 안데르센의 동화책을 주었다.

그 후 십 년이 지나고 삼사 년이 더 지났다. 그동안 나는 국민학교 1학년 같은 예쁜 여자아이를 보면 아사코 생각을 하였다.

내가 두 번째 도쿄에 갔던 것도 사월이었다. 도쿄역 가까운 데 여관을 정하고 즉시 미우라 선생 댁을 찾아갔다. 아사코는 어느덧 청순하고 세련되어 보이는 영양(令孃)이 되어 있었다. 그 집 마당에 피어 있는 목련꽃과도 같이. 그때 그는 성심 여학원 영문과 3학년이었다. 나는 좀 서먹서먹했으나, 아사코는 나와의 재회를 기뻐하는 것 같았다. 아버지, 어머니가 가끔 내 말을 해서 나의 존재를 기억하고 있었나 보다.

그날도 토요일이었다. 저녁 먹기 전에 같이 산보를 나갔다. 그리고 계획하지 않은 발걸음은 성심 여학원 쪽으로 옮겨 갔다. 캠퍼스를 두루 거닐다가 돌아올 무렵, 나는 아사코 신장은 어디 있느냐고 물어보았다. 그는 무슨 말인가 하고 나를 쳐다보다가, 교실에는 구두를 벗지 않고 그냥 들어간다고 하였다. 그러고는 갑자기 뛰어가서 그날 잊어버리고 교실에 두고 온 우산을 가지고 왔다.

지금도 나는 여자 우산을 볼 때면 연두색이 고왔던 그 우산을 연상한다. 〈셸부르의 우산〉이라는 영화를 내가 그렇게 좋아한 것도 아사코의 우산 때문인가 한다. 아사코와 나는 밤늦게까지 문학 이야기를 하다가 가벼운 악수를 하고 헤어졌다. 새로 출판된 버지니아 울프의 소설 〈세월〉에 대해서도 이야기한 것 같다.

그 후, 또 십여 년이 지났다. 그동안 제2차 세계 대전이 있었고 우리나라가 해방이 되고 또 한국 전쟁이 있었다. 나는 어쩌다 아사코 생각을 하곤 했다. 결혼은 하였을 것이요, 전쟁 통에 어찌 되지나 않았나, 남편이 전사하지나 않았나 하고 별별 생각을 다하였다.

1954년 처음 미국 가던 길에 나는 도쿄에 들러 미우라 선생 댁을 찾아갔다. 뜻밖에 그 동네가 고스란히 그대로 남아 있었다. 그리고 선생네는 아직도 그 집에 살고 있었다. 선생 내외분은 흥분된 얼굴로 나를 맞이하였다. 그리고 한국이 독립이 되어서 무엇보다도 잘됐다고 치하하였다. 아사코는 전쟁이 끝난 후 맥아더 사령부에서 번역 일을 하고 있다가, 거기서 만난 일본인 2세와 결혼을 하고 따로 나서 산다는 것이었다. 아사코가 전쟁미망인이 되지 않은 것은 다행이었다. 그러나 2세와 결혼하였다는 것이 마음에 걸렸다. 만나고 싶다고 그랬더니, 어머니가 아사코의 집으로 안내해 주었다.

뾰족 지붕에 뾰족 창문들이 있는 작은 집이었다. 이십여 년 전 내가 아사코에게 준 동화책 겉장에 있는 집도 이런 집이었다.

"아, 이쁜 집! 우리 이담에 이런 집에서 같이 살아요."

아사코의 어린 목소리가 지금도 들린다.

십 년쯤 미리 전쟁이 나고 그만큼 일찍 한국이 독립이 되었더라면, 아사코의 말대로 우리는 같은 집에서 살 수 있게 되었을지도 모른다. 뾰족 지붕에 뾰족 창문들이 있는 집이 아니라도. 이런 부질없는 생각이 스치고 지나갔다.

그 집에 들어서자 마주친 것은 백합같이 시들어 가는 아사코의 얼굴이었다. 〈세월〉이란 소설 이야기를 한 지 십 년이 더 지났었다. 그러나 그는 아직 싱싱하여야 할 젊은 나이다. 남편은 내가 상상한 것과 같이 일본 사람도 아니고 미국 사람도 아닌, 그리고 진주군 장교라는 것을 뽐내는 것 같은 사나이였다. 아사코와 나는 절을 몇 번씩 하고 악수도 없이 헤어졌다.

그리워하는데도 한 번 만나고는 못 만나게 되기도 하고, 일생을 못 잊으면서도 아니 만나고 살기도 한다. 아사코와 나는 세 번 만났다. 세 번째는 아니 만났어야 좋았을 것이다.

오는 주말에는 춘천에 갔다 오려 한다. 소양강 가을 경치가 아름다울 것이다.

《수필문학》(1973)

나의 사랑하는 생활 | 피천득

나는 우선 내 마음대로 쓸 수 있는 돈이 지금 돈으로 한 5만 원쯤 생기기도 하는 생활을 사랑한다. 그러면 그 돈으로 청량리 위생 병원에 낡은 몸을 입원시키고 싶다. 나는 깨끗한 침대에 누웠다가 하루에 한두 번씩 덥고 깨끗한 물로 목욕을 하고 싶다. 그리고 우리 딸에게 제 생일날 사주지 못한 비로드 바지를 사주고, 아내에게는 비하이브 털실 한 폰드 반을 사주고 싶다.

그리고 내 것으로 점잖고 산뜻한 넥타이를 몇 개 사고 싶다. 돈이 없어서 적조하여진 친구들을 우리 집에 청해 오고 싶다. 아내는 신이 나서 도마질을 할 것이다. 나는 5만 원, 아니 10만 원쯤 마음대로 쓸 수 있는 돈이 생기는 생활을 가장 사랑한다. 나는 나의 시간과 기운을 다 팔아 버리지 않고, 나의 마지막 십분의 일이라도 남겨서 자유와 한가를 즐길 수 있는 생활을 하고 싶다.

나는 잔디를 밟기 좋아한다. 젖은 시새•를 밟기 좋아한다. 고무창 댄 구두를 신고 아스팔트 위를 걷기를 좋아한다. 아가의 머리칼을 만지기 좋아한다. 새로 나온 나뭇잎을 만지기 좋아한다. 나는 보드랍고 고운 화롯불 재를 만지기 좋아한다. 나는 남의 아내의 수달피 목도리를 만져 보기 좋아한다. 그리고 아내에게 좀 미안한 생각을 한다.

나는 아름다운 얼굴을 좋아한다. 웃는 아름다운 얼굴을 더 좋아한다. 그러나 수수한 얼굴이 웃는 것도 좋아한다. 서영이 엄마가 자기 아이를 바라보고 웃는 얼굴도 좋아한다. 나 아는 여인들이 인사 대신으로 웃는 웃음을 나는 좋아한다.

나는 아름다운 빛을 사랑한다. 골짜기마다 단풍이 찬란한 만폭동, 앞을 바라보면

• 시새: 세사(細沙). 가늘고 고운 모래.

걸음이 급하여지고 뒤를 돌아다보면 더 좋은 단풍을 두고 가는 것 같아서 어쩔 줄 모르고 서 있었다. 예전 우리 유치원 선생님이 주신 색종이 같은 빨간색, 보라, 자주, 초록, 이런 황홀한 색깔을 좋아한다. 나는 우리나라 가을 하늘을 사랑한다. 나는 진주빛, 비둘기빛을 좋아한다. 나는 오래된 가구의 마호가니빛을 좋아한다. 늙어 가는 학자의 희끗희끗한 머리칼을 좋아한다.

나는 이른 아침 종달새 소리를 좋아하며, 꾀꼬리 소리를 반가워하며, 봄 시냇물 흐르는 소리를 즐긴다. 갈대에 부는 바람 소리를 좋아하며, 바다의 파도 소리를 들으면 아직도 가슴이 뛴다. 나는 골목을 지나갈 때에 발을 멈추고 한참이나 서 있게 하는 피아노 소리를 좋아한다.

나는 젊은 웃음소리를 좋아한다. 다른 사람 없는 방 안에서 내 귀에다 귓속말을 하는 서영이 말소리를 좋아한다. 나는 비 오시는 날 저녁 때 뒷골목 선술집에서 풍기는 불고기 냄새를 좋아한다. 새로운 양서(洋書) 냄새, 털옷 냄새를 좋아한다. 커피 끓이는 냄새, 라일락 짙은 냄새, 국화·수선화·소나무의 향기를 좋아한다. 봄 흙냄새를 좋아한다.

나는 사과를 좋아하고 호두와 잣과 꿀을 좋아하고, 친구와 향기로운 차 마시기를 좋아한다. 군밤을 외투 호주머니에다 넣고 길을 걸으면서 먹기를 좋아하고, 찰스강변을 걸으면서 핥던 콘 아이스크림을 좋아한다.

나는 아홉 평 건물에 땅이 오십 평이나 되는 나의 집을 좋아한다. 재목은 쓰지 못하고 흙으로 지은 집이지만 내 집이니까 좋아한다. 화초를 심을 뜰이 있고 집 내놓으라는 말을 아니 들을 터이니 좋다. 내 책들은 언제나 제자리에 있을 수 있고 앞으로 오랫동안 이 집에서 살면 집을 몰라서 놀러오지 못할 친구는 없을 것이다. 나는 삼일절이나 광복절 아침에는 실크해트(Silk-hat)를 쓰고 모닝코트•를 입고 싶은 충동을 느낀다. 그러나 그것은 될 수 없는 일이다. 여름이면 베 고의적삼을 입고 농립•을 쓰고 짚신을 신고 산길을 가기 좋아한다.

• 모닝코트: 남자가 낮 동안 입는 서양식 예복.
• 농립: 여름에 농사일을 할 때 쓰는 모자.

나는 신발을 좋아한다. 태사신•, 이름 쓴 까만 운동화, 깨끗하게 씻어 논 파란 고무신, 흙이 약간 묻은 탄탄히 삼은 짚신, 나의 생활을 구성하는 모든 작고 아름다운 것들을 사랑한다. 고운 얼굴을 욕망 없이 바라다보며, 남의 공적을 부러움 없이 찬양하는 것을 좋아한다. 여러 사람을 좋아하며 아무도 미워하지 아니하며, 몇몇 사람을 끔찍이 사랑하며 살고 싶다. 그리고 나는 점잖게 늙어 가고 싶다. 내가 늙고 서영이가 크면 눈 내리는 서울 거리를 손잡고 걸어가고 싶다.

《금아시문선》(1959)

• 태사신: 남자의 마른신.

은전 한 닢 | 피천득

내가 상해에서 본 일이다.

늙은 거지 하나가 전장•에 가서 떨리는 손으로 일 원짜리 은전 한 닢을 내놓으면서,

"황송하지만 이 돈이 못쓰는 것이나 아닌지 좀 보아 주십시오."

하고, 그는 마치 선고를 기다리는 죄인과 같이 전장 사람의 입을 쳐다본다. 전장 주인은 거지를 물끄러미 내려다보다가 돈을 두들겨 보고,

"좋소."

하고 내어 준다. 그는 '좋소'라는 말에 기쁜 얼굴로 돈을 받아서 가슴 깊이 집어넣고 절을 몇 번이나 하며 간다. 그는 뒤를 자꾸 돌아보며 얼마를 가더니, 또 다른 전장을 찾아 들어갔다. 품속에 손을 넣고 한참을 꾸물거리다가 그 은전을 내놓으며,

"이것이 정말 은으로 만든 돈이오니까?"

하고 묻는다. 전장 주인도 호기심 있는 눈으로 바라다보더니,

"이 돈을 어디서 훔쳤어?"

거지는 떨리는 목소리로,

"아닙니다. 아니에요."

"그러면 길바닥에서 주웠다는 말이냐?"

"누가 그렇게 큰돈을 빠뜨립니까? 떨어지면 소리는 안 나나요? 어서 도로 주십시오."

거지는 손을 내밀었다. 전장 사람은 웃으면서

"좋소."

• 전장(錢莊): 돈을 바꾸어 주는 집.

하고 던져 주었다.

그는 얼른 집어서 가슴에 품고 황망히 달아난다. 뒤를 흘끔흘끔 돌아다보며 얼마를 허덕이며 달아나더니 별안간 우뚝 선다. 서서 그 은전이 빠지지나 않았나 만져 보는 것이다. 거친 손가락이 누더기 위로 그 돈을 쥘 때, 그는 다시 웃는다. 그리고 또 얼마를 걸어가다가 어떤 골목 으슥한 곳으로 찾아들어 가더니, 벽돌담 밑에 쭈그리고 앉아서 돈을 손바닥에 놓고 들여다보고 있었다. 그는 얼마나 열중해 있었는지 내가 가까이 선 줄도 모르는 모양이었다.

"누가 그렇게 많이 도와줍디까?"

하고 나는 물었다. 그리고 그는 내 말소리에 움칠하면서 손을 가슴에 숨겼다. 그러고는 떨리는 다리로 일어서서 달아나려고 했다.

"염려 마십시오. 뺏어 가지 않소."

하고 나는 그를 안심시키려고 하였다. 한참 머뭇거리다가 그는 나를 쳐다보고 이야기를 하였다.

"이것은 훔친 것이 아닙니다. 길에서 얻은 것도 아닙니다. 누가 저 같은 놈에게 일 원짜리 줍니까? 각전(角錢)• 한 닢을 받아 본 적이 없습니다. 동전 한 닢 주시는 분도 백에 한 분이 쉽지 않습니다. 나는 한 푼 한 푼 얻은 돈에서 몇 닢씩을 모았습니다. 이렇게 모은 돈 마흔여덟 닢을 각전 닢과 바꾸었습니다. 이러기를 여섯 번을 하여 겨우 이 귀한 대양(大洋)• 한 푼을 갖게 되었습니다. 이 돈을 얻느라고 여섯 달이 더 걸렸습니다."

그의 뺨에는 눈물이 흘렀다. 나는

"왜 그렇게까지 애를 써서 그 돈을 만들었단 말이오? 그 돈으로 무엇을 하려오?"

하고 물었다. 그는 머뭇거리다가 대답했다.

"이 돈, 한 개가 갖고 싶었습니다."

《금아시문선》(1959)

• 각전: 예전에, 일 전이나 십 전 따위의 잔돈을 이르던 말.

• 대양: 중국 화폐인 은전.

달밤 | 윤오영

내가 잠시 낙향(落鄕)해서 있었을 때 일.

어느 날 밤이었다. 달이 몹시 밝았다. 서울서 이사 온 윗마을 김 군을 찾아갔다. 대문은 깊이 잠겨 있고 주위는 고요했다. 나는 밖에서 혼자 머뭇거리다가 대문을 흔들지 않고 그대로 돌아섰다.

맞은편 집 사랑 툇마루엔 웬 노인이 한 분 책상다리를 하고 앉아서 달을 보고 있었다. 나는 걸음을 그리로 옮겼다. 그는 내가 가까이 가도 별 관심을 보이지 아니했다.

"좀 쉬어 가겠습니다."

하며 걸터앉았다. 그는 이웃 사람이 아닌 것을 알자,

"아랫마을서 오셨소?"

하고 물었다.

"네, 달이 하도 밝기에……."

"음! 참 밝소."

허연 수염을 쓰다듬었다. 두 사람은 각각 말이 없었다. 푸른 하늘은 먼 마을에 덮여 있고, 뜰은 달빛에 젖어 있었다. 노인이 방으로 들어가더니, 안으로 통한 문소리가 나고 얼마 후에 다시 문소리가 들리더니, 노인은 방에서 상을 들고 나왔다. 소반에는 무청김치 한 그릇, 막걸리 두 사발이 놓여 있었다.

"마침 잘 됐소, 농주(農酒) 두 사발이 남았더니……."

하고 권하며, 스스로 한 사발을 죽 들이켰다. 나는 그런 큰 사발의 술을 먹어 본 적은 일찍이 없었지만 그 노인이 마시는 바람에 따라 마셔 버렸다.

이윽고,

"살펴 가우."
하고 노인의 인사를 들으며 내려왔다. 얼마쯤 내려오다 보니, 노인은 그대로 앉아 있었다.

《고독의 반추》(1974)

부끄러움 | 윤오영

고개 마루턱에 방석 소나무가 하나 서 있었다. 예까지 오면 거진 다 왔다는 생각에 마음이 흘가분해진다. 이 마루턱에서 보면 야트막한 산 밑에 올망졸망 초가집들이 들어선 마을이 보이고 오른쪽으로 넓은 마당 집이 내 진외가•로 아저씨뻘 되는 분의 집이다.

나는 여름 방학이 되어 집에 내려오면 한 번씩은 이 집을 찾는다. 이 집에는 나보다 한 살 아래인, 열세 살 되는 누이뻘 되는 소녀가 있었다. 실상 촌수를 따져 가며 통내외•까지 할 절척(切戚)•도 아니지만 서로 가깝게 지내는 터수라, 내가 가면 여간 반가워하지 아니했고, 으레 그 소녀를 오빠가 왔다고 불러내어 인사를 시키곤 했다. 소녀의 몸매며 옷매무새는 제법 색시꼴이 박히어 가기 시작했다. 그때만 해도 시골서 좀 범절 있다는 가정에서는 열 살만 되면 벌써 처녀로서의 예모를 갖추었고 침선•이나 음식 솜씨도 나타내기 시작했다. 집 문 앞에는 보리가 누렇게 패어 있었고, 한편 들에서는 일꾼들이 보리를 베기 시작했다. 나는 사랑에 들어가 어른들을 뵙고 수인사 겸 이런 이야기 저런 이야기로 얼마 지체한 뒤에, 안 건넌방으로 안내를 받았다. 점심 대접을 하려는 것이다. 사랑방은 머슴이며, 일꾼들이 드나들고 어수선했으나, 건넌방은 조용하고 깨끗하다. 방도 말짱히 치워져 있고, 자리도 깔려 있었다. 아주머니는 오빠에게 나와 인사하라고 소녀를 불러냈다.

소녀는 미리 준비를 차리고 있었던 모양으로 옷도 갈아입고 머리도 곱게 매만져

• 진외가: 아버지의 외가.
• 통내외: 두 집 사이에 남녀가 터놓고 지냄.
• 절척: 동성동본이 아닌 가까운 친척.
• 침선: 바느질.

있었다. 나도 옷고름을 매만지며 대청으로 마주 나와 인사를 했다. 작년보다는 훨씬 성숙해 보였다. 지금 막 건넌방에서 옮겨 간 것이 틀림없었다. 아주머니는 일꾼들을 보살피러 나가면서 오빠 점심 대접하라고 딸에게 일렀다. 조금 있다가 딸은 노파에게 상을 들려 가지고 왔다. 닭국에 말은 밀국수다. 오이소박이와 호박눈썹나물이 놓여 있었다. 상차림은 간소하나 정결하고 깔밋했다. 소녀는 촌이라 변변치는 못하지만 많이 들어 달라고 친숙하고 나직한 목소리로 짤막한 인사를 남기고 곱게 문을 닫고 나갔다.

남창으로 등을 두고 앉았던 나는 상을 받느라고 돗자리 길이대로 자리를 옮겨야 했다. 맞은편 벽 모서리에 걸린 분홍 적삼이 비로소 눈에 띄었다. 곤때•가 약간 묻은 소녀의 분홍 적삼이.

나는 야릇한 호기심으로 자꾸 쳐다보지 아니할 수 없었다. 밖에서 무엇인가 수런수런하는 기색이 들렸다. 노파의 은근한 웃음 섞인 소리도 들렸다. 괜찮다고 염려 말라는 말 같기도 했다. 그러더니 노파가 문을 열고 들어왔다. 밀국수도 촌에서는 별식이니 맛없어도 많이 먹으라느니 너스레를 놓더니, 슬쩍 적삼을 떼어 가지고 나가는 것이었다.

상을 내어 갈 때는 노파 혼자 들어오고, 으레 따라올 소녀는 나타나지 아니했다. 적삼 들킨 것이 무안하고 부끄러웠던 것이다. 내가 올 때 아주머니는 오빠가 떠난다고 소녀를 불렀다. 그러나 소녀는 안방에 숨어서 나타나지 아니했다. 아주머니는 "갑자기 수줍어졌니, 얘도 새롭기는." 하며 미안한 듯 머뭇머뭇 기다렸으나 이내 소녀는 나오지 아니했다. 나올 때 뒤를 홀낏 훔쳐본 나는 숨어서 반쯤 내다보는 소녀의 뺨이 확실히 붉어 있음을 알았다. 그는 부끄러웠던 것이다.

《고독의 반추》(1974)

• 곤때: 겉으로는 그다지 표시나지 않으나 약간 오래 된 때.

⁝ 방망이 깎던 노인 | 윤오영

벌써 40여 년 전이다. 내가 갓 세간 난 지 얼마 안 돼서 의정부에 내려가 살 때다. 서울 왔다 가는 길에, 청량리역으로 가기 위해 동대문에서 일단 전차를 내려야 했다. 동대문 맞은편 길가에 앉아서 방망이를 깎아 파는 노인이 있었다. 방망이를 한 벌 사 가지고 가려고 깎아 달라고 부탁을 했다. 값을 굉장히 비싸게 부르는 것 같았다. 좀 싸게 해 줄 수 없느냐고 했더니,

"방망이 하나 가지고 에누리하겠소? 비싸거든 다른 데 가 사우."

대단히 무뚝뚝한 노인이었다. 값을 흥정하지도 못하고 잘 깎아나 달라고만 부탁했다. 그는 잠자코 열심히 깎고 있었다. 처음에는 빨리 깎는 것 같더니, 저물도록 이리 돌려 보고 저리 돌려 보고 굼뜨기 시작하더니, 이내 마냥 늑장이다. 내가 보기에는 그만하면 다 됐는데, 자꾸만 더 깎고 있다. 인제 다 됐으니 그냥 달라고 해도 통 못 들은 척한다. 차 시간이 바쁘니 빨리 달라고 해도 통 못 들은 척 대꾸가 없다. 사실 차 시간이 빠듯해 왔다. 갑갑하고 지루하고 인제는 초조할 지경이다.

더 깎지 않아도 좋으니 그만 달라고 했더니, 화를 버럭 내며,

"끓을 만큼 끓어야 밥이 되지, 생쌀이 재촉한다고 밥이 되나."

한다. 나도 기가 막혀서,

"살 사람이 좋다는데 무얼 더 깎는다는 말이오? 노인장, 외고집이시구먼. 차 시간이 없다니까……."

노인은 퉁명스럽게,

"다른 데 가서 사우. 난 안 팔겠소."

하고 내뱉는다. 지금까지 기다리고 있다가 그냥 갈 수도 없고, 차 시간은 어차피 틀린 것 같고 해서, 될 대로 되라고 체념할 수밖에 없었다.

"그럼, 마음대로 깎아 보시오."

"글쎄, 재촉을 하면 점점 거칠고 늦어진다니까. 물건이란 제대로 만들어야지, 깎다가 놓치면 되나."

좀 누그러진 말씨다. 이번에는 깎던 것을 숫제 무릎에다 놓고 태연스럽게 곰방대에 담배를 담아 피우고 있지 않는가. 나도 고만 지쳐 버려 구경꾼이 되고 말았다. 얼마 후에, 노인은 또 깎기 시작한다. 저러다가는 방망이는 다 깎아 없어질 것만 같았다. 또 얼마 후에, 방망이를 들고 이리저리 돌려 보더니 다 됐다고 내 준다. 사실 다 되기는 아까부터 다 돼 있던 방망이다.

차를 놓치고 다음 차로 가야 하는 나는 불쾌하기 짝이 없었다.

'그 따위로 장사를 해 가지고 장사가 될 턱이 없다. 손님 본위가 아니고 제 본위다. 그래 가지고 값만 되게 부른다. 상도덕(商道德)도 모르고, 불친절하고 무뚝뚝한 노인이다.'

생각할수록 화증이 났다. 그러다가 뒤를 돌아다보니 노인은 태연히 허리를 펴고 동대문 지붕 추녀를 바라보고 섰다. 그때, 바라보고 섰는 옆모습이 어딘지 모르게 노인다워 보이고 부드러운 눈매와 흰 수염에 내 마음은 약간 누그러졌다. 노인에 대한 멸시와 증오도 감쇄(減殺)된 셈이다.

집에 와서 방망이를 내놨더니, 아내는 이쁘게 깎았다고 야단이다. 집에 있는 것보다 참 좋다는 것이다. 그러나 나는 전의 것이나 별로 다른 것 같지가 않았다. 그런데 아내의 설명을 들어 보면, 배가 너무 부르면 옷감을 다듬다가 치기를 잘 하고 같은 무게라도 힘이 들며, 배가 너무 안 부르면 다듬잇살이 펴지지 않고 손에 헤먹기• 쉽단다. 요렇게 꼭 알맞은 것은 좀체로 만나기가 어렵다는 것이다. 나는 비로소 마음이 확 풀렸다. 그리고 그 노인에 대한 내 태도를 뉘우쳤다. 참으로 미안했다.

옛날부터 내려오는 죽기(竹器)는, 혹 대쪽이 떨어지면 쪽을 대고 물수건으로 겉을 씻고 곧 뜨거운 인두로 다리면 다시 붙어서 좀체로 떨어지지 않는다. 그러나 요새

• 헤먹다: 들어 있는 물건보다 구멍이 헐거워서 어울리지 않다.

죽기는 대쪽이 한 번 떨어지기 시작하면 걷잡을 수가 없다. 예전에는 죽기에 대를 붙일 때, 질 좋은 부레를 잘 녹여서 흠뻑 칠한 뒤에 볕에 쪼여 말린다. 이렇게 하기를 세 번 한 뒤에 비로소 붙인다. 이것을 '소라 붙인다'고 한다. 물론 날짜가 걸린다. 그러나 요새는 접착제를 써서 직접 붙인다. 금방 붙는다. 그러나 견고하지가 못하다. 그렇지만 요새 남이 보지도 않는 것을 며칠씩 걸려가며 소라 붙일 사람이 있을 것 같지 않다.

약재(藥材)만 해도 그러다. 옛날에는 숙지황을 사면 보통 것은 얼마, 윗길은 얼마, 값으로 구별했고, 구증구포•한 것은 세 배 이상 비싸다. 구증구포란 아홉 번 쪄내고 아홉 번 말린 것이다. 눈으로 보아서는 다섯 번을 쪘는지 열 번을 쪘는지 알 수가 없었다. 단지 말을 믿고 사는 것이다. 신용이다. 지금은 그런 말조차 없다. 어느 누가 남이 보지도 않는데 아홉 번씩 찔 이도 없고, 또 그것을 믿고 세 배씩 값을 줄 사람도 없다.

옛날 사람들은 홍정은 홍정이요 생계는 생계지만, 물건을 만드는 그 순간만은 오직 아름다운 물건을 만든다는 그것에만 열중했다. 그리고 스스로 보람을 느꼈다. 그렇게 순수하게 심혈을 기울여 공예 미술품을 만들어 냈다. 이 방망이도 그런 심정에서 만들었을 것이다. 나는 그 노인에 대해서 죄를 지은 것 같은 괴로움을 느꼈다. "그 따위로 해서 무슨 장사를 해 먹는담." 하던 말은 "그런 노인이 나 같은 젊은이에게 멸시와 증오를 받는 세상에서, 어떻게 아름다운 물건이 탄생할 수 있담." 하는 말로 바뀌어졌다.

나는 그 노인을 찾아가서 추탕에 탁주라도 대접하며 진심으로 사과해야겠다고 생각했다. 그래서 그 다음 일요일에 상경하는 길로 그 노인을 찾았다. 그러나 그 노인이 앉았던 자리에 노인은 있지 아니했다. 나는 그 노인이 앉았던 자리에 멍하니 서 있었다. 허전하고 서운했다. 내 마음을 사과드릴 길이 없어 안타까웠다. 맞은편 동대문의 지붕 추녀를 바라보았다. 푸른 창공에 날아갈 듯한 추녀 끝으로 흰 구름

• 구증구포: 약재를 만들 때에, 찌고 말리기를 아홉 번씩 하는 일.

이 피어나고 있었다. 아, 그때 그 노인이 저 구름을 보고 있었구나. 열심히 방망이를 깎다가 유연히 추녀 끝의 구름을 바라보던 노인의 거룩한 모습이 떠올랐다. 나는 무심히

"동쪽 울타리 아래서 국화를 캐다가(採菊東籬下),

유연히 남산을 바라보노라(悠然見南山)."

던 도연명(陶淵明)의 시구가 새어 나왔다.

오늘, 안에 들어갔더니 며느리가 북어 자반을 뜯고 있었다. 전에 더덕북어•를 방망이로 쿵쿵 두들겨서 먹던 생각이 난다. 방망이 구경한 지도 참 오래다. 요새는 다듬이질하는 소리도 들을 수가 없다. "만호에 다듬이질 소리(萬戶搗衣聲)"니 "그대 위해 가을밤에 다듬이질하는 소리(爲君秋夜搗衣聲)"니 애수를 자아내던 그 소리도 사라진 지 이미 오래다. 문득 40년 전 방망이 깎던 노인의 모습이 떠오른다.

《방망이 깎던 노인》(1976년)

• 더덕북어: 얼어서 부풀어 올라 더덕처럼 마른 북어.

가난한 날의 행복 | 김소운

먹을 만큼 살게 되면 지난날의 가난을 잊어버리는 것이 인지상정(人之常情)•인가 보다. 가난은 결코 환영할 것이 못 되니, 빨리 잊을수록 좋은 것일지도 모른다. 그러나 가난하고 어려웠던 생활에도 아침 이슬같이 반짝이는 아름다운 회상이 있다. 여기에 적은 세 쌍의 가난한 부부 이야기는, 이미 지나간 옛날이야기지만, 내게 언제나 새로운 감동을 안겨다 주는 실화들이다.

그들은 가난한 신혼 부부였다. 보통의 경우라면, 남편이 직장으로 나가고 아내는 집에서 살림을 하겠지만, 그들은 반대였다. 남편은 실직으로 집안에 있고, 아내는 집에서 가까운 어느 회사에 다니고 있었다.

어느 날 아침, 쌀이 떨어져서 아내는 아침을 굶고 출근을 했다.

"어떻게든지 변통을 해서 점심을 지어 놓을 테니, 그때까지만 참으오."

출근하는 아내에게 남편은 이렇게 말했다. 마침내 점심시간이 되어서 아내가 집에 돌아와 보니, 남편은 보이지 않고, 방안에는 신문지로 덮인 밥상이 놓여 있었다. 아내는 조용히 신문지를 걷었다. 따뜻한 밥 한 그릇과 간장 한 종지……. 쌀은 어떻게 구했지만, 찬까지는 마련할 수 없었던 모양이다. 아내는 수저를 들려고 하다가 문득 상 위에 놓인 쪽지를 보았다.

"왕후의 밥, 걸인의 찬……. 이걸로 우선 시장기만 속여 두오."

낯익은 남편의 글씨였다. 순간, 아내는 눈물이 핑 돌았다. 왕후가 된 것보다도 행복했다. 반금을 주고도 살 수 없는 행복감에 가슴이 부풀었다.

• 인지상정: 사람이면 누구나 가지는 보통의 마음.

다음은 어느 시인 내외의 젊은 시절 이야기다. 역시 가난한 부부였다.

어느 날 아침, 남편은 세수를 하고 들어와 아침상을 기다리고 있었다. 그때, 시인의 아내가 쟁반에다 삶은 고구마 몇 개를 담아 들고 들어왔다.

"햇고구마가 하도 맛있다고 아랫집에서 그러기에 우리도 좀 사왔어요. 맛이나 보세요."

남편은 본래 고구마를 좋아하지도 않는데다가 식전에 그런 것을 먹는 게 왠지 부담스럽게 느껴졌지만, 아내를 대접하는 뜻에서 그중 제일 작은 놈을 하나 골라 먹었다. 그리고 쟁반 위에 함께 놓인 홍차를 들었다.

"하나면 정이 안 간대요. 한 개만 더 드세요."

아내는 웃으면서 또 이렇게 권했다. 남편은 마지못해 또 한 개를 집었다. 어느새 밖에 나갈 시간이 가까웠다. 남편은,

"인제 나가 봐야겠소. 밥상 들여요."

하고 재촉했다.

"지금 잡숫고 있잖아요. 이 고구마가 오늘 우리 아침밥이어요."

"뭐요?"

남편은 비로소 집에 쌀이 떨어진 줄을 알고, 무안하고 미안한 생각에 얼굴이 화끈했다.

"쌀이 없으면 없다고 왜 좀 미리 말을 못 하는 거요? 사내 봉변을 시켜도 유분수지."

뿌루퉁해서 한 마디 쏘아붙이자, 아내가 대답했다.

"저의 작은 아버님이 장관이세요. 어디를 가면 쌀 한 가마가 없겠어요? 하지만, 긴긴 인생에 이런 일도 있어야 늙어서 얘깃거리가 되잖아요."

잔잔한 미소를 지으면서 이렇게 말하는 아내 앞에, 남편은 묵연(默然)• 할 수밖에 없었다. 그러면서도 가슴 속에서 형언 못할 행복감이 밀물처럼 밀려왔다.

• 묵연: 잠잠히 말이 없음.

다음은 어느 중로(中老)의 여인에게서 들은 이야기다. 여인이 젊었을 때였다. 남편이 거듭 사업에 실패하자, 이들 내외는 갑자기 가난 속에 빠지고 말았다.

남편은 다시 일어나 사과 장사를 시작했다. 서울에서 사과를 싣고 춘천에 갔다 넘기면 다소의 이윤이 생겼다. 그런데 한번은, 춘천으로 떠난 남편이 이틀이 되고 사흘이 되어도 돌아오지를 않았다. 제 날로 돌아오기는 어렵지만, 이틀째에는 틀림없이 돌아오는 남편이었다. 아내는 기다리다 못해 닷새째 되는 날 남편을 찾아 춘천으로 떠났다.

"춘천에만 닿으면 만나려니 했지요. 춘천을 손바닥만 하게 알았나 봐요. 정말 막막하더군요. 하는 수 없이 여관을 뒤졌지요. 여관이란 여관은 모조리 다 뒤졌지만, 그이는 없었어요. 하룻밤을 여관에서 뜬눈으로 새웠지요. 이튿날 아침, 문득 그이의 친한 친구 한 분이 도청에 계시다는 것이 생각나서, 그분을 찾아 나섰지요. 가는 길에 혹시나 하고 정거장에 들러 봤더니……."

매표구 앞에 늘어선 줄 속에 남편이 서 있었다. 아내는 너무 반갑고 원망스러워 말이 나오지 않았다.

트럭에다 사과를 싣고 춘천으로 떠난 남편은, 가는 길에 사람을 몇 태웠다고 했다. 그들이 사과 가마니를 깔고 앉는 바람에 사과가 상해서 제값을 받을 수 없었다. 남편은 도저히 손해를 보아서는 안 될 처지였기에 친구의 집에 기숙하면서, 시장 옆에 자리를 구해 사과 소매를 시작했다. 그래서 어젯밤 늦게서야 겨우 다 팔 수 있었다는 것이다. 전보도 옳게 제 구실을 하지 못했던 8.15 직후였으니…….

함께 춘천을 떠나 서울로 향하는 차 속에서 남편은 아내의 손을 꼭 쥐었다. 그때만 해도 세 시간 남아 걸리던 경춘선, 남편은 한 번도 그 손을 놓지 않았다. 아내는 한 손을 남편에게 맡긴 채 너무도 너무도 행복해서 그저 황홀에 잠길 뿐이었다.

그 남편은 그러나 6.25때 죽었다고 한다. 여인은 어린 자녀들을 이끌고 모진 세파와 싸우지 않으면 안 되었다.

"이제 아이들도 다 커서 대학엘 다니고 있으니, 그이에게 조금은 면목이 선 것도 같아요. 제가 지금까지 살아올 수 있었던 것은, 춘천서 서울까지 제 손을 놓지 않았던 그이의 손길, 그것 때문일지도 모르지요."

여인은 조용히 웃으면서 이렇게 말을 맺었다.

지난날의 가난은 잊지 않는 게 좋겠다. 가난 속에 빛나던 사랑만은 잊지 말아야겠다. "행복은 반드시 부와 일치하진 않는다."는 말은 결코 진부한 일 편(一片)의 경구만은 아니다.

《김소운 수필 선집》(1978)

나는 그믐달을 몹시 사랑한다.

그믐달은 요염하여 감히 손을 댈 수도 없고, 말을 붙일 수도 없이 깜찍하게 예쁜 계집 같은 달인 동시에 가슴이 저리고 쓰리도록 가련한 달이다.

서산 위에 잠깐 나타났다 숨어 버리는 초생달은 세상을 후려 삼키려는 독부(毒婦)•가 아니면 철모르는 처녀 같은 달이지마는, 그믐달은 세상의 갖은 풍상(風霜)을 다 겪고, 나중에는 그 무슨 원한을 품고서 애처롭게 쓰러지는 원부(怨婦)•와 같이 애절하고 애절한 맛이 있다.

보름의 둥근 달은 모든 영화와 끝없는 숭배를 받는 여왕(女王)과 같은 달이지마는, 그믐달은 애인을 잃고 쫓겨남을 당한 공주와 같은 달이다.

초생달이나 보름달은 보는 이가 많지마는, 그믐달은 보는 이가 적어 그만큼 외로운 달이다.

객창(客窓) 한등(寒燈)•에 정든 임 그리워 잠 못 들어 하는 분이나, 못 견디게 쓰린 가슴을 움켜잡은 무슨 한(恨) 있는 사람이 아니면 그 달을 보아 주는 이가 별로이 없을 것이다.

그는 고요한 꿈나라에서 평화롭게 잠들은 세상을 저주하며, 홀로이 머리를 풀어 뜨리고 우는 청상(青孀)•과 같은 달이다.

내 눈에는 초생달 빛은 따뜻한 황금빛에 날카로운 쇳소리가 나는 듯하고, 보름달

• 독부: 몹시 악독한 여자.
• 원부: '원한을 품은 여자'라는 뜻으로 '과부'를 이르는 말.
• 한등: 쓸쓸히 비치는 등불.
• 청상: 젊어서 남편을 잃고 홀로된 여자.

은 쳐다보면 하얀 얼굴이 언제든지 웃는 듯하지마는, 그믐달은 공중에서 번뜻 하는 날카로운 비수와 같이 푸른빛이 있어 보인다. 내가 한(恨) 있는 사람이 되어서 그러한지는 모르되, 내가 그 달을 많이 보고 또 보기를 원하지만, 그 달은 한 있는 사람만 보아 주는 것이 아니라, 늦게 돌아가는 술주정꾼과 노름하다 오줌 누러 나온 사람도 보고, 어떤 때는 도둑놈도 보는 것이다.

어떻든지, 그믐달은 가장 정(情) 있는 사람이 보는 중에, 또한 가장 한 있는 사람이 보아 주고, 또 가장 무정한 사람이 보는 동시에 가장 무서운 사람들이 많이 보아 준다.

내가 만일 여자로 태어날 수 있다 하면, 그믐달 같은 여자로 태어나고 싶다.

《조선문단》(1925)

청춘 예찬 | 민태원

청춘! 이는 듣기만 하여도 가슴이 설레는 말이다. 청춘! 너의 두 손을 가슴에 대고 물방아 같은 심장의 고동을 들어 보라. 청춘의 피는 끓는다. 끓는 피에 뛰노는 심장은 거선(巨船)의 기관같이 힘 있다. 이것이다. 인류의 역사를 꾸며 내려온 동력은 바로 이것이다. 이성은 투명하되 얼음과 같으며, 지혜는 날카로우나 갑 속에 든 칼이다. 청춘의 끓는 피가 아니더면 인간이 얼마나 쓸쓸하랴? 얼음에 싸인 만물은 죽음이 있을 뿐이다.

그들에게 생명을 불어넣는 것은 따뜻한 봄바람이다. 풀밭에 속잎 나고, 가지에 싹이 트고, 꽃 피고 새 우는 봄날의 천지는 얼마나 기쁘며, 얼마나 아름다우냐? 이것을 얼음 속에서 불러내는 것이 따뜻한 봄바람이다. 인생에 따뜻한 봄바람을 불어 보내는 것은 청춘의 끓는 피다. 청춘의 피가 뜨거운지라, 인간의 동산에는 사랑의 풀이 돋고, 이상의 꽃이 피고, 희망의 노을이 뜨고, 열락(悅樂)의 새가 운다.

사랑의 풀이 없으면 인간은 사막이다. 오아시스도 없는 사막이다. 보이는 끝까지 찾아다녀도, 목숨이 있는 때까지 방황하여도, 보이는 것은 거친 모래뿐일 것이다. 이상의 꽃이 없으면, 쓸쓸한 인간에 남는 것은 영락(零落)•과 부패뿐이다. 낙원을 장식하는 천자만홍(千紫萬紅)•이 어디 있으며, 인생을 풍부하게 하는 온갖 과실이 어디 있으랴?

이상! 우리의 청춘이 가장 많이 품고 있는 이상! 이것이야말로 무한한 가치를 가진 것이다. 사람은 크고 작고 간에 이상이 있음으로써 용감하고 굳세게 살 수 있는 것이다.

• 영락: 세력이나 살림이 줄어들어 보잘것없이 됨.
• 천자만홍: 울긋불긋한 여러 가지 꽃의 빛깔. 또는 그런 빛깔의 꽃.

석가는 무엇을 위하여 설산(雪山)에서 고행을 하였으며, 예수는 무엇을 위하여 황야에서 방황하였으며, 공자는 무엇을 위하여 천하를 철환(轍環)•하였는가? 밥을 위하여서, 옷을 위하여서, 미인을 구하기 위하여서 그리하였는가? 아니다. 그들은 커다란 이상, 곧 만천하의 대중을 품에 안고, 그들에게 밝은 길을 찾아 주며, 그들을 행복스럽고 평화스러운 곳으로 인도하겠다는 커다란 이상을 품었기 때문이다. 그러므로 그들은 길지 아니한 목숨을 사는가 싶이 살았으며, 그들의 그림자는 천고에 사라지지 않는 것이다. 이것은 가장 현저하여 일월과 같은 예가 되려니와, 그와 같지 못하다고 할지라도 창공에 반짝이는 뭇별과 같이, 산야에 피어나는 군영(群英)•과 같이, 이상은 실로 인간의 부패를 방지하는 소금이라 할지니, 인생에 가치를 주는 원질(原質)•이 되는 것이다.

이상! 빛나는 귀중한 이상, 그것은 청춘이 누리는 바 특권이다. 그들은 순진한지라 감동하기 쉽고, 그들은 점염(點染)•이 적은지라 죄악에 병들지 아니하였고, 그들은 앞이 긴지라 착목(着目)하는 곳이 원대하고, 그들은 피가 더운지라 실현에 대한 자신과 용기가 있다. 그러므로 그들은 이상의 보배를 능히 품으며, 그들의 이상은 아름답고 소담스러운 열매를 맺어, 우리 인생을 풍부하게 하는 것이다.

보라, 청춘을! 그들의 몸이 얼마나 튼튼하며, 그들의 피부가 얼마나 생생하며, 그들의 눈에 무엇이 타오르고 있는가? 우리의 눈이 그것을 보는 때에 우리의 귀는 생의 찬미를 듣는다. 그것은 웅대한 관현악이며, 미묘한 교향악이다. 뼈끝에 스며들어 가는 열락의 소리다.

이것은 피어나기 전인 유소년에게서 구하지 못할 바이며, 시들어 가는 노년에게서 구하지 못할 바이며, 오직 우리 청춘에서만 구할 수 있는 것이다.

청춘은 인생의 황금시대다. 우리는 이 황금시대의 가치를 충분히 발휘하기 위하여, 이 황금시대를 영원히 붙잡아 두기 위하여, 힘차게 노래하며 힘차게 약동하자!

《별건곤》(1929)

• 철환: 수레를 타고 돌아다님.
• 군영: 여러 가지 꽃.
• 원질: 본디의 바탕이나 성질.
• 점염: 조금씩 젖어 물듦.

낙엽을 태우면서 | 이효석

가을이 깊어지면, 나는 거의 매일 뜰의 낙엽을 긁어모으지 않으면 안 된다. 날마다 하는 일이건만, 낙엽은 어느새 날아 떨어져서, 또다시 쌓이는 것이다. 낙엽이란 참으로 이 세상의 사람의 수효보다도 많은가 보다. 삼십여 평에 차지 못하는 뜰이건만 날마다의 시중이 조련(調練)•치 않다. 벚나무, 능금나무 — 제일 귀찮은 것이 담쟁이이다. 담쟁이란 여름 한철 벽을 온통 둘러싸고, 지붕과 굴뚝의 붉은 빛만 남기고, 집안을 통째로 초록의 세상으로 변해 줄 때가 아름다운 것이지, 잎을 다 떨어뜨리고 앙상하게 드러난 벽에 메마른 줄기를 그물같이 둘러칠 때쯤에는, 벌써 다시 거들떠볼 값조차 없는 것이다. 귀찮은 것이 그 낙엽이다. 가령, 벚나무 잎같이 신선하게 단풍이 드는 것도 아니요, 처음부터 칙칙한 색으로 물들어, 재치 없는 그 넓은 잎은 지름길 위에 떨어져 비라도 맞고 나면, 지저분하게 흙 속에 묻히는 까닭에, 아무래도 날아 떨어지는 족족 그 뒷시중을 해야 한다.

벚나무 아래에 긁어모은 낙엽의 산더미를 모으고 불을 붙이면, 속엣 것부터 푸슥푸슥 타기 시작해서, 가는 연기가 피어오르고, 바람이나 없는 날이면, 그 연기가 낮게 드리워서, 어느덧 뜰 안에 자욱해진다. 낙엽 타는 냄새같이 좋은 것이 있을까? 갓 볶아 낸 커피의 냄새가 난다. 잘 익은 개암 냄새가 난다. 갈퀴를 손에 들고는 어느 때까지든지 연기 속에 우뚝 서서, 타서 흩어지는 낙엽의 산더미를 바라보며 향기로운 냄새를 맡고 있노라면, 별안간 맹렬한 생활의 의욕을 느끼게 된다. 연기는 몸에 배서 어느 결엔지 옷자락과 손등에서도 냄새가 나게 된다.

나는 그 냄새를 한없이 사랑하면서 즐거운 생활감에 잠겨서는, 새삼스럽게 생활

• 조련: 만만할 정도로 헐하거나 쉬움.

의 제목을 진귀한 것으로 머릿속에 띄운다. 음영과 윤택과 색채가 빈곤해지고, 초록이 전혀 그 자취를 감추어 버린, 꿈을 잃은 허전한 뜰 복판에 서서, 꿈의 껍질인 낙엽을 태우면서 오로지 생활의 상념에 잠기는 것이다. 가난한 벌거숭이의 뜰은 벌써 꿈을 꾸기에는 적당하지 않은 탓일까? 화려한 초록의 기억은 참으로 멀리 까마득하게 사라져 버렸다. 벌써 추억에 잠기고 감상에 젖어서는 안 된다.

가을이다! 가을은 생활의 계절이다. 나는 화단의 뒷자리를 깊게 파고, 다 타 버린 낙엽의 재를 — 죽어 버린 꿈의 시체를 — 땅 속 깊이 파묻고, 엄연한 생활의 자세로 돌아서지 않으면 안 된다. 이야기 속의 소년같이 용감해지지 않으면 안 된다.

전에 없이 손수 목욕물을 긷고, 혼자 불을 지피게 되는 것도, 물론 이런 감격에서부터다. 호스로 목욕통에 물을 대는 것도 즐겁거니와, 고생스럽게, 눈물을 흘리면서 조그만 아궁이에 나무를 태우는 것도 기쁘다. 어두컴컴한 부엌에 웅크리고 앉아서, 새빨갛게 피어오르는 불꽃을 어린아이의 감동을 가지고 바라본다. 어둠을 배경으로 하고 새빨갛게 타오르는 불은, 그 무슨 신성하고 신령스런 물건 같다. 얼굴을 붉게 태우면서 긴장된 자세로 웅크리고 있는 내 꼴은, 흡사 그 귀중한 선물을 프로메테우스•에게서 막 받았을 때, 태곳적 원시의 그것과 같을는지 모른다.

나는 새삼스럽게 마음속으로 불의 덕을 찬미하면서, 신화 속의 영웅에게 감사의 마음을 바친다. 좀 있으면 목욕실에는 자욱하게 김이 오른다. 안개 깊은 바다의 복판에 잠겼다는 듯이 동화 감정으로 마음을 장식하면서, 목욕물 속에 전신을 깊숙이 잠글 때, 바로 천국에 있는 듯한 느낌이 난다. 지상 천국은 별다른 곳이 아니라, 늘 들어가는 집 안의 목욕실이 바로 그것인 것이다. 사람은 물에서 나서 결국 물속에서 천국을 구하는 것이 아닐까?

물과 불과 — 이 두 가지 속에 생활은 요약된다. 시절의 의욕이 가장 강렬하게 나타나는 것은 이 두 가지에 있어서다. 어느 시절이나 다 같은 것이기는 하나, 가을

• 프로메테우스: 그리스 신화에 나오는 티탄 족의 영웅. 인간에게 불을 훔쳐다 주어 인간에게는 문화를 준 은인이 되었으나, 그로 인하여 제우스의 노여움을 사 코카서스의 바위에 묶여 독수리에게 간을 쪼이는 고통을 받았다고 한다.

부터의 절기가 가장 생활적인 까닭은, 무엇보다도 이 두 가지의 원소의 즐거운 인상 위에 서기 때문이다. 난로는 새빨갛게 타야 하고, 화로의 숯불은 이글이글 피어야 하고, 주전자의 물은 펄펄 끓어야 된다. 백화점 아래층에서 커피의 알을 찧어 가지고는 그대로 가방 속에 넣어 가지고, 전차 속에서 진한 향기를 맡으면서 집으로 돌아온다. 그러는 내 모양을 어린애답다고 생각하면서, 그 생각을 또 즐기면서 이것이 생활이라고 느끼는 것이다.

싸늘한 넓은 방에서 차를 마시면서, 그제까지 생각하는 것이 생활의 생각이다. 벌써 쓸모 적어진 침대에는 더운 물통을 여러 개 넣을 궁리를 하고, 방구석에는 올겨울에도 또 크리스마스트리를 세우고 색전등으로 장식할 것을 생각하고, 눈이 오면 스키를 시작해 볼까 하고 계획도 해 보곤 한다. 이런 공연한 생각을 할 때만은 근심과 걱정도 어디론지 사라져 버린다. 책과 씨름하고, 원고지 앞에서 궁싯거리던 그 같은 서재에서, 개운한 마음으로 이런 생각에 잠기는 것은 참으로 유쾌한 일이다.

책상 앞에 붙은 채, 별일 없으면서도 쉴 새 없이 궁싯거리고, 생각하고, 괴로워하면서, 생활의 일이라면 촌음을 아끼고, 가령 뜰을 정리하는 것도 소비적이니, 비생산적이니 하고 멸시하던 것이, 도리어 그런 생활적 사사(些事)•에 창조적, 생산적인 뜻을 발견하게 된 것은 대체 무슨 까닭일까?

시절의 탓일까? 깊어 가는 가을이, 이 벌거숭이의 뜰이 한층 산 보람을 느끼게 하는 탓일까?

《조선문학독본》(1938)

• 사사: 조그마하거나 하찮은 일.

구두 | 계용묵

구두 수선을 주었더니, 뒤축에다가 어지간히도 큰 징•을 한 개씩 박아 놓았다. 보기가 흉해서 빼어 버리라고 하였더니, 그런 징이래야 한동안 신게 되고, 무엇이 어쩌구 하며 수다를 피는 소리가 듣기 싫어 그대로 신기는 신었으나, 점잖지 못하게 저벅저벅, 그 징이 땅바닥에 부딪치는 금속성 소리가 심히 귓맛에 역했다. 더욱이 시멘트 포도의 딴딴한 바닥에 부딪쳐 낼 때의 그 음향이란 정말 질색이었다. 또그닥또그닥, 이건 흡사 사람이 아닌 말발굽 소리다.

어느 날 초어스름이었다. 좀 바쁜 일이 있어 창경원 곁담을 끼고 걸어 내려오노라니까, 앞에서 걸어가던 이십 내외의 어떤 한 젊은 여자가 이 이상히 또그닥거리는 구두 소리에 안심이 되지 않는 모양으로, 슬쩍 고개를 돌려 또그닥 소리의 주인공을 물색하고 나더니, 별안간 걸음이 빨라진다.

그러는 걸 나는 그저 그러는가 보다 하고, 내가 걸어야 할 길만 그대로 걷고 있었더니, 얼마큼 가다가 이 여자는 또 뒤를 한번 힐끗 돌아다본다. 그리고 자기와 나와의 거리가 불과 지척임을 알고는 빨라지는 걸음이 보통이 아니었다. 뛰다 싶은 걸음으로 치맛귀가 옹이하게 내닫는다. 나의 그 또그닥거리는 구두 소리는 분명 자기를 위협하느라고 일부러 그렇게 따악딱 땅바닥을 박아 내며 걷는 줄로만 아는 모양이다.

그러나 이 여자더러, 내 구두 소리는 그건 자연이요, 인위가 아니니 안심하라고 일러 드릴 수도 없는 일이고 해서, 그렇다고 어서 가야 할 길을 아니 갈 수도 없는 일이고 해서, 나는 그 순간 좀 더 걸음을 빨리하여 이 여자를 뒤로 떨어뜨림으로써 공포에의 안심을 주려고 한층 더 걸음에 박차를 가했더니, 그럴 게 아니었다. 도리

• 징: 신의 가죽 창이나 말굽·쇠굽 따위에 박는, 대가리가 크고 넓으며 길이가 짧은 쇠못.

어 이것이 이 여자로 하여금 위협이 되는 것이었다.

내 구두 소리가 또그닥또그닥, 좀 더 재어지자 이에 호응하여 또각또각, 굽 높은 뒤축이 어쩔 바를 모르고 걸음과 싸우며 유난히도 몸을 일어 내는• 그 분주함이란, 있는 마력(馬力)•은 다 내보는 동작에 틀림없었다. 그리하여 또그닥또그닥, 또각또각 한참 석양 놀이 내려 퍼지기 시작하는 인적 드문 포도(鋪道) 위에서 이 두 음향의 속 모르는 싸움은 자못 그 절정에 달하고 있었다. 나는 이 여자의 뒤를 거의 다 따랐던 것이다. 2, 3보(步)만 더 내어 디디면 앞으로 나서게 될 그럴 계제였다.

그러나 이 여자 역시 힘을 다하는 걸음이었다. 그 2, 3보라는 것도 그리 용이히 따라지지 않았다. 한참 내 발뿌리에도 풍진(風塵)이 일었는데, 거기서 이 여자는 뚫어진 옆 골목으로 살짝 빠져 들어선다. 다행한 일이었다. 한숨이 나간다. 이 여자도 한숨이 나갔을 것이다. 기웃해 보니, 기다랗게 내뚫린 골목으로 이 여자는 휑하니 내닫는다. 이 골목 안이 저의 집인지, 혹은 나를 피하느라고 빠져 들어갔는지, 그것을 알 바 없으나, 나로선 이 여자가 나를 불량배로 영원히 알고 있을 것임이 서글픈 일이다.

여자는 왜 그리 남자를 믿지 못하는 것일까. 여자를 대하자면, 남자는 구두 소리에까지도 세심한 주의를 가져야 점잖다는 대우를 받게 되는 것이라면, 이건 이성(異性)에 한 모욕이 아닐까 생각을 하며, 나는 그 다음으로 그 구두 징을 뽑아 버렸거니와 살아가노라면 별(別)한 데다가 다 신경을 써 가며 살아야 되는 것이 사람임을 알았다.

《상아탑》(1955)

• 일어 내는: 빨리 걷느라 몸을 앞뒤로 움직이는.
• 마력: 일의 양을 나타내는 단위. 말 한 마리의 힘에 해당하는 일의 양.

⁝ 약손 | 박문하

여섯 살 난 막내딸이 밖에서 소꿉장난을 하다가, 눈에 티가 들어갔다고 울면서 들어 왔다.

어린 것들에게는 제 아버지라도 의사라면 무서운 모양인지, 아프지 않게 치료를 해 주마고 아무리 달래어도, 혹시 주사라도 놓을까 보아서 그런지, 한층 더 큰소리를 내어 울면서 할머니에게로 달아나 버린다.

할머니는 손녀를 품안에 안으시고는 아픈 눈을 가만히 어루만져 주시면서 자장가처럼 혼자말로 중얼거리시는 것이었다.

"까치야, 까치야, 네 새끼 물에 빠지면 내가 건져 줄 터이니, 우리 민옥이 눈의 티 좀 꺼내어 다오."

어린 것은 어느새 울음을 그치고, 할머니의 품안에서 쌔근쌔근 잠이 들어 버린다. 나는 어머니의 손을 물끄러미 바라보았다.

이제 연세가 여든을 넘으셔서 고목(古木) 껍질처럼 마르고 거칠어진 어머니의 손이지만, 그 속에는 우리 의사들이 가지지 못한 신비한 어떤 큰 힘이 하나 숨어 있는 것만 같았다.

옛날에, 우리 집은 무척 가난하였기 때문에, 우리 형제들은 병이 나도 약 한 첩을 써 보지 못하고 자라났었다.

우리 형제들이 혹시 병으로 눕게 되면, 어머니는 약 대신에 언제나 그 머리맡에 앉으셔서는 "내 손은 약손이다."를 외시면서 우리들의 아픈 배나 머리를 따뜻한 손길로 쓰다듬어 주셨던 것이다. 그러면 이상하게도, 그 아픈 배나 머리가 씻은 듯이 나았던 것이다.

그러기에 우리는 어머니의 손을 약손이라고 불렀었다.

나는 문득 내 손을 펼쳐 보았다. 진한 소독약 냄새가 코를 쿡 찔렀다. 현대의 약손이라고 일컫는 의사의 손이다. 그러나 미끈하고 차가운 내 손에는 아무래도 무엇인가 중요한 것 하나가 빠져 있는 것만 같았다.

어린 손녀의 아픈 눈을 어루만져 주고 계신 어머니의 손을 바라보면서, 나는 그 손에서 슈바이처보다도 한층 더 뜨겁고 진한 체온과 정신을 새삼스레 가슴속 가득히 느꼈다. 그리고 고목(古木) 껍질 같은 어머니의 손이 오늘따라 자꾸만 모나리자의 손보다도 더 아름답게 보이는 것이었다.

《약손》(1965)

잃어버린 동화

| 박문하

가을비가 스산히 내리는 어느 날 밤이었다.

이미 밤도 깊었는데 나는 빗속에서 우산을 받쳐 들고 어느 골목길 한 모퉁이 조그마한 빈 집터 앞에서 화석처럼 혼자 서 있었다.

며칠 전까지만 해도 이곳에는 오막살이 초가 한 채가 서 있었던 곳이다. 와 보지 못한 그새, 초가는 헐리어져 없어지고, 그 빈 집터 위에는 이제 새로 집을 세우려고 콘크리트의 기초 공사가 되어져 있었다.

사랑했던 사람의 무덤 앞에 묵연히• 선 듯, 내 마음과 발걸음은 차마 이 빈 집터 앞에서 떨어지지가 않았다.

웅장미를 자랑하는 로마 시대의 고적도 아니요, 겨레의 피가 통하는 백제, 고구려나 서라벌의 유적도 아닌, 보잘것없는 한 칸 초옥이 헐리운 빈 터전이 이렇게도 내 마음을 아프게 울리어 주는 것은 비단 비 내리는 가을밤의 감상만은 아닌 것이다.

지난 몇 해 동안에 나는 몹시 마음이 외로울 때나, 술을 마신 밤이면 혼자서 곧잘 이 곳을 찾아왔었던 것이다. 밖에서 밤늦게까지 술을 마시고는 통금 시간이 임박해서도 이 초가 앞을 한 번 스쳐가지 않으면 잠이 잘 오지 않는 때가 많았다.

그러면서도 나는 아직 이 초가집 주인이 무엇을 하는 사람인지, 그 가족들이 어떤 사람들인지를 잘 모르고 있다.

내가 이 초가집을 처음으로 알게 된 것은 지금으로부터 약 45년 전의 일로서, 그때 나는 국민학교 1학년생이었다고 생각된다. 내 형제들은 3남 2녀가 되지만 모두가 그때 중국 땅에 망명을 가서 생사를 모르던 때이다.

• 묵연히: 말이 없이.

홀어머니는 막내아들인 나 혼자만을 데리고 남의 집 삯바느질로 겨우 연명을 해 가고 있었다.

어느 날, 어머님이 갑자기 병이 들어서 두 달 동안을 병석에 앓아눕게 되었다. 추운 겨울철이었기 때문에 우리 모자는 그야말로 기한에 주리고 떨게 되었었다.

이웃 사람들이 이 딱한 꼴을 보다 못해서 나를 호떡 파는 곳에다가 취직을 시켜 주었다. 낮에는 주린 배를 움켜잡고서 그래도 학교엘 나가고, 밤에는 호떡 상자를 메고 다니면서 밤늦게까지 호떡을 팔면 겨우 그 날의 밥벌이는 되었던 것이다.

어느 날 밤, 나는 호떡 상자를 어깨 위에 메고서는

"김이 무럭무럭 나는 맛 좋은 호떡 사이소, 호떡."

하고 외치면서 골목길을 지나가고 있었다. 마침 길가에 있던 조그마한 초가집 들창문이 덜커덩 열리더니 거무스레한 중년 남자의 얼굴이 불쑥 나타났다.

"호떡 5전 어치만 주가."

중년 남자는 돈을 쥔 손을 쑥 내밀었다.

어스름 램프불이 졸고 있는 좁은 방 안에는 나보다 나이 어린 두 오누이가 있었고, 그 옆에는 어머님인 듯한 중년 부인이 바느질을 하고 있었다. 호떡 한 개 값은 1전이고, 5전 어치를 한꺼번에 사면 덤으로 한 개씩 더 끼워서 주던 때였다.

중년 남자는 호떡 여섯 개를 받아서는 오누이에게 각각 두 개씩을 나누어 주고는 나머지 두 개 중에서 한 개를 중년 부인에게 주었다. 그러고는 덜커덩 창문이 닫히고 말았다.

창문이 닫힌 방안에서는 도란도란 정겨운 이야기 소리와 함께 네 식구들이 호떡 먹는 소리가 잔잔하게 들려왔다.

나는 어릴 때 한 번도 이러한 가족적 분위기를 맛본 일이 없었다.

일찍이 유복자로 이 세상에 태어나서 아버지의 사랑이 어떤 것인지, 또 두 형제간의 정이 어떤 것인지도 모르는 애정 실조증에 걸리어 홀어머님 밑에서 살인적인 가난과 갖은 고생을 겪으면서 자라난 나에게 이날 밤 초가집의 흐뭇한 가족적 분위기는 나에게 있어서 뼈에 사무치도록 부럽고도 그리운 광경이었다.

이때부터 나의 머릿속에는 이 초가집 풍경이 행복하고 화목한 가정의 상징으로서 판이 박혔고, 내 몸과 마음이 외로울 때 가만히 눈을 감으면 호박꽃 같은 램프불이 피어 있는 그 창문이 머릿속에 떠오르고, 그 속에서 도란도란 정겨운 이야기 소리와 함께 호떡 썹는 소리가 잔잔히 들려오는 것이었다. 이것이 원이 되고 한이 되어, 내 형제들은 왜놈들 치하에서 모두가 가정을 버리고 놈들의 철창 속에서, 또는 이역 땅 망명의 길에서 숨져 갔지마는, 나 혼자만이 비겁하게도 어떻게 하여서라도 집을 지키면서 어머님을 뫼셔 알뜰한 가정을 한번 가져 보고 죽겠다고 오늘날까지 몸부림을 쳐 왔던 것이다.

그때로부터 40여 년의 세월이 탁류(濁流)•로 흘러가 버린 지금, 나는 초가집보다는 몇 배나 더 큰 '콘크리트' 집을 가지게 되었고 많은 가족들을 거느리게 되었지마는, 어쩐지 아직까지도 그날 밤의 그 초가집 창가의 광경이 자꾸만 그리워지는 것은 무엇 때문일까? 근년에 사랑하는 큰 자식놈을 불의의 사고로 잃어버리고, 이따금씩 아내마저 그 거리가 무척 멀어져 가는 밤이면 나는 혼자서 술을 마시고는 곧잘 이 초가집 창가를 찾아왔던 것이다. 그러면 호박꽃 같은 램프의 불이 피어 있는 초가집 창가에서는 40여 년이 지난 지금에도 언제나 도란도란 이야기 소리와 함께 호떡을 썹는 소리가 그 방에서 잔잔히 들려오는 것이었다.

그러나 이제는 그리운 내 동화 속의 이 초가집도 헐려져 간 데 온 데 없어졌고 스산한 가을비가 내리는 이 외로운 밤을 나는 혼자서 진정코 어디로 가야만 한단 말인가?

《약손》(1965)

• 탁류: 흘러가는 흐린 물, 또는 그런 흐름.

신록 예찬 | 이양하

봄, 여름, 가을, 겨울 두루 사시(四時)를 두고 자연이 우리에게 내리는 혜택에는 제한이 없다. 그러나 그중에도 그 혜택을 풍성히 아낌없이 내리는 시절은 봄과 여름이요, 그중에도 그 혜택이 가장 아름답게 나타나는 것은 봄, 봄 가운데도 만산(萬山)에 녹엽(綠葉)이 싹트는 이때일 것이다. 눈을 들어 하늘을 우러러보고 먼 산을 바라보라. 어린애의 웃음같이 깨끗하고 명랑한 5월의 하늘, 나날이 푸르러 가는 이 산 저 산, 나날이 새로운 경이를 가져오는 이 언덕 저 언덕, 그리고 하늘을 달리고 녹음을 스쳐 오는 맑고 향기로운 바람 — 우리가 비록 빈한하여 가진 것이 없다 할지라도, 우리는 이러한 때 모든 것을 가진 듯하고, 우리의 마음이 비록 가난하여 바라는 바, 기대하는 바가 없다 할지라도, 하늘을 달리어 녹음을 스쳐 오는 바람은 다음 순간에라도 곧 모든 것을 가져올 듯하지 아니한가?

오늘도 하늘은 더할 나위 없이 맑고, 우리 연전(延專)* 일대를 덮은 신록은 어제보다도 한층 더 깨끗하고 신선하고 생기 있는 듯하다. 나는 오늘도 나의 문법 시간이 끝나자, 큰 무거운 짐이나 벗어 놓은 듯이 옷을 훨훨 떨며, 본관 서쪽 숲 사이에 있는 나의 자리를 찾아 올라간다. 나의 자리래야 솔밭 사이에 있는, 겨우 걸터앉을 만한 조그마한 소나무 그루터기에 지나지 못하지마는, 오고 가는 여러 동료가 나의 자리라고 명명(命名)하여 주고, 또 나 자신도 하루 동안에 가장 기쁜 시간을 이 자리에서 가질 수 있으므로, 시간의 여유가 있을 때마다 나는 한 특권이나 차지하는 듯이, 이 자리를 찾아 올라와 앉아 있기를 좋아한다.

---

* 연전: 연희전문학교. 연세대학교의 전신.

물론, 나에게 멀리 군속(群俗)•을 떠나 고고(孤高)한 가운데 처하기를 원하는 선골(仙骨)•이 있다거나, 또는 나의 성미가 남달리 괴팍하여 사람을 싫어한다거나 하는 것은 아니다. 나는 역시 사람 사이에 처하기를 즐거워하고, 사람을 그리워하는 갑남을녀(甲男乙女)의 하나요, 또 사람이란 모든 결점이 있음에도 불구하고, 역시 가장 아름다운 존재의 하나라고 생각한다. 그리고 또, 사람으로서도 아름다운 사람이 되려면 반드시 사람 사이에 살고, 사람 사이에서 울고 웃고 부대껴야 한다고 생각한다.

그러나 이러한 때 — 푸른 하늘과 찬란한 태양이 있고, 황홀(恍惚)한 신록이 모든 산, 모든 언덕을 덮는 이때, 기쁨의 속삭임이 하늘과 땅, 나무와 나무, 풀잎과 풀잎 사이에 은밀히 수수되고, 그들의 기쁨의 노래가 금시라도 우렁차게 터져 나와, 산과 들을 흔들 듯한 이러한 때를 당하면, 나는 곁에 비록 친한 동무가 있고, 그의 재미있는 이야기가 있다 할지라도, 이러한 자연에 곁눈을 팔지 않을 수 없으며, 그의 기쁨의 노래에 귀를 기울이지 아니할 수 없게 된다.

그리고 또, 어떻게 생각하면, 우리 사람이란 — 세속에 얽매여, 머리 위에 푸른 하늘이 있는 것을 알지 못하고, 주머니의 돈을 세고, 지위를 생각하고, 명예를 생각하는 데 여념이 없거나, 또는 오욕 칠정(五慾七情)에 사로잡혀, 서로 미워하고 시기하고 질투하고 싸우는 데 마음에 영일(寧日)•을 가지지 못하는 우리 사람이란, 어떻게 비소(卑小)하고 어떻게 저속한 것인지, 결국은 이 대자연의 거룩하고 아름답고 영광스러운 조화를 깨뜨리는 한 오점 또는 한 잡음밖에 되어 보이지 아니하여, 될 수 있으면 이러한 때를 타서, 잠깐 동안이나마 사람을 떠나, 사람의 일을 잊고, 풀과 나무와 하늘과 바람과 한가지로 숨 쉬고 느끼고 노래하고 싶은 마음을 억제할 수가 없다.

그리고 또, 사실 이즈음의 신록에는, 우리의 마음에 참다운 기쁨과 위안을 주는 이상한 힘이 있는 듯하다. 신록을 대하고 있으면, 신록은 먼저 나의 눈을 씻고, 나의

• 군속: 세상의 많은 사람.
• 선골: 신선의 골격이라는 뜻으로, 신선 같은 기질과 풍모를 말함.
• 영일: 일이 없이 평화스러운 날.

머리를 씻고, 나의 가슴을 씻고, 다음에 나의 마음의 모든 구석구석을 하나하나 씻어 낸다. 그리고 나의 마음의 모든 티끌 — 나의 모든 욕망과 굴욕과 고통과 곤란이 하나하나 사라지는 다음 순간, 별과 바람과 하늘과 풀이 그의 기쁨과 노래를 가지고 나의 빈 머리에, 가슴에, 마음에 고이고이 들어앉는다. 말하자면, 나의 흉중(胸中)에도 신록이요, 나의 안전(眼前)에도 신록이다. 주객일체(主客一體), 물심일여(物心一如)•라 할까, 현요(眩耀)하다• 할까, 무념무상, 무장무애•, 이러한 때 나는 모든 것을 잊고, 모든 것을 가진 듯이 행복스럽고, 또 이러한 때 나에게는 아무런 감각의 혼란도 없고, 심정의 고갈도 없고, 다만 무한한 풍부의 유열(愉悅)•과 평화가 있을 따름이다. 그리고 또, 이러한 때에 비로소 나는 모든 오욕과 모든 우울에서 완전히 자유로울 수 있고, 나의 마음의 상극과 갈등을 극복하고 고양하여, 조화 있고 질서 있는 세계에까지 높인 듯한 느낌을 가질 수 있다.

그러기에, 초록에 한하여 나에게는 청탁(淸濁)이 없다. 가장 연한 것에서 가장 짙은 것에 이르기까지 나는 모든 초록을 사랑한다. 그러나 초록에도 짧으나마 일생이 있다. 봄바람을 타고 새 움과 어린잎이 돋아나올 때를 신록의 유년이라 한다면, 삼복염천(三伏炎天)• 아래 울창한 잎으로 그늘을 짓는 때를 그의 장년 내지 노년이라 하겠다. 유년에는 유년의 아름다움이 있고, 장년에는 장년의 아름다움이 있어 취사하고 선택할 여지가 없지마는, 신록에 있어서도 가장 아름다운 것은 역시 이즈음과 같은 그의 청춘 시대 — 움 가운데 숨어 있던 잎의 하나하나가 모두 형태를 갖추어 완전한 잎이 되는 동시에, 처음 태양의 세례를 받아 청신하고 발랄한 담록(淡綠)을 띠는 시절이라 하겠다. 이 시대는 신록에 있어서 불행히 짧다. 어떤 나무는 혹 2, 3주일을 지낼 수 있으나, 어떤 나무는 불과 3, 4일이 되지 못하여, 그의 가장 아름다운 시절은 지나가 버린다.

• 물심일여: 사물과 마음이 구분 없이 하나의 근본으로 통합됨.
• 현요하다: 눈부시고 찬란하다.
• 무장무애: 아무런 장애가 되는 것이 없음.
• 유열: 유쾌하고 기쁨.
• 삼복염천: 삼복 기간의 몹시 심한 더위.

그러나 이 짧은 동안의 신록의 아름다움이야말로 참으로 비할 데가 없다. 초록이 비록 소박하고 겸허한 빛이라 할지라도, 이러한 때의 초록은 그의 아름다움에 있어, 어떤 색채에도 뒤서지 아니할 것이다. 예컨대, 이러한 고귀한 순간의 단풍 또는 낙엽송을 보라. 그것이 드물다 하면, 이즈음의 도토리, 버들, 또는 임간(林間)에 있는 이름 없는 이 풀 저 풀을 보라. 그의 청신한 자색(姿色), 그의 보드라운 감촉, 그리고 그의 그윽하고 아담한 향훈(香薰)•, 참으로 놀랄 만한 자연의 극치의 하나가 아니며, 또 우리가 충심으로 찬미하고 감사를 드릴 만한 자연의 아름다운 혜택의 하나가 아닌가?

《이양하수필집》(1947)

• 향훈: 향기로운 냄새.

⁝ 페이터의 산문 | 이양하

만일 나의 애독하는 서적을 제한하여 2, 3권 내지 4, 5권만을 들라면, 나는 그 중의 하나로 옛날 로마의 철학자, 황제 마르쿠스 아우렐리우스의 《명상록(冥想錄)》을 들기를 주저하지 아니하겠다. 혹은 설움으로, 혹은 분노로, 혹은 욕정으로 마음이 뒤흔들리거나, 또는 모든 일이 뜻 같지 아니하여, 세상이 귀찮고, 아름다운 친구의 이야기까지 번거롭게 들릴 때, 나는 흔히 이 견인주의자(堅忍主義者)• 황제를 생각하고, 어떤 때는 직접 조용히 그의 《명상록》을 펴 본다. 그리하면, 그것은 대강의 경우에 있어, 어느 정도 마음의 평정을 회복해 주고, 당면한 고통과 침울을 많이 완화해 주고, 진무(鎭撫)• 해 준다. 이러한 위안의 힘이 어디서 오는지는 확실하지 않다. 모르거니와, 그것은 '모든 것을 어떻게 생각하는가는 내 마음에 달렸다.', '행복한 생활이란 많은 물건에 의존하는 것이 아니라는 것을 항상 기억하라.', '모든 것을 사리(捨離)• 하라. 그리고 물러가 네 자신 가운데 침잠(沈潛)하라.'…… 이러한 현명한 교훈에서만 오는 것은 아닐 것이다. 그것은 도리어 그 가운데 읽을 수 있는 외로운 마음, 끊임없는 자기 자신과의 대화가 생활의 필요조건이 되어 있는 마음, 행복을 단념하고 오로지 마음의 평정만을 구하는 마음에서 오는 것인지도 모른다. 다시 말하면, 목전의 현실에 눈을 감음으로써, 현실과의 일정한 거리를 유지할 수 있고, 또 어떤 때는 현실을 아주 무시하고 망각할 수 있는 마음에서 오는 편이 많을지도 모른다. 이러한 의미에 있어, 그 위안은 건전한 성질의 것이 아니라고도 할 수 있겠다. 사실,

• 견인주의자: 욕정이나 욕망 따위를 의지의 힘으로 굳게 참고 견디어 억제하려는 도덕적·종교적 태도를 지닌 사람.
• 진무: 안정시키고 어루만져 달램.
• 사리: 모든 것을 버리고 집착하지 않아 번뇌에서 떠나는 일.

일종의 지적 오만 또는 냉정한 무관심이, 황제의 견인주의의 자연한 귀결이요, 동시에 생활 철학으로서의 한 큰 제한이 된다는 것은 거부할 수 없는 일이다. 그러나 그 반면, 견인주의자 황제의 생활에 있어 가장 아름답게 구현되고, 견인주의자의 추구하는 마음의 평정이, 행복을 구할 수 있는 마음의 한 기본적 자체가 된다는 것만은 또 수긍하지 아니할 수 없는 사실이다.

다음에 번역해 본 것은 직접《명상록》에 번역한 것이 아니요, 월터 페이터•가 그의《쾌락주의자 메어리어스》의 1장에 있어서, 황제의 연설이라 하여,《명상록》에서 임의로 취재한 데다 자기 자신의 상상과 문식•을 가하여 써 놓은 몇 구절을 번역한 것이다. 페이터는 다 아는 바와 같이 세기말의 영국의 유명한 심미 비평가로, 아름다운 것을 관조하고 아름다운 글을 쓰는 데 일생을 바친 사람이다.

나는 그의 〈문예 부흥〉의 찬란한 문체도 좋아하나, 이 몇 구절의 간소하고 장중한 문체도, 거기 못지아니하게 좋아한다. 그리고 황제의 생각도 페이터의 붓을 빌려 잃은 것이 없을 뿐 아니라, 한층 아름다운 표현을 얻었다 할 수 있지 아니한가 한다.

사람의 칭찬 받기를 원하거든, 깊이 그들의 마음에 들어가, 그들이 어떠한 판관(判官)인가, 또 그들이 그들 자신에 관한 일에 대하여 어떠한 판단을 내리는가를 보라. 사후에 칭찬 받기를 바라거든, 후세에 나서, 너의 위대한 명성을 전할 사람들도, 오늘같이 살기에 곤란을 느끼는 너와 다름없다는 것을 생각하라. 진실로 사후의 명성에 연연해하는 자는 그를 기억해 주기를 바라는 사람의 하나하나가 얼마 아니하여 이 세상에서 사라지고, 기억 자체도 한동안 사람의 마음의 날개에 오르내리나, 결국은 사라져 버린다는 것을 알지 못하는 사람이다.

네가 장차 볼 일 없는 사람들의 칭찬에 그렇게도 마음을 두는 것은 무슨 이유인고? 그것은 마치 너보다 앞서 이 세상에 났던 사람들의 칭찬을 구하는 것이나 다름이 없는 어리석은 일이 아니냐?

• 월터 페이터(1839~1894): 영국의 예술 비평가, 작가.

• 문식: 글을 아름답게 꾸밈.

참다운 지혜로 마음을 가다듬은 사람은, 저 인구(人口)에 회자(膾炙)•하는 호머의 시구 하나로도 이 세상의 비애와 공포에서 자유로울 수 있을 것이다.

사람은 나뭇잎과도 흡사한 것,
가을바람이 땅에 낡은 잎을 뿌리면
봄은 다시 새로운 잎으로
숲을 덮는다.

잎, 잎, 조그만 잎, 너의 어린애도 너의 아유자(阿諛者)•도 너의 원수도 너를 저주하여 지옥에 떨어뜨리려 하는 자나, 이 세상에 있어 너를 나쁘게 말하고 비웃는 자나, 또는 사후에 큰 이름을 남긴 자나, 모두가 다 한가지로 바람에 휘날리는 나뭇잎, 그들은 참으로 호머가 말한 바와 같이 봄철을 타고 난 것으로 얼마 아니 하여서는 바람에 불리어 흩어지고 나무에는 다시 새로운 잎이 돋아나는 것이다.

그리고 이들에게 공통한 것이라고는 다만 그들의 목숨이 짧다는 것뿐이다. 그럼에도 불구하고, 너는 마치 그들이 영원한 목숨을 가진 것처럼, 미워하고 사랑하려고 하느냐? 얼마 아니 하여서는 네 눈도 감겨지고, 네가 죽은 몸을 의탁하였던 자 또한 다른 사람의 짐이 되어 무덤에 가는 것이 아닌가? 때때로 현존하는 것, 또는 인제 막 나타나려 하는 모든 것이 어떻게 신속히 지나가는 것인가를 생각하여 보라. 그들의 실체는 끊임없는 물의 흐름, 영속하는 것이라고는 하나도 없다. 그리고 바닥 모를 때의 심연은 바로 네 곁에 있다. 그렇다면 이러한 것들 때문에 혹은 기뻐하고, 혹은 괴로워한다는 것이 어리석은 일이 아니냐?

무한한 물상(物象) 가운데서 네가 향수(享受)한 부분이 어떻게 작고, 무한한 시간 가운데 네게 허용된 시간이 어떻게 짧고, 운명 앞에 네 존재가 어떻게 미소(微小)한 것인가를 생각하라. 그리고 기꺼이 운명의 직녀 클로토•의 베틀에 몸을 맡기고, 여신

• 회자: 회와 구운 고기라는 뜻으로, 칭찬을 받으며 사람의 입에 자주 오르내림을 이르는 말.
• 아유자: 남에게 잘 보이려고 아첨하는 사람.

이 너를 실 삼아 어떤 베를 짜든 마음을 쓰지 말라.

공사를 막론하고 싸움에 휩쓸려 들어갔을 때에는 때때로 그들의 분노와 격렬한 패기로 오늘까지 알려진 사람들 저 유명한 격노와 그 동기를 생각하고, 고래(古來)의 큰 싸움의 성패를 생각하라. 그들은 지금 모두 어떻게 되었으며 그들의 전진의 자취는 어떻게 되었는가! 그야말로 먼지요, 재요, 이야기요, 신화, 아니 어떡하면 그만도 못한 것이다. 일어나는 이런 일 저런 일을 중대시하여, 혹은 몹시 다투고 혹은 몹시 화를 내던 네 신변의 사람들을 상기하여 보라. 그들은 과연 어디 있는가? 너는 이들과 같아지기를 원하는가?

죽음을 염두에 두고, 네 육신과 영혼을 생각해 보라. 네 육신이 차지한 것은 만상 가운데 한 미진(微塵)•, 네 영혼이 차지한 것은 세상에 충만한 마음의 한 조각, 이 몸을 둘러보고, 그것이 어떤 것이며, 노령과 애욕과 병약 끝에 어떻게 되는 것인지를 생각해 보라. 또는 그 본질, 원형에 상도(想到)•하여 가상(假想)에서 분리된 정체를 살펴보고, 만상의 본질이 그의 특수한 원형을 유지할 수 있는 제한된 시간을 생각해 보라. 아니 부패란, 만상의 원리 원칙에도 작용하는 것으로 만상은 곧 진애(塵埃)요, 수액이요, 악취요, 골편(骨片). 너의 대리석은 흙의 경결(硬結)•, 너의 금은은 흙의 잔사(殘渣)•에 지나지 못하고, 너의 명주옷은 벌레의 잠자리, 너의 자포(紫袍)•는 깨끗지 못한 물고기 피에 지나지 못한다. 아! 이러한 물건에서 나와 다시 이러한 물건으로 돌아가는 네 생명의 호흡 또한 이와 다름이 없느니라.

천지에 미만(彌滿)•해 있는 큰 영(靈)은 만상을 초와 같이 손에 넣고, 분주히 차례차례로 짐승을 빚어내고 초목을 빚어내고 어린애를 빚어낸다. 그리고 사멸하는 것도 자연의 질서에서 아주 벗어져 나가는 것은 아니요, 그 안에 남아 있어 역시 변화

•클로토: 그리스 신화에서 인간 운명의 실을 잣는 여신.
•미진: 아주 작은 티끌이나 먼지. 작고 변변치 못한 물건.
•상도: 생각이 어떤 곳에 미침.
•경결: 단단하게 굳음.
•잔사: 쓰고 남은 찌꺼기.
•자포: 자줏빛 도포.
•미만: 널리 가득 차 그들먹함.

를 계속하고 자연을 구성하고, 또 너를 구성하는 요소로 다시 배분되는 것이다. 자연은 말없이 변화한다. 느티나무 궤짝은 목수가 꾸며 놓을 때 아무런 불평도 없었던 것과 같이, 부서질 때도 아무런 불평을 말하지 아니한다. 사람이 있어, 네가 내일, 길어도 모레는 죽으리라고 명언(明言)한다 할지라도, 네게는 내일 죽으나 모레 죽으나 별로 다름이 없을 것이다. 따라서 너는 내일 죽지 아니하고 일 년 후, 이 년 후, 또는 십 년 후에 죽는 것을 다행한 일이라고 생각지 않도록 힘써라.

만일 너를 괴롭히는 것이 있다면, 그것은 네 마음이 그렇게 생각하는 까닭이니까, 너는 그것을 쉬 물리칠 수 있을 것이다. 죽음이란 무엇인가? 만일 죽음에 부수되는 여러 가지 외관과 관념을 사리(捨離)하고 죽음 자체를 직시한다면, 죽음이란 자연의 한 이법(理法)에 지나지 아니하고, 사람은 그 이법 앞에 겁을 집어먹은 어린애에 지나지 못하는 것을 알 것이다. 아니, 죽음은 자연의 이법이요, 작용일 뿐 아니라 자연을 돕고 이롭게 하는 것이다.

철인이나 법학자나 장군이 우러러보이면, 이러한 사람으로 이미 죽은 사람을 생각하라. 네 얼굴을 거울에 비추어 볼 때에는 네 조상 중의 한 사람, 옛날의 로마 황제의 한 사람을 생각하여 보라. 그러면 너는 도처에 네 현신(現身)을 볼 수 있을 것이다. 그러고는 이러한 것을 생각하여 보라. — 그들이 지금 어디 있는가? 대체 어디 있을 수 있는가? 그리고 네 자신 얼마나 오래 머물러 있을 수 있는가? 너는 네 생명이 속절없고 너의 직무, 너의 경영이 험하다는 것을 알지 못하느냐? 그러나, 머물러 있으라. 적어도 치열한 불길이 그 가운데 던져지는 모든 것을 열과 빛으로 변화시키기는 것과 같이, 이러한 세상의 속사(俗事)나마 그것을 네 본성에 맞도록 동화시키기까지는.

세상은 한 큰 도시. 너는 이 도시의 한 시민으로 이때까지 살아왔다. 아! 온 날을 세지 말며, 그 날의 짧음을 한탄하지 말라. 너를 여기서 내보내는 것은 부정한 판관이나 폭군이 아니요, 너를 여기 데려온 자연이다. 그러니 가라. 배우가 그를 고용한 감독이 명령하는 대로 무대에서 나가듯이. 아직 5막을 다 끝내지 못하였다고 하려느냐? 그러나 인생에 있어서는 3막으로 극 전체가 끝나는 수가 있다. 그것은 작자(作者)의 상관할 일이요, 네가 간섭할 일이 아니다. 기쁨을 가지고 물러가라. 너를 물러가게 하는 것도 선의(善意)에서 나오는 일인지도 모를 일이니까.

《이양하수필집》(1947)

나무 | 이양하

나무는 덕을 지녔다. 나무는 주어진 분수에 만족할 줄을 안다. 나무로 태어난 것을 탓하지 아니하고, 왜 여기에 놓이고 저기 놓이지 않았는가를 말하지 아니한다. 등성이에 서면 햇살이 따사로울까, 골짜기에 내려서면 물이 좋을까 하여, 새로운 자리를 엿보는 일도 없다. 물과 흙과 태양의 아들로 물과 흙과 태양이 주는 대로 받고, 후박(厚薄)과 불만족을 말하지 아니한다. 이웃 친구의 처지에 눈떠 보는 일도 없다. 소나무는 진달래를 내려다보되 깔보는 일이 없고, 진달래는 소나무를 우러러보되 부러워하는 일이 없다. 소나무는 소나무대로 스스로 족하고, 진달래는 진달래대로 스스로 족하다.

나무는 고독하다. 나무는 모든 고독을 안다. 안개에 잠긴 아침의 고독을 알고, 구름에 덮인 저녁의 고독을 안다. 부슬비 내리는 가을 저녁의 고독도 알고, 함박눈 펄펄 날리는 겨울 아침의 고독도 안다. 나무는 파리 옴짝 않는 한여름 대낮의 고독도 알고, 별 얼고 돌 우는 동짓달 한밤의 고독도 안다. 그러나 나무는 어디까지든지 고독에 견디고 고독을 이기고 또 고독을 즐긴다.

나무에 아주 친구가 없는 것은 아니다. 달이 있고, 바람이 있고, 새가 있다. 달은 때를 어기지 아니하고 찾고, 고독한 여름밤을 같이 지내고 가는, 의리 있고 다정한 친구다. 웃을 뿐 말이 없으나, 이심전심 의사가 잘 소통되고 아주 비위에 맞는 친구다. 바람은 달과 달라 아주 변덕 많고 수다스럽고 믿지 못할 친구다. 그야말로 바람쟁이 친구다. 자기 마음 내키는 때 찾아올 뿐 아니라, 어떤 때는 쏘삭쏘삭 알랑대고, 어떤 때는 난데없이 휘갈기고, 또 어떤 때는 공연히 뒤틀려 우악스럽게 남의 팔다리에 생채기를 내 놓고 달아난다. 새 역시 바람같이 믿지 못할 친구다. 역시 자기 마음 내키는 때 찾아오고, 자기 마음 내키는 때 달아난다. 그러나 가다 믿고 와 둥지를 틀고, 지쳤을 때 찾아와 쉬며 푸념하는 것이 귀엽다. 그리고 가다 흥겨워 노래할 때 노래 들을 수 있는 것이 또한 기쁨이 되지 아니할 수 없다.

나무는 이 모든 것을 잘 가릴 줄 안다. 그러나 좋은 친구라 하여 달만을 반기고, 믿지 못할 친구라 하여 새와 바람을 물리치는 일도 없다. 그리고 달을 유달리 후대(厚待)하고 새와 바람을 박대(薄待)하는 일도 없다. 달은 달대로, 새는 새대로, 바람은 바람대로 다 같이 친구로 대한다. 그리고 친구가 오면 다행으로 생각하고, 오지 않는다고 하여 불행해하는 법이 없다.

같은 나무, 이웃 나무가 가장 좋은 친구가 되는 것은 두말할 것이 없다. 나무는 서로 속속들이 이해하고 진심으로 동정하고 공감한다. 서로 마주 보기만 해도 기쁘고, 일생을 이웃하고 살아도 싫증나지 않는 참다운 친구다.

그러나 나무는 친구끼리 서로 즐긴다느니 보다는 제각기 하늘이 준 힘을 다하여 널리 가지를 펴고, 아름다운 꽃을 피우고, 열매를 맺는 데 더 힘을 쓴다. 그리고 하늘을 우러러 항상 감사하고 찬송하고 묵도하는 것으로 일삼는다. 그러기에 나무는 언제나 하늘을 향하여 손을 쳐들고 있다. 온갖 나뭇잎이 우거진 숲을 찾는 사람이 거룩한 전당에 들어선 것처럼, 엄숙하고 경건한 마음으로 절로 옷깃을 여미고 우렁찬 찬가에 귀를 기울이게 되는 이유도 여기 있다.

나무에 하나 더 원하는 것이 있다면, 그것은 천명(天命)을 다한 뒤에 하늘 뜻대로 다시 흙과 물로 돌아가는 것이다. 그러나 사람은 가다 장난삼아 칼로 제 이름을 새겨 보고, 흔히는 자기 소용 닿는 대로 가지를 쳐 가고, 송두리째 베어 가곤 한다. 나무는 그래도 원망하지 않는다. 새긴 이름은 도리어 그들의 원대로 키워지고, 베어 간 재목이 혹 자기를 해칠 도낏자루가 되고 톱 손잡이가 된다 하더라도 이렇다 하는 법이 없다. 나무는 훌륭한 견인주의자(堅忍主義者)요, 고독의 철인(哲人)이요, 안분지족(安分知足)의 현인이다.

불교의 소위 윤회설이 참말이라면 나는 죽어서 나무가 되고 싶다. '무슨 나무가 될까?' 이미 나무를 뜻하였으니, 진달래가 될까 소나무가 될까는 가리지 않으련다.

《나무》(1964)

산정무한 | 정비석

내금강 역사(驛舍)에 도착.

어느 외국인의 산장을 그대로 떠다 놓은 듯이 멋진 양관(洋館). 외금강역과 아울러 이 한국식 내금강역은 산을 찾아오는 사람에게 무한 정다운 호대조(好對照)의 두 건물이다. 내(內)와 외(外)를 여실히 상징한 것이 더 좋았다.

십삼 야월(夜月)의 달빛 차갑게 넘실거리는 역 광장에 나서니, 심산(深山)의 밤이라 과시(果是)• 바람은 세찬데, 별안간 계간(溪澗)을 흐르는 물소리가 정신을 빼앗을 듯 소란하여 추위는 한층 뼈에 스민다. 장안사(長安寺)로 향하여 몇 걸음 걸어가며 고개를 드니, 산과 산들이 병풍처럼 사방에 우쭐우쭐 둘러선다. 기 쓰고 찾아온 바로 저 산이 아니었던가고 금새 어루만져 보고 싶은 충동을 느끼며, 힘껏 호흡을 들이마시니, 어느덧 간장(肝臟)도 청수(淸水)에 씻기운 듯 맑아 온다. 청계를 끼고 물소리를 즐기며 걸어가기 십 분쯤, 문득 발부리에 나타나는 단청(丹靑)된 다리는 이름부터 격에 어울려 함부로 건너기조차 외람된 문선교(問仙橋)!

문선교! 어느 때 어떤 은사(隱士)가 예까지 찾아와서 선경이 어디냐고 목동에게 차문(借問)한 고사라도 있었던가? 있을 법한 일이면서 깜짝 소문에조차 듣지 못한 것은, 역시 선경과 속계(俗界)가 스스로 유별한 탓이었던가?

차문주가하처재(借問酒家何處在)
목동요지행화촌(牧童遙指杏花村)•

•과시: 과연. 아닌 게 아니라 정말로.
•차문주가하처재 목동요지행화촌: 두목(杜牧)의 시 〈청명(淸明)〉에 나오는 시구. '주막 어디 있는가 물으니, 목동이 손을 들어 꽃동네를 가리키네.'라는 뜻이다.

은 속계의 노래로, 속계에서는 이만하면 풍류객이었다. 동양류의 선경이란 풍류객들이 사는 고장을 일컬음이니, 선경과 속계는 백지 한 겹밖에 아닐 듯이 믿어지니, 이미 세진(世塵)을 떨치고 나선 몸이라 서슴지 않고 문선교를 건너기로 하였다.

이튿날 아침, 고단한 마련해선 일찌감치 눈이 떠진 것은 몸에 지닌 기쁨이 하도 컸던 탓이었을까. 안타깝게도 간밤에 볼 수 없던 영봉(靈峰)들을 대면하려고 새댁같이 수줍은 생각으로 밖에 나섰으나, 계곡은 여태 짙은 안개 속에서, 준봉(峻峰)은 상기 깊은 구름 속에서 용이하게 자태를 엿보일 성싶지 않았고, 다만 가까운 데의 전나무, 잣나무 들만이 대장부의 기세로 활개를 쭉쭉 뻗고, 하늘을 찌를 듯이 솟아 있는 것이 눈에 뜨일 뿐이었다.

모두 근심 없이 자란 나무들이었다. 청운(青雲)의 뜻을 품고 하늘을 향하여 밋밋하게 자란 나무들이었다. 꼬질꼬질 뒤틀어지고 외틀어지고 한 야산 나무밖에 보지 못한 눈에는, 귀공자와 같이 기품이 있어 보이는 나무들이었다.

조반 후 단장(短杖) 짚고 험난한 전정(前程)을 웃음경 삼아 탐승(探勝)•의 길에 올랐을 때에는, 어느덧 구름과 안개가 개어져 원근 산악이 열병식하듯 점잖이들 버티고 서 있는데, 첫눈에 비치는 만산의 색소는 홍(紅)! 이른바 단풍이란 저런 것인가 보다 하였다.

만학천봉(萬壑千峰)•이 한바탕 흐드러지게 웃는 듯, 산색(山色)은 붉을 대로 붉었다. 자세히 보니, 홍(紅)만도 아니었다. 청(青)이 있고, 녹(綠)이 있고, 황(黃)이 있고, 등(橙)이 있고, 이를테면 산 전체가 무지개와 같이 복잡한 색소로 구성되었으면서, 얼른 보기에 주홍만으로 보이는 것은 스펙트럼의 조화던가!

복잡한 것은 빛깔만이 아니었다. 산의 용모는 더욱 다기(多岐)•하다. 혹은 깎은 듯이 준초(峻梢)•하고, 혹은 그린 듯이 온후하고, 혹은 막잡아 빚은 듯이 험상궂고, 혹

• 탐승: 경치 좋은 곳을 찾아다님.
• 만학천봉: 첩첩이 겹쳐진 깊고 큰 골짜기와 수많은 산봉우리.
• 다기: 갈래가 많음.
• 준초: 산 따위가 높고 깎아지른 듯함.

은 틀에 박은 듯이 단정하고……, 용모, 풍취가 형형색색인 품이 이미 범속(凡俗)이 아니다.

산의 품평회를 연다면, 여기서 더 호화로울 수 있을까 ? 문자 그대로 무궁무진(無窮無盡)이다. 장안사 맞은편 산에 울울창창(鬱鬱蒼蒼) 우거진 것은 모두 잣나무뿐인데, 모두 이등변삼각형으로 가지를 늘어뜨리고 섰는 품이, 한 그루 한 그루의 나무가 흡사히 괴어 놓은 차례탑(茶禮塔)• 같다. 부처님은 예불상만으로는 미흡해서, 이렇게 자연의 진수성찬을 베풀어 놓으신 것일까? 얼른 듣기에 부처님이 무엇을 탐낸다는 것이 천만부당한 말 같지만, 탐내는 그것이 물욕 저편의 존재인 자연이고 보면, 자연을 맘껏 탐낸다는 것이 이미 불심이 아니고 무엇이랴.

장안사 앞으로 흐르는 계류를 끼고 돌며 몇 굽이의 협곡을 거슬러 올라가니, 산과 물이 어울리는 지점에 조그마한 찻집이 있다.

다리를 쉴 겸, 스탬프북을 한 권 사서, 옆에 구비된 기념인장을 찍으니, 그림과 함께 지면에 나타나는 세 글자가 명경대(明鏡臺)! 부앙(俯仰)•하여 천지에 참괴(慚愧)•함이 없는 공명한 심경을 명경지수(明鏡止水)•라고 이르나니, 명경대란 흐르는 물조차 머무르게 하는 곳이란 말인가! 아니면, 지니고 온 악심(惡心)을 여기서만은 정(淨)하게 하지 아니치 못하는 곳이 바로 명경대란 말인가! 아무러나 아름다운 이름이라고 생각하며 찻집을 나와 수십 보를 바위로 올라가니, 깊고 푸른 황천담(黃泉潭)을 발밑에 굽어보며 반공(半空)에 외연•히 솟은 층암절벽이 우뚝 마주 선다. 명경대였다. 틀림없는 화장경(化粧鏡) 그대로였다. 옛날에 죄의 유무를 이 명경(明鏡)에 비추면, 그 밑에 흐르는 황천담에 죄의 영자(影子)가 반영되었다고 길잡이는 말한다.

명경! 세상에 거울처럼 두려운 물건이 다신들 있을 수 있을까? 인간 비극은 거울이 발명되면서 비롯했고, 인류 문화의 근원은 거울에서 출발했다고 하면 나의 지나

• 차례탑: 차례 때에, 탑처럼 높이 괴어 올린 제물.
• 부앙: 아래를 굽어보고 위를 우러러봄.
• 참괴: 매우 부끄러워함.
• 명경지수: 맑은 거울과 잔잔히 머물러 있는 물. 잡념과 가식, 허욕을 떠난 맑고 잔잔한 마음.
• 외연: 산 따위가 매우 높고 우뚝함.

친 억설(臆說)일까? 백 번 놀라도 유부족일 거울의 요술을 아무런 두려움도 없이 일상으로 대하게 되었다는 것은 또 얼마나 가경(可驚)할 일인가?

신라조 최후의 왕자인 마의 태자(麻依太子)는 시방 내가 서 있는 바로 이 바위 위에 꿇어 엎드려, 명경대를 우러러보며 오랜 세월을 두고 나무아미타불을 염송했다니, 태자도 당신의 업죄(業罪)를 명경에 영조(映照)해 보시려는 뜻이었을까? 운상기품(雲上氣稟)•에 무슨 죄가 있으랴만, 등극하실 몸에 마의(麻衣)를 감지 않으면 안 되었다는 것이 이미 불법이 말하는 전생의 연(緣)일는지 모른다.

두고 떠나기 아쉬운 마음에 몇 번이고 뒤를 돌아다보며 계곡을 돌아 나가니, 앞으로 염마(閻魔)•처럼 막아서는 웅자(雄姿)가 석가봉, 뒤로 맹호(猛虎)같이 덮누르는 신용(神容)이 천진봉(天眞峰)! 전후좌우를 살펴봐야 협착(狹窄)한 골짜기는 그저 그뿐인 듯. 진퇴유곡(進退維谷)의 절박감을 느끼며 그대로 걸어 나가니, 간신히 트이는 또 하나의 협곡!

몸이 감길 듯이 정겨운 황천강(黃泉江) 물줄기를 끼고 돌면, 길은 막히는 듯 나타나고, 나타나는 듯 막히고, 이 산에 흩어진 전설과, 저 봉에 얽힌 유래담을 길잡이에게 들어가며 쉬엄쉬엄 걸어 나가는 동안에, 몸은 어느덧 심해(深海)같이 유수한 수목 속을 거닐고 있음을 깨닫게 된다.

천하에 수목이 이렇게도 지천으로 많던가! 박달나무, 엄나무, 피나무, 자작나무, 고로쇠나무, ……. 나무의 종족은 하늘의 별보다도 많다고 한 어느 시의 구절을 연상하며 고개를 드니, 보이는 것이라고는 그저 단풍뿐, 단풍의 산이요 단풍의 바다다.

산 전체가 요원(燎原)• 같은 화원이요, 벽공에 외연히 솟은 봉봉(峰峰)은 그대로가 활짝 피어 오른 한 떨기의 꽃송이다. 산은 때 아닌 때에 다시 한 번 봄을 맞아 백화난만(百花爛漫)한 것일까? 아니면 불의의 신화에 이 봉 저 봉이 송두리째 붉게 타고 있는 것일까? 진주홍(眞珠紅)을 함빡 빨아들인 해면같이, 우러러 볼수록 찬란하다.

• 운상기품: 세속됨을 벗어난 고상한 기질과 성품.
• 염마: 염라대왕.
• 요원: 불타고 있는 벌판.

산은 언제 어디다 이렇게 많은 색소를 간직해 두었다가, 일시에 지천으로 내뿜는 것일까?

단풍이 이렇게까지 고운 줄은 몰랐다. 문 형은 몇 번이고 탄복하면서, 흡사히 동양화의 화폭 속을 거니는 감흥을 그대로 맛본다는 것이다. 정말 우리도 한 떨기 단풍에 지나지 않아 보인다. 다리는 줄기요, 팔은 가지인 채, 피부는 단풍으로 물들어 버린 것 같다. 옷을 훨훨 벗어 꽉 쥐어짜면, 물에 헹궈 낸 빨래처럼 진주홍 물이 주르르 흘러내릴 것만 같다.

그림 같은 연화담(蓮花潭) 수렴폭(垂簾瀑)을 완상하며, 몇십 굽이의 석계(石階)와 목잔(木棧)•과 철삭(鐵索)•을 답파하고 나니, 문득 눈앞에 막아서는 무려 삼백 단의 가파른 사닥다리 —— 한 층계 한 층계 한사코 기어오르는 마지막 발걸음에서 시야는 일망무제(一望無際)로 탁 트인다. 여기가 해발 오천 척의 망군대(望軍臺) —— 아! 천하는 이렇게도 광활하고 웅장하고 숭엄하던가!

이름도 정다운 백마봉(白馬峰)은 바로 지호지간(指呼之間)에 서 있고, 내일 오르기로 예정된 비로봉(毘盧峰)은 단걸음에 건너뛸 정도로 가깝다. 그 밖에도, 유상무상(有象無象)의 허다한 봉들이 전시에 할거•하는 군웅들처럼 여기에서도 불끈 저기에서도 불끈, 시선을 낮춰 아래로 굽어보니, 발밑은 천인단애(千仞斷崖)•, 무한제(無限際)로 뚝 떨어진 황천계곡에 단풍이 선혈처럼 붉다. 우러러보는 단풍이 새색시 머리의 칠보단장(七寶丹粧) 같다면, 굽어보는 단풍은 치렁치렁 늘어진, 규수의 붉은 치마폭 같다고나 할까. 수줍어 수줍어 생글 돌아서는 낯 붉은 아가씨가 어느 구석에서 금방 튀어나올 것도 같구나!

저물 무렵에 마하연(摩訶衍)의 여사(旅舍)를 찾았다.

산중에 사람이 귀해서였던가. 어서 오십사는, 상냥한 안주인의 환대도 은근하거니와, 문고리 잡고 말없이 맞아 주는 여관집 아가씨의 정성은 무르익은 머루알같이

•목잔: 나무로 사다리처럼 놓은 길.
•철삭: 쇠로 만든 밧줄.
•할거: 땅을 나누어 차지하고 굳게 지킴.
•천인단애: 천 길이나 되는 높은 낭떠러지.

고왔다.

여장을 풀고 마하연암(摩訶衍庵)을 찾아갔다. 여기는 선원(禪院)이어서, 공부하는 승려뿐이라고 한다. 크지도 않은 절이건만, 승려 수는 실로 30명은 됨 직하다. 이런 심산에 웬 승려가 그렇게도 많을까?

한없는 청산 끝나 가려 하는데, (無限靑山行欲盡)
흰구름 깊은 곳에 노승도 많아라. (白雲深處老僧多)

옛글 그대로다.

노독(路毒)을 풀 겸 식후에 바둑이나 두려고 남포등 아래에 앉으니, 온고지정(溫故之情)이 불현듯 새로워졌다.

"남포등은 참말 오래간만인데."

하며 불을 바라보는 문 형의 말씨가 하도 따뜻해서, 나도 장난삼아 심지를 돋우었다 줄였다 하며, 까맣게 잊었던 옛 기억을 되살렸다. 그리운 얼굴들이, 흐르는 물의 낙화(落花) 송이같이 떠돌았다.

밤 깊어 뜰에 나가니, 날씨는 흐려 달은 구름 속에 잠겼고, 음풍(陰風)이 몸에 선선하다. 어디서 솰솰 소란히 들려오는 소리가 있기에 바람 소린가 했으나, 가만히 들어 보면 바람 소리만도 아니요, 물소린가 했더니 물소리만도 아니요, 나뭇잎 갈리는 소린가 했더니 나뭇잎 갈리는 소리만은 더구나 아니다. 아마, 바람 소리와 물소리와 나뭇잎 갈리는 소리가 함께 어울린 교향악인 듯싶거니와, 어쩌면 곤히 잠든 산의 호흡인지도 모를 일이다.

달빛에 젖으며 뜰을 어정어정 거닐다 보니, 여관집 아가씨가 등잔 아래에 외로이 앉아서 책을 읽고 있다. 무슨 책일까? 밤 깊는 줄조차 모르고 골똘히 읽는 품이, 춘향이 태형 맞으며 백(百)으로 아뢰는 대목일 것도 같고, 누명 쓴 장화가 자결을 각오하고 원한을 하늘에 고축(告祝)하는 대목일 것도 같고, 시베리아로 정배(定配) 가는 카추샤의 뒤를 네플류도프 백작이 쫓아가는 대목일 것도 같고……, 궁금한 판에 제

멋대로 상상해 보는 동안에 산 속의 밤은 처량히 깊어 갔다.

다음 날 아침, 다시 산을 찾아 나섰다. 자꾸 깊은 산 속으로만 들어가기에, 어느 세월에 이 골을 다시 헤어나 볼까 두렵다. 이대로 친지와 처자를 버리고 스님이 되는 수밖에 없나 보다고 생각하며 고개를 돌이키니, 몸은 어느 새 구름을 타고 두리둥실 솟았는지, 군소봉(群小峰)이 발밑에 절하여 아뢰는 비로봉 중허리에 나는 서 있었다. 여기서부터 날씨는 급격히 변화되어, 이 골짝 저 골짝에 안개가 자옥하고 음산한 구름장이 산허리에 감기더니, 은제(銀梯), 금제(金梯)에 다다랐을 때, 기어이 비가 내렸다. 젖빛 같은 연무(煙霧)가 짙어서 지척을 분별할 수 없다. 우장(雨裝) 없이 떠난 몸이기에 그냥 비를 맞으며 올라가노라니까, 돌연 일진광풍(一陣狂風)이 어디서 불어 왔는지, 휙 소리를 내며 운무(雲霧)를 몰아가자, 은하수같이 정다운 은제와, 주홍 주단 폭같이 늘어놓은 붉은 진달래 단풍이, 몰려가는 연무 사이로 나타나 보인다. 은제와 단풍은 마치 이랑이랑으로 섞바꾸어 가며 짜 놓은 비단결같이 봉에서 골짜기로 퍼덕이며 흘러내리는 듯하다. 진달래는 꽃보다 단풍이 배승(倍勝)함을 이제야 깨달았다.

오를수록 우세(雨勢)는 맹렬했으나, 광풍이 안개를 헤칠 때마다 농무(濃霧) 속에서 홀현홀몰(忽顯忽沒)•하는 영봉을 영송하는 것도 가히 장관이었다.

산마루가 가까울수록 비는 폭주(暴注)로 내리붓는다. 만 이천 봉이 단박에 창해(滄海)로 변해 버리는 것일까. 우리는 갈데없이 물에 빠진 쥐 모양을 해 가지고 비로봉 절정에 있는 찻집으로 찾아드니, 유리창 너머로 내다보고 섰던 동자(童子)가 문을 열어 우리를 영접하였고, 벌겋게 타오른 장독 같은 난로를 에워싸고 둘러앉았던 선착객(先着客)들이 자리를 사양해 준다. 인정이 다사롭기 온실 같은데, 밖에서는 몰아치는 빗발이 어느덧 우박으로 변해서 창을 때리고 문을 뒤흔들고 금시로 천지가 뒤집히는 듯하다. 용호(龍虎)가 싸우는 것일까? 산신령이 대노하신 것일까? 경천동지(驚天動地)•도 유만부동(類萬不同)•이지, 이렇게 만상을 뒤집을 법이 어디 있으랴고, 간

• 고축: 천지신명에게 고하여 빎.
• 홀현홀몰: 문득 나타났다 문득 사라짐.

장을 죄는 몇 분이 지나자, 날씨는 삽시간에 잠든 양같이 온순해진다. 변환(變幻)도 이만하면 극치에 달한 듯싶다.

비로봉 최고점이라는 암상(巖上)에 올라 사방을 조망했으나, 보이는 것은 그저 뭉게뭉게 피어오르는 운해뿐, —— 운해는 태평양보다도 깊으리라 싶었다. 내·외·해(內外海) 삼 금강(三金剛)을 일망지하(一望之下)에 굽어 살필 수 있다는 한 지점에서 허무한 운해밖에 볼 수 없는 것이 가석(可惜)하나, 돌이켜 생각건대 해발 육천 척에 다시 신장 오 척을 가하고 오연•히 저립(佇立)•해서, 만학천봉을 발밑에 꿇어 엎드리게 하였으면 그만이지, 더 바랄 것이 무엇이랴. 마음은 천군만마(千軍萬馬)에 군림하는 개선장군보다도 교만해진다.

비로봉 동쪽은 아낙네의 살결보다도 흰 자작나무의 수해(樹海)였다. 설 자리를 삼가, 구중심처(九重深處)가 아니면 살지 않는 자작나무는 무슨 수중(樹中) 공주이던가! 길이 저물어, 지친 다리를 끌며 찾아든 곳이 애화(哀話) 맺혀 있는 용마석(龍馬石), 마의 태자의 무덤이 황혼에 고독했다. 능(陵)이라기에는 너무 초라한 무덤, 철책(鐵柵)도 상석(床石)도 없고, 풍림에 시달려 비문조차 읽을 수 없는 화강암 비석이 오히려 처량하다.

무덤가 비에 젖은 두어 평 잔디밭 테두리에는 잡초가 우거지고, 석양이 저무는 서녘 하늘에 화석(化石)된 태자의 애기(愛騎) 용마의 고영(孤影)이 슬프다. 무심히 떠도는 구름도 여기서는 잠시 머무르는 듯, 소복한 백화는 한결같이 슬프게 서 있고, 눈물 머금은 초저녁달이 중천에 서럽다.

태자의 몸으로 마의를 걸치고 스스로 험산(險山)에 들어온 것은, 천 년 사직(社稷)을 망쳐 버린 비통을 한몸에 짊어지려는 고행이었으리라. 울며 소맷귀 부여잡는 낙랑 공주의 섬섬옥수를 뿌리치고 돌아서 입산할 때에 대장부의 흉리가 어떠했을까?

• 경천동지: 하늘을 놀라게 하고 땅을 뒤흔든다는 뜻으로, 세상을 몹시 놀라게 함을 비유적으로 이르는 말.
• 유만부동: 정도에 넘침. 또는 분수에 맞지 아니함.
• 오연: 태도가 거만하거나 그렇게 보일 정도로 담담함.
• 저립: 우두커니 머물러 섬.

흥망이 재천이라, 천운을 슬퍼한들 무엇하랴만, 사람에게는 스스로 신의가 있으니, 태자가 고행으로 창맹(蒼氓)•에게 베푸신 도타운 자혜(慈惠)가 천 년 후에 따습다.

천 년 사직이 남가일몽(南柯一夢)•이었고, 태자 가신 지 또다시 천 년이 지났으니, 유구(悠久)한 영겁(永劫)으로 보면 천 년도 수유(須臾)•던가!

고작 칠십 생애에 희로애락을 싣고 각축하다가 한 움큼 부토(腐土)로 돌아가는 것이 인생이라 생각하니, 의지 없는 나그네의 마음은 암연히 수수(愁愁)롭다•.

《비석과 금강산의 대화》(1963)

• 창맹: 세상의 모든 사람.
• 남가일몽: 꿈과 같은 헛된 한때의 부귀영화를 이르는 말.
• 수유: 잠시.
• 수수롭다: 마음이 서글프고 산란한 데가 있다.

엿단지 | 김성배

어느덧 운동장엔 어둠이 짙은데, 저 건너 도서관엔 등불이 휘황하다. 조교들도 다 돌아간 연구실, 누군가 문을 똑똑 두드린다.

"예, 들어오시오."

문을 열고 들어온 사람은 우리 과의 김 군, 종이에 싼 것을 슬그머니 내놓는다.

"아직 안 갔군."

"예, 도서관에 있었어요. 밖에 좀 나갔다 오다가……. 저, 이거 잡숴 보셔요."

"아니, 그게 뭔가?"

김 군은 대답 대신 빙긋 웃으며 절을 꾸뻑 하고 나간다.

나는 종이에 싼 것을 펼쳐 보았다. 엿이었다. 흰엿, 검은엿, 깨엿, 골고루 갖춰진 것이 먹음직했다. 나는 그중 흰엿 한 가락을 꺾어 입에 넣었다. 참으로 오랜만에 맛보는 엿이었다. 달다는 말만으로는 우리의 엿 맛을 설명할 수가 없다. 그것은 '정(情)'의 맛이요, '고향'의 맛이다. 나는 의자에 기댄 채 눈을 감았다. 엿(실은 조청)과 결부된 나의 어린 시절이 빙그르르 떠오르는 것을 좀 더 오래 붙잡고 싶어서였다.

옛날, 우리 고향에는 설이 돌아오면 엿을 고는 집이 많았다. 밖에는 함박눈이 펄펄 내리는데, 부엌에선 가마솥 아궁이에 불이 활활 탔고, 할머니와 어머니께선 번갈아 가며 엿을 저으셨다. 엿 고는 날의 어린이들의 그 기쁜 조바심, 왜 저렇게 더딜까?

"할머니, 인제 다 됐어?"

"아주 잊고 기다려라."

나는 밖으로 나갔다. 아주 잊고 기다려야지. 아이들이랑 어울려 동구(洞口) 밖까지 뛰었다. 거지반 되었을걸. 눈은 내리는데 삽사리가 뒤따랐다. 이젠 다 되었을 거야. 두 번이나 뛰었는걸.

"다 됐어, 어머니?"

"어디 그렇게 금방 되니?"

나는 그만 짜증이 났다. 왜 저렇게 더딜까?

할머니께선 하루에 꼭 한 종지씩 가족들에게 배급을 주셨다. 받고 보면 언제나 너무 적었다. 아끼고 아끼면서 떡을 찍어 먹다 보면 야속하게도 금방 바닥이 드러났다. 다음에는 미리 후딱 부셔 먹고 투정을 부렸다.

"내 종지가 제일 작아. 난 왜 늘 적게 줘?"

나는 할머니와 어머니의 동정을 기대하면서 더러는 불평을 하고, 더러는 울고, 또 더러는 데굴데굴 구르기도 했다. 그러면, 할머니와 어머니께서는 두 분이 함께, 잡숫던 종지를 밀어 주시거나 달리 몇 숟가락을 더 주셨다.

그러나 이것도 잠깐, 며칠이 지나지 않아 엿이 떨어졌다. 반 종지라도 주었으면 하지만 엿이 없었다. 아니, 엿은 있었다. 작은 단지에 가득히 담겨서 뒷방 시렁 위에 얹혀 있었다. 하지만, 할머니와 어머니께선 없다고 하셨다.

"뒷방 시렁 위에 있잖아?"

"그건 약(藥)이야, 약. 써서 못 먹어."

그 맛 좋은 엿이 어떻게 쓴 약이 되었을까? 거짓말일 거야. 아니, 어쩌면 약이 되었을지도 몰라. 하여간, 나는 할머니와 어머니가 여간 야속하게 생각되지 않았었다.

이것은 내가 아마 여섯 살 때의 일인 것으로 기억한다. 나는 여전히 엿을 좋아했고 투정을 잘 부렸다. 그러나 여기에서 그치지 않고, 마침내는 뒷방 시렁 위의 엿단지를 노리게 되었다. 기회가 왔다. 어느 햇볕 따뜻한 날이었다. 할머니와 어머니께서 샘으로 빨래를 가신 것이다. 나는 뒷방으로 들어갔다. 그러나 손이 닿지 않았다. 나는 궁리 끝에, 광으로 가서 말•을 가져다가 엎어 놓고, 또 그 위에 베개를 놓고 올라섰다. 단지는 두 손에 알맞게 닿았다. 그런데, 웬일일까? 가슴이 두근거리고 손끝이

• 말: 곡식, 액체, 가루 따위의 분량을 되는 데 쓰는 그릇. 열 되가 들어가게 나무나 쇠붙이를 이용하여 원기둥 모양으로 만든다.

떨리는 것이다. 그러나 나는 용기백배하여 단지를 들었다. 단지가 겨우 들린다고 생각하는 순간, 아차, 단지 뚜껑이 먼저 미끄러져 내려 박살이 나더니, 내 얼굴 위로 거침없이 쏟아지는 물엿. 나는 얼결에 손을 놓았다. 단지는 나를 쓰러뜨리고 방바닥에 떨어져 산산조각이 났다. 엿바다가 된 방 안. 소매로 얼굴을 닦으며, 입가로 흘러내리는 엿을 빨아먹었지만, 조금도 단 줄을 몰랐다.

나는 뒷방 한구석에 웅크리고 앉아 있었다. 죄를 지으면 산신령님이 벌을 준다는 말이 참말이구나 싶었다. 조금만 참을 걸 하는 후회도 났다. 제일 무서울 때의 할아버지, 할머니, 아버지, 어머니, 형들의 얼굴이 휙휙 지나가고, 어머니의 부지깽이가 종아리에 화끈하게 느껴졌다.

얼마나 지났을까? 마침내 대문 열리는 소리가 삐드득 하고 났다. 어쩌면 그 소리가 그렇게도 크게 들리던지……. 한참 후에 할머니께서 나를 부르셨다. 나는 귀를 꼭 틀어막고 웅크리고 있었다. 조금 뒤에 뒷방 문이 열렸다. 할머니셨다.

"아니, 이게 웬일이냐, 응?"

할머니의 그 휘둥그레지신 두 눈은 지금도 뵙는 듯하다. 어머니께서도 놀라 어쩔 줄을 모르셨다.

잠시 후에 나는 할머니 손에 이끌리어 밖으로 나왔다. 어머니께서 방을 치우시는 동안에 할머니께선 내 얼굴을 씻기시고 옷도 갈아 입혀 주셨다. 그러나 마음이 놓이지 않았다. 그런데 천만뜻밖에도 할머니께선

"큰일 날 뻔했다. 자, 나가 놀아라."

하고 내 등을 미셨다. 나는 그만 '으앙' 하고 울음을 터뜨렸다. 어린 마음에도 그 관대하신 처분이 감격스러웠던가 보다.

아직도 도서관엔 불이 밝다. 우리 집에서 엿을 좀 고았으면……. 할머니와 어머니를 모셔다가 실컷 잡숫게 했으면. 아니, 할머니, 어머니 앞에 다시 어린이가 되어 투정 좀 해 봤으면……. 그러나 지금은 아니 계시니 빈말일 뿐이고, 허전하기 그지없다.

어리석은 자의 우직함이 세상을 조금씩 바꿔 갑니다 | 신영복

오늘은 충청북도 단양군 영춘면에 있는 온달 산성에서 엽서를 띄웁니다. 이곳 온달 산성은 둘레가 683미터에 불과한 작은 산성입니다. 그러나 이 산성은 사면이 깎아지른 산봉우리를 테를 메우듯 두르고 있어서, 멀리서 바라보면 흡사 머리에 수건을 동여맨 투사와 같습니다. 결연한 의지가 드러나 보입니다. 그래서 쉽게 접근을 허락하지 않는 성이었습니다. 다만, 마을 쪽으로 앞섶을 조심스레 열어 산성에 이르는 길을 내주고 있었습니다. 산 중턱에 이르면 사모정(思慕亭)이라는 작은 정자가 있습니다. 전사한 온달 장군의 관이 땅에서 떨어지지 않자, 평강 공주가 달려와 눈물로 달래어 모셔 간 자리라고 전해지고 있습니다. 이 산성을 찾아오는 사람들이 평강 공주를 만나는 자리입니다. 나는 사모정에서 나머지 산성까지의 길을 평강 공주와 함께 올라갔습니다.

아래로는 남한강을 배수의 진으로 하고, 멀리 소백산맥을 호시(虎視)• 하고 있는 온달 산성은 유사시에 백성을 보호해 주는 성이 아니라, 신라에 빼앗긴 땅을 회복하기 위한 전초 기지였음을 단번에 알 수 있습니다. 망루•가 없어도 적병의 움직임이 한눈에 내려다보였습니다. 조령과 죽령 서쪽 땅을 되찾기 전에는 다시 고국에 돌아오지 않겠다고 한 온달의 결의가 지금도 느껴집니다. 나는 소백산맥을 바라보다 문득 신라의 삼국 통일을 못마땅해하던 당신의 말이 생각났습니다. 하나가 되는 것은 더 커지는 것이라는 당신의 말을 생각하면, 대동강 이북의 땅을 당나라에 내주기로 하고 이룩한 통일은 더 작아진 것이라는 점에서, 통일이 아니라 광활한 요동 벌판의 상실에 불과한 것인지도 모릅니다. 이러한 상실감은 온달과 평강 공주의 애절한 사

• 호시: 범과 같이 날카로운 눈으로 노려봄. 큰 뜻을 품고 형세를 살핌.

• 망루: 적이나 주위의 동정을 살피기 위하여 높이 지은 다락집.

랑의 이야기와 더불어 이 산성을 찾은 나를 매우 쓸쓸하게 합니다.

온달과 평강 공주의 이야기는, 당시의 사회적, 경제적 변화의 과정에서 부유해진 평민 계층이 신분 상승을 할 수 있었던 사회 변동기였다는 사료(史料)로 거론되기도 합니다. 그리고 '바보 온달'이라는 별명도 사실은 온달의 미천한 출신에 대한 지배 계층의 경멸과 경계심이 만들어 낸 이름이라고 분석되기도 합니다.

나는 수많은 사람이 오랜 세월에 걸쳐서 함께 만들어 전해 온 온달 장군과 평강 공주의 이야기를 믿습니다. 이 이야기는 다른 어떠한 실증적 사실(史實)보다도 당시의 정서를 더 정확히 담아내고 있다고 생각하기 때문입니다. 그리고 완고한 신분의 벽을 뛰어넘어 미천한 출신의 바보 온달을 선택한 평강 공주의 결단과, 드디어 용맹한 장수로 일어서게 한 평강 공주의 주체적 삶에는 민중의 소망과 언어가 담겨 있다고 생각하기 때문입니다. 이것이 바로 온달 설화가 당대 사회의 이념에 매몰된 한 농촌 청년의 이야기로 끝나지 않는 까닭이라고 생각됩니다. 인간의 가장 위대한 가능성은 이처럼 과거를 뛰어넘고, 사회의 벽을 뛰어넘고, 드디어 자기를 뛰어넘는 비약에 있습니다.

나는 평강 공주와 함께 온달 산성을 걷는 동안 내내 '능력 있고 편하게 해 줄 사람'을 찾는 당신이 생각났습니다. '신데렐라의 꿈'을 버리지 못하고 있는 당신이 안타까웠습니다. 현대 사회에서 평가되는 능력이란 인간적 품성이 도외시된 '경쟁적 능력'입니다. 그것은 다른 사람들의 낙오와 좌절 이후에 얻을 수 있는 것으로, 한 마디로 말해 숨겨진 칼처럼 매우 비정한 것입니다. 그러한 능력의 품속에 안주하려는 우리의 소망이 과연 어떤 실상을 가지는 것인지 고민해야 할 것입니다.

당신은 기억할 것입니다. 세상 사람을 현명한 사람과 어리석은 사람으로 분류할 수 있다고 당신이 먼저 말했습니다. 현명한 사람은 자기를 세상에 잘 맞추는 사람인 반면에, 어리석은 사람은 그야말로 어리석게도 세상을 자기에게 맞추려고 하는 사람이라고 했습니다. 그러나 역설적이게도 세상은 이런 어리석은 사람들의 우직함 때문에 조금씩 더 나은 것으로 변화해 간다는 사실을 잊지 말아야 한다고 생각합니다. 우직한 어리석음, 그것이 곧 지혜와 현명함의 바탕이고 내용입니다.

'편안함', 그것도 경계해야 할 대상이기는 마찬가지입니다. 편안함은 흐르지 않는 강물이기 때문입니다. '불편함'은 흐르는 강물입니다. 흐르는 강물은 수많은 소리와 풍경을 그 속에 담고 있는 추억의 물이며, 어딘가를 희망하는 잠들지 않는 물입니다.

당신은 평강 공주의 삶이 남편의 입신(立身)이라는 가부장적 한계를 뛰어넘지 못한 것이라고 하였습니다만, 산다는 것은 살리는 것입니다. 살림(生)입니다. 그리고 당신은 자신이 공주가 아니기 때문에 평강 공주가 될 수 없다고 하지만, 살림이란 '뜻의 살림'입니다. 세속적 성취와는 상관없는 것이기도 합니다. 그런 점에서, 나는 평강 공주의 이야기는 한 여인의 사랑의 메시지가 아니라, 그것을 뛰어넘은 '삶의 메시지'라고 생각합니다.

나는 당신이 언젠가 이 산성에 오기를 바랍니다. 남한강 푸른 물굽이가 천 년 세월을 변함없이 감돌아 흐르는 이 산성에서 평강 공주와 만나기를 바랍니다.

《나무야 나무야》(1996)

일야구도하기(一夜九渡河記)• | 박지원

강물은 두 산 사이에서 흘러 나와 바위에 부딪혀, 다투는 듯 거세게 흐른다. 놀란 듯한 파도, 성난 듯한 물결, 애원하는 듯한 여울물은, 내달아 부딪치고 휘말려 곤두박질치며 울부짖고 고함치는 듯하여, 항상 만리장성을 쳐부술 듯한 기세가 있다. 전차(戰車) 만 대, 전기(戰騎) 만 필, 전포(戰砲) 만 문, 전고(戰鼓) 만 개로도, 무너져 덮쳐 내리는 듯하는 소리를 충분히 형용(形容)하지 못할 것이다.

모래밭에는 거대한 돌들이 우뚝우뚝 늘어서 있고, 강둑에는 버드나무들이 어두컴컴한 모습으로 서 있어서, 흡사 물귀신들이 다투어 나와 사람을 업신여겨 놀리는 듯하고, 좌우에서 이무기들이 사람을 낚아채려고 애쓰는 듯하다. 어떤 사람은 이곳이 옛 전쟁터이기 때문에 강물 소리가 그렇게 울린다고 말했다. 그러나 이것은 그런 때문이 아니다. 강물 소리는 사람이 그것을 어떻게 듣느냐에 따라 다른 것이다.

나의 집은 산중(山中)에 있는데, 바로 문 앞에 큰 시내가 있다. 해마다 여름철이 되어 소나기가 한바탕 지나가고 나면, 시냇물이 갑자기 불어나 전차와 전기와 전포와 전고의 소리를 노상 듣게 되니, 마침내 귀탈이 날 지경이었다.

일찍이, 나는 문을 닫고 누운 채, 그 소리를 다른 소리들에 비기어 들은 적이 있다. 솔숲에 바람이 불 때에 나는 듯한 소리, 이것은 청아(淸雅)한 듯하다고 생각하면서 들은 것이다. 산이 갈라지고 언덕이 무너지는 듯한 소리, 이것은 격분해 있는 듯하다고 생각하면서 들은 것이다. 뭇 개구리가 다투어 우는 듯한 소리, 이것은 교만한 듯하다고 생각하면서 들은 것이다. 수많은 축(筑)•이 번갈아 울어 대는 듯한 소리,

• 일야구도하기: 하룻밤에 강을 아홉 번 건넌 이야기.

• 축: 아악기(雅樂器)에 속하는 타악기의 하나. 위가 아래보다 넓은 상자 모양으로 윗면 가운데 뚫린 구멍에 막대를 넣고 좌우 옆면을 두드려 소리를 냄.

이것은 성나 있는 듯하다고 생각하면서 들은 것이다. 순식간에 천둥 번개가 치는 듯한 소리, 이것은 놀란 듯하다고 생각하면서 들은 것이다. 약한 불과 센 불에 찻물이 끓는 듯한 소리, 이것은 운치 있는 듯하다고 생각하면서 들은 것이다. 거문고가 낮고 높은 가락으로 잘 어울려 나는 듯한 소리, 이것은 슬픈 듯하다고 생각하면서 들은 것이다. 종이로 바른 창문에서 바람이 우는 듯한 소리, 이것은 뭔가 회의(懷疑)• 하는 듯하다고 생각하면서 들은 것이다. 그러나 이것은 모두 소리를 제대로 들은 것이 아니라, 다만 마음속에 물소리가 어떻다고 생각하느냐에 따라 귀에서 소리를 만들어 낸 것일 따름이다.

지금 나는 밤중에 한 강(江)을 아홉 번이나 건넜다. 이 강은 북쪽 변경(邊境)으로부터 흘러 나와 만리장성을 꿰뚫고, 유하(楡河), 조하(潮河), 황화진천(黃花鎭川) 등의 여러 강물과 합해져 밀운성(密雲城) 아래를 지나면서 백하(白河)•가 된다. 내가 어제 배로 백하를 건넜는데, 바로 이 강의 하류이다.

내가 요동(遼東)에 처음 들어섰을 때는 바야흐로 한여름이라 뙤약볕 속에서 길을 가는데, 갑자기 큰 강이 앞을 가로막고, 시뻘건 물결이 산같이 일어나서 대안(對岸)•이 보이지 않을 정도였다. 이것은 아마도 천 리 밖 상류 지역에 폭우가 쏟아진 때문일 것이다. 강물을 건널 때에 사람들이 모두 고개를 들고 하늘을 우러러보고 있기에, 나는 그들이 모두 고개를 들고 하늘을 향해 묵도를 올리는 것이려니 생각했었다. 그러나 나중에 안 사실이지만, 강을 건너는 사람들이 소용돌이치거나 용솟음치면서 탕탕(蕩蕩)히 흐르는 물을 바라보게 되면, 몸은 물살을 거슬러 오르는 것 같고, 눈은 물살을 따라 흘러가는 것 같아서, 갑자기 어지럼증이 나서 물에 빠지기 쉽다. 그러므로 그들이 고개를 쳐든 것은 하늘을 향해 기도한 것이 아니라, 숫제 강물을 피하여 보지 않기 위함이었다. 또, 목숨이 경각(頃刻)에 달렸는데 어느 겨를에 기도할 수 있었으랴!

• 회의: 부정적으로 보고 의심함.
• 백하: 중국 음산 산맥 동부에서 발원하여 천진을 지나 발해만으로 들어가는 강.
• 대안: 건너편 언덕.

강을 건너는 위험이 이와 같은데도 강물 소리는 듣지 못했다. 일행은 모두 요동의 벌판이 평평하고 드넓기 때문에 강물이 성난 듯 울어 대지 않는 것이라고 했다. 하지만, 이것은 강을 잘 알지 못하고 한 말이다. 요동의 강이라고 해서 울어 대지 않은 것이 아니라, 다만 밤중에 건너지 않아서 그런 것일 뿐이다. 낮에는 물을 볼 수 있으므로 눈이 오로지 위험한 광경을 보는 데만 쏠려, 바야흐로 벌벌 떨면서 눈이 있는 것을 오히려 근심해야 할 판에 도대체 무슨 소리가 귀에 들릴 것인가?

그런데 지금 나는 밤중에 강을 건너기에 눈으로 위험한 광경을 보지 못하니 위험하다는 느낌이 오로지 청각으로만 쏠려, 귀로 듣는 것이 너무 무시무시해서 근심을 견딜 수가 없다. 아, 나는 이제야 도를 깨달았다. 마음을 차분히 다스리는 사람은 귀와 눈이 그에게 장애가 되지 않으나, 귀와 눈만을 믿는 사람은 보고 듣는 것이 자세하면 할수록 더욱 병이 되는 것이다.

이제, 나의 마부(馬夫)가 말한테 발을 밟혔으므로 뒤따라오는 수레에 그를 태우고는, 마침내 말 재갈을 풀어 주고 강물에 둥둥 뜬 채로, 두 무릎을 바싹 오그리고 발을 모두어 안장 위에 앉았다. 한번 말에서 떨어지면 바로 강물이다. 강물을 땅으로 여기고, 강물을 나의 옷으로 여기며, 강물을 나의 몸으로 여기고, 강물을 나의 성정(性情)으로 여기리라. 이리하여 마음속으로 한번 말에서 떨어져도 상관없다고 각오하자, 내 귓속에선 강물 소리가 마침내 그치고 말았다. 무려 아홉 번이나 강을 건너는데도 아무런 두려움이 없어, 마치 방안의 안석(案席)•과 자리가 있는 데에서 앉거나 누우며 지내는 것 같았다.

옛적에 우(禹)가 강을 건너는데, 누런 용이 등으로 배를 업는 바람에 대단히 위험했다. 그러나 사생(死生)의 판단이 먼저 마음속에서 분명해지자, 용처럼 크든 도마뱀처럼 작든 간에 그의 앞에서는 아무런 문제도 되지 않았다고 한다.

소리와 빛은 외물(外物)이다. 이 외물이 항상 사람의 귀와 눈에 장애가 되어, 바르게 보고 듣는 기능을 이처럼 잃게 하는 것이다. 하물며, 사람이 세상을 살아간다는

• 안석: 앉을 때 몸을 기대는 방석.

것은 강물을 건너는 것보다 훨씬 더 위험스러울 뿐만 아니라, 보고 듣는 것이 수시로 병이 됨에랴!

나는 장차 나의 산중으로 돌아가 앞내의 물소리를 다시 들으면서 이것을 몸소 검증해 보려니와, 처신을 교묘(巧妙)히 하며, 스스로 총명함을 자신하는 사람들에게도 이를 경고하고자 한다.

《열하일기(熱河日記)》

아버지의 뒷모습 | 주쯔칭

아버지를 뵙지 못한 지 벌써 2년이 넘었다. 지금도 가슴을 허비는 것은 아버지의 그 뒷모습이다.

그해 겨울, 아버지께선 직장마저 그만두셨을 땐데 별안간 할머니마저 돌아가셨으니 엎친데 덮친 격이었다. 나는 북경에서 부음을 받고 아버지가 계신 서주로 내려가 아버지와 함께 집에 가려고 하였다. 서주 집은 살림이 엉망인 채 지저분했다. 생전에 단정하셨던 할머님이 생각나서 쏟아지는 눈물을 어쩔 수 없었다. 상고(喪故)와 실직을 함께 당하신 경황에서도 아버지께선 침착하게 말씀하셨다.

"기왕 당한 일을 어찌하겠니? 설마 산 입에 풀칠이야 못하겠나?"

우리 부자는 집으로 돌아가, 이리저리 팔 것은 팔고 잡힐 것은 잡혀서 빚을 갚았지만, 할머니 장례로 진 빚은 고스란히 남았다.

집안 꼴이 이쯤 되면 말이 아니었다. 할머니 장사 때문에도 그렇지만, 아버지 실직 때문이었다. 이럭저럭 장례를 끝내고 그대로 헛간 같은 집에 붙어 있을 수도 없었다. 아버지는 아버지대로 남경으로 가서 일자리를 구하셔야 했고, 나는 북경으로 가 학업을 계속해야 했다. 그래서 우리는 함께 남경으로 갔다.

남경에서는 친구의 만류로 하루를 쉬었고, 이튿날 오전에 포구로 건너가 오후에 북경행 기차를 타기로 했다. 아버지는 볼일이 있어 내가 떠나는 것을 보지 못할 거라고 하시면서 역에 나오지 않기로 하셨다. 대신에 잘 아는 여관 머슴애를 시켜 나를 배웅하도록 했다. 그것도 서너 번씩이나 귀찮을 정도로 신신당부하셨다. 그러고도 마음이 안 놓이는지 막상 내가 떠날 무렵이 되자 자꾸 머뭇거리기만 하였다.

사실 그때, 내 나이 스물이나 되었고, 또 북경에도 벌써 두세 차례나 왕래했던 터라, 그렇게까지 염려할 것은 없었다. 그런데도 아버지께선 결국 볼일을 제쳐놓으시고

나를 배웅해야 되겠다고 고집을 부리는 것이었다. 몇 번이나 그러실 것 없다고 말씀드려도

"쓸데없는 소리, 그까짓 놈들이 무얼 해!"

하시며 따라 나오셨던 것이다.

우리는 강을 건너서 역으로 들어갔다. 내가 차표를 사는 동안 아버지께선 짐을 지키고 계셨다. 짐을 옮길 때에는, 짐이 좀 많아서 역부들에게 돈푼이라도 쥐어주어야 했다. 그래서 아버지께선 역부들과 또 흥정을 하시는 거였다. 그런데 닳아빠진 그들과 흥정을 하시는 아버지의 말씀하는 폼이 아무래도 촌스러우셔서, 오히려 내가 참견해야만 했다. 결국, 아버지의 고집대로 흥정이 떨어지자, 역부들은 돈 몇 푼을 쥐어들고 짐을 실었고, 나는 기차에 올랐다.

아버지께서도 차 안까지 오르시더니 차창 쪽으로 자리를 잡아 주셨다. 나는 그 위에 아버지께서 사 주신 자주색 외투를 깔고 우선 앉았다. 아버지께선, 짐 조심하고 감기 안 들게 주의하라고 당부하셨다. 그런가 했더니 또 판매원을 붙들고 나를 잘 보살펴 달라고 허리를 연신 굽히며 당부하셨다. 나는 속으로 세상 물정에 어두우신 아버지의 순박하심을 비웃고 있었다. 돈이나 아는 저들에게 왜 저리 쓸데없는 짓을 하실까? 그리고 한편으로는, 나도 이젠 나이 스물인데 설마 내 일 하나 처리하지 못할까 하는 생각도 했다.

"아버지, 이제 들어가세요."

내 말을 들은 척도 하지 않으면서 창밖을 한참이나 지켜보던 아버지는

"얘, 귤이나 몇 개 사올 테니, 여기 앉아 있거라."

하고 말씀하셨다.

아버지가 걸어가는 플랫폼 저쪽 울타리 밖으로 물건 파는 사람들 서넛이 손님을 기다리고 있는 것이 보였다. 그런데 그리로 가려면, 이쪽 홈을 뛰어내려서 철로를 건너고, 다시 저쪽 홈을 기어올라야 했다. 뚱뚱하신 아버지로선 여간 힘든 일이 아니었다. 내가 가야 마땅할 걸 한사코 당신이 가신다니 어쩔 수 없는 일이었다.

까만 천으로 지어 만든 작은 모자를 쓰시고, 까만 마고자에 진한 쪽빛 무명 두

루마기를 입으신 아버지께선, 좀 기우뚱하셨지만, 조심스럽게 허리를 굽히고 플랫폼을 내려가셨다. 그러나 철로를 건너고 난 뒤 저쪽 홈을 오르려고 온몸을 비비적거리면서 기는 모습은 여간 힘들어 보이지 않았다. 두 손을 홈 바닥에 밀착시키고 두 발 끝을 위쪽으로 오므리다가 그 뚱뚱한 몸이 왼쪽으로 기우뚱할 때는, 아, 이 아들의 손엔 땀이 흥건했다.

나는 그때, 아버지의 뒷모습을 본 것이다. 나도 모르게 뺨을 적시는 뜨거운 것이 있었다. 나는 얼른 그것을 닦았다. 아버지께 들킬까 봐, 그리고 남이 볼까 봐 두려워서였다.

내가 다시 창밖으로 눈길을 멍하니 돌리고 있을 때, 아버지께선 노란 귤을 한 아름 안고 이쪽으로 오고 계셨다. 철도를 다시 건널 때 이번에는 귤을 땅에 놓더니만 먼저 서서히 기어내려서는 다시 그 귤을 보듬고 뚱그적거리고 오는 것이다. 이쪽으로 겨우 기어오르셨을 때 나는 얼른 가서 아버지를 부축해 드렸다.

아버지는 같이 차 안으로 올라와 그 귤을 내 외투 위에 와르르 쏟았다. 흙 묻은 옷을 털면서, 그때서야 한시름을 놓는 듯 숨을 내쉬셨다. 그리고 곧 밖으로 나가시면서

"나 이만 간다. 도착하는 즉시 편지하여라."

하셨다. 나는 뒤따라 나갔다. 아버지께선 승강구를 뛰어 내려 몇 발을 옮기더니만 또 뒤돌아보며,

"들어가라. 아무도 없는데……."

하고 말씀하셨다. 아버지의 뒷모습이 오고가는 인파에 묻히자 다시 찾을 수 없었다. 내 자리로 돌아와 앉자 눈물이 또 한 번 기다렸다는 듯이 흘러내렸다.

우리 부자는 몇 해를 두고 각각 타향에서 동분서주해 봤지만, 집안은 갈수록 기울어 갔다. 젊었을 적엔 살림을 일으키려고 혼자서 타관 하늘을 떠돌며 많은 일도 저질러 보셨지만, 노경에 들어 이렇게 참담하게 되실 줄은 미처 생각지도 못했었다. 또, 당신은 그 쓸쓸한 만년이 주는 괴로움을 어떻게 견디셨을까? 그래서 더러는 가슴에 맺힌 울분이 화가 되어 밖으로 터져 나오기도 하고, 사소한 집안일에 지나친

분노를 토하시기도 하였다.

나를 대하는 것도 지난날처럼 인자하시기만 하진 않으셨다. 그러나 뵙지 못한 이 2년 동안 아버지께선 나의 지난 잘못은 모두 잊으시고, 오히려 나와 내 아이들 걱정만 하셨다. 어느 날 북경으로 보내온 아버지의 편지는 이러했다.

"늙은 몸이지만, 그런대로 지낸다. 다만, 어깨쪽이 무겁고 아파서 젓가락을 들거나 붓을 잡기에 불편하구나. 아마 갈 날도 멀지않은 모양이다."

여기까지 읽었을 때 내 치렁한 눈망울엔 또 한 번 마고자에 그 쪽빛 무명 두루마기를 입으신 아버지의 뒷모습이 굴절되고 있었다. 아아! 다시 뵈올 날은…….

《뒷모습》(1928)